消失的波济克

文叡 著
（Terry: H）

人物列表

羅伯．霍頓：哈佛大學藝術史教授、紐約現代美術館顧問

菲利浦：紐約現代美術館館長

卡爾．蕭：摩根大通北美區的資深副總裁、紐約現代美術館董事

大衛．馬諦涅茲：墨西哥銀行家、收藏家、紐約現代美術館董事

詹姆士．席恩：紐約現代美術館董事會主席

陶比斯．邁爾：紐約蘇富比拍賣公司私洽部主管

約瑟夫．史瓦茲：ＡＸＡ藝術品保險公司執行長

珍妮：卡爾的姪女、摩根大通員工

丹尼爾：卡爾的管家

傑瑞．羅曼：東漢普敦警局的警探

一輛白色的阿斯頓．馬丁在I-495高速路上飛速地奔馳，V12的引擎在低速檔且深踩油門的催促下，低沉地嘶吼著，映著微醺的月光，有如一頭被馴服的雪豹，身段優雅卻力道十足地將每輛擦身而過的車子遠遠地拋在後面。I-495又稱長島快速道路（LIE），是從紐約曼哈頓向東通往長島的主要幹道，這條路一直到底，約兩個小時的車程，便可抵達名聞遐邇的東漢普敦小鎮（East Hampton）。這個小鎮，在一九五〇年代吸引了不少藝術家前往定居，美國行動畫派（Action Painting）的翹楚波洛克（Jackson Pollock）便是在此完成了不少代表作，掛在大都會博物館現代藝術展廳的那件《秋天的節奏》（*Autumn Rhythm*），還有紐約現代美術館的永久館藏《One: Number 31》，都是波洛克於一九五〇年在此所完成的顛峰之作。這處人口不到兩萬人的小鎮，因緊鄰北大西洋，是暖流必經之地，漁獲豐富，盛產生蠔，又有綿延的海岸線和沙灘，從八〇年代起，逐漸成為紐約人夏日的避暑勝地，更吸引了不少富商鉅賈前來置產。豪宅沿海岸線毗鄰而建，遊艇是標準配備，後院的直升機停機坪則是選配，方便大老闆們進出位於曼哈頓的辦公室。

車子從七〇號出口下了高速路，轉入漆黑的一般道路，兩旁的柏樹高聳緊密，幾乎遮掉了殘月，硬是把隱身背後的豪宅隔了開來。駕駛熟練地將駕駛模式從手排切換成自排，刻意壓低了引擎的聲浪，迅速敏捷地滑行在黑暗中。過了一個岔路，駕駛啟用了車上的導航系統，肯定不想在這轉來繞去的路上出上半點差錯。幾分鐘後，車子停在一處

大鐵門前，車燈下，蛇蠍女郎梅杜莎（Medusa）猙獰的眼神死死地盯住前方的訪客，尤其那鑲了紅寶石的眼睛，在黑夜裡更是邪氣逼人，來訪者似乎很難躲過她的詛咒。

「羅伯．霍頓教授到了！」駕駛座的車窗緩緩降下，一個斬釘截鐵的聲音從駕駛座傳了出來，一字不多地拋向門邊的對講機。對講機上的照明燈突然狠狠地打在駕駛的臉上，強光中露出一張清秀狹窄的臉龐，好像曝光過度的底片，顯得蒼白。即使嘴唇上的口紅仍然搶眼，但已乾澀得擠出裂痕，看得出這是一趟漫長的旅途。

對講機的那端不發一語，只見鐵門緩緩地向內退開。車子繞過了噴水池，精準地停在房子左側的停車格裡，這是最後一個來賓停車格，其他四個停車格已分別停放了兩輛賓利、一輛勞斯萊斯和瑪莎拉蒂。

駕駛座的車門打了開來，女子俐落地合併雙腿，四十五度轉身，雙腳同時往外一蹬，整個人迅速地彈了出來。這是穿短裙開跑車的女人都得學會的動作，否則上下低底盤的跑車時，只有出糗的份。白色的長馬靴緊實地套至女子的膝蓋處，白色皮短裙隱約露出了豐腴的雙臀，讓纖細的長腿顯得更為修長。她一個箭步繞過車子來到駕駛座的另一邊，打開車門，蹲下身子往裡解開了乘客的安全帶，用力搖了搖羅伯。「教授！我們到了。」

羅伯半睜著眼，藉著女子的攙扶慢慢地跨出車外，左手原本握著的瓶裝水，在起身時從手裡滑了下來砸在地上，瓶蓋瞬間彈了開來，半瓶水已所剩無幾。羅伯想彎下腰，

頓時一陣暈眩，眼前一黑，他趕緊扶住車門穩住身子，心想著「這一路可真睡得死沉啊！」這時女子已把瓶裝水撿起，隨手丟入了草地旁的垃圾桶，一面示意羅伯行進的方向。「教授！不好意思，這邊請。」

羅伯慢慢穩住了原本踉蹌的步伐，尾隨女子進到了室內。大廳裡空無一人，但映入眼簾的景象卻讓羅伯睜大了雙眼，一掃整路的疲憊。二〇〇六年以一億四千萬美元成交的那件波洛克的《Number 5》就靜靜地躺在正前方潔白的牆上，這個成交價讓這件作品成了當時全球最貴的一件繪畫作品，直到二〇一一年塞尚（Paul Cézanne）的《玩紙牌的人》（*The Card Players*）以二億五千多萬美元成交，才刷新了此一紀錄。波洛克的這張《Number 5》完成於一九四八年，是波洛克搬到東漢普敦三年後的第一件大尺幅作品，被視為是波洛克樹立「行動畫派」的代表作。波洛克的滴畫捨棄傳統的畫筆和顏料，改採油漆和刷子來作畫，他讓沾滿油漆的刷子近距離懸在畫布上，隨著身體的移動使油漆很自主地滴灑在畫布上。他認為，這種透過滴灑顏料且畫筆不與畫面直接接觸的

創作方法，更能強調畫面的平坦性，也就是說讓色彩獨立於形式之外，以凸顯形式在創作過程中的重要性；如此不僅顛覆了形式在創作結果中的地位，更拋棄了傳統繪畫中空間透視的原理。

這件作品是透過私下交易，沒上拍，成交消息一出，引發各大媒體四處追查買家和賣家的身分。唯一躍上檯面的當事人就是從中穿針引線的蘇富比拍賣公司私人洽購部主管陶比斯．邁爾，陶比斯簽了保密協議，口風很緊，媒體挖不出半點線索，後來卻有小道消息透露，賣家是夢工廠合夥人之一的大衛．蓋芬，因為這幅畫已掛在他辦公室好幾年了，而買家是墨西哥的銀行家和大收藏家大衛．馬諦涅茲，據說他紐約上東城面中央公園的頂層公寓裡掛有現當代大師十幾幅作品，市值十幾億美金，畢卡索、培根、羅斯科、赫斯特都在他的收藏名單裡。但雙方當事人都鄭重否認此事，因為沒人想招惹美國國稅局的關注。

「教授，大家都在等著您。」女子適時提點了一下，羅伯回過神，兩人又繼續往前邁了出去。沒走幾步，羅伯被腳下突如其來的淙淙流水聲吸引住了，他駐足俯視，好奇自己竟然行走在玻璃地板上，地板下不斷湧出的流水穿過大廳，轉向另一個房間，行走其上，雖沒赤腳，也能感受到一股寒意。但令他不解的是，為何玻璃地板的上方隱約可見水波蕩漾，絕非下方流水的倒影，他本能地抬頭往上望，一個玻璃底的透明游泳池不

偏不倚地懸在正上方，透著月光，頭上好似一片海，腳下又是淙淙流水，宛如超現實主義大師瑪格莉特（Rene Magritte）作品中錯置的時空場景，不合邏輯卻具顛覆性，具象卻又超現實。他再把目光移至牆上的那張《Number 5》，在水波光影中，畫中層層堆疊的線條竟蠕動了起來，不停地穿梭編織，從點串成線再構成面，「這就是行動畫派的精髓啊！」他心裡讚嘆著，不得不佩服主人的巧思。他又快速掃視了一遍這鬼斧神工的設計，好像自己身處在一個水世界裡，旱鴨子的他，倒抽了兩口氣，突然有一股即將溺斃的窒息感，他迅速逃離現場，快步趕上前方幾步之遙的女子。

會來到這裡，全為了菲利浦的一通電話。羅伯是二十世紀歐美藝術史的權威，哈佛大學藝術史系的教授，因身兼紐約現代美術館（MoMA）繪畫與雕塑部的資深顧問，兩天前從麻州的劍橋市南下紐約開會，討論年度預算和下年度繪畫雕塑部門的館藏名單。由於美術館的購藏經費有限，購藏主要依賴捐贈和條件式贈與（promised gift），不然就得想辦法透過董事會的人脈去募款，這就是為什麼MoMA的董事盡是些政要、名人、銀行老董、私企執行長這些有頭有臉的人，因為他們本身就是最大的捐贈者。再者，透過這層人脈要錢也容易些，更何況在美國向非營利機構捐贈或捐款，可享有減稅待遇。如捨不得把畢生收藏一次給掉，也可談條件，在藏家生前只作長期出借，賺些借展費和名聲，死後才捐贈，還可減免遺產稅。只要你願意給，方法大可量身訂製。

羅伯走出會議室，館長菲利浦一個箭步迎了上來，從後搭了搭羅伯的肩。「羅伯！有空聽我講幾句話嗎？」菲利浦從以前就習慣直呼羅伯的小名，他們是二十幾年的老同事了，從任教紐約大學開始，華府國家美術館的研究員、國家文化基金會的審查委員，甚至兩人都曾是美國聯調局（FBI）藝術品相關案件的資深顧問。唯一不同的是，菲利浦曾出任瑞銀（UBS）藝術銀行的總監，就是這層資歷幫菲利浦取得了現在館長的位置，因為他懂得跟誰要錢，更懂得怎麼要錢，這正是身為美術館館長的首要任務。他更擅於跟權貴打交道，甚至把自己也搞得像權貴一樣，名牌衣服，賓利跑車，上米其林餐館，泡私人俱樂部，偶爾還乘朋友的遊艇出海，一副名門貴族樣。羅伯就沒這本事，有時連自己帳戶有多少錢都記不得，更別提要他鞠躬哈腰跟別人要錢。他在業界，可是無人不知無人不曉的二十世紀藝術史權威。

羅伯側著頭，沒好氣地頂回去。「你這麼殷勤找我，絕對沒啥好事。」

「你什麼時候回劍橋？」菲利浦略過了習慣性的抬槓，劈頭便問。

「今晚就回去。」羅伯覺得事有蹊蹺，難得見菲利浦這麼直接。

「如果這周末沒事，要你出個公差，到一個藏家家裡看幾件作品，他有意捐贈。」

「誰的作品？」羅伯一時興起。

菲利浦見狀，馬上追加力道。「六張不曾曝光過的波洛克！」

羅伯聽得臉紅心跳。這是他最愛的研究工作，從未知著手，然後抽絲剝繭，直到柳

暗花明。而抽象表現時期的藝術家，正是多年來他帶研究生作討論的主題。

「六件都作於一九四八年。」菲利浦趁勢又補了一句，見羅伯不語，話鋒一轉，「晚上七點車子到旅館接你。」

羅伯沒說話，但迅速舉起左手做了一個ＯＫ的手勢。

菲利浦離開前丟下了一句：「我會在那等你，到時候見！」

•

羅伯尾隨在女子的身後，穿過了多道迴廊，又上下了好幾層階梯，短短幾分鐘的時間，好像進入了時空隧道，穿梭在二十世紀藝術史的長河裡，從畢卡索藍色時期的作品、野獸派和立體派的主幹和支流、布拉克的拼貼、莫迪里亞尼、達達到超現實的達利、基里柯、恩斯特、瑪格莉特、蒙德里安，賈科梅蒂的雕塑，到戰後抽象表現主義的德庫寧和羅斯科，二十世紀前半現代主義藝術每個風格時期的作品，無一缺席。「這主人到底是何方神聖？」他嘴裡嘟囔著，但一時無法從他認識的上百個藏家裡兜上任何線索，畢竟幹過多年的策展人，總該知道向誰借展作品，憑著這些年累積的人脈，對於作品的出處和收藏脈絡，鮮少有難倒他的例子。但一路走過這麼大票經典作品，少說二、三十件，卻從沒見過其中任何一件。不輕易服輸的他，唯一能肯定的是，這批作品絕無

出版或任何展出紀錄，否則逃不過他的法眼和業內無人能匹敵的記憶力。

女子用力推開了一扇門，月光灑在兩人的臉上，羅伯不由自主地抬頭往上望，殘月迎著幾片烏雲，微光似乎將被遮蔽。他跟著女子的步伐上了幾層台階，映入眼簾的就是那個玻璃游泳池，剛剛望見的是底部，現在終於見到它的廬山真面目了。他們沿著池邊走，這是一個五十米長的標準泳池，羅伯好奇地往池裡探，看整個池子好像沒了底，一旦縱身入水，就會沉入萬丈深淵。想了想，不禁打起哆嗦來。

游泳池的另一邊是一棟兩層樓高的建築，中間低矮，兩側各升高一層，呈一個凹字型。中間面寬約五十米，幾乎與泳池同寬，以五片大落地玻璃構成門面，透著燈光看得出是間展廳，廳裡正面的牆上掛著幾件同樣風格和尺寸的抽象繪畫，因距離太遠加上老花眼，羅伯一時辨識不出是誰的作品。玻璃大廳的兩側各挑高一層，底層是水泥面，沒窗戶，緊挨著玻璃展廳，上面架著長方形格窗，一明一暗，一虛一實，用材極簡，有點像是改良過的包浩斯建築風格。

隨著距離愈來愈近，羅伯清楚地望見掛在牆上的那六張波洛克滴畫作品，每張約50×50公分，但從表現形式和畫作大小，可一眼辨識出是早期的滴畫作品。波洛克於一九四五年跟美國畫家李．克萊斯納（Lee Krasner）結了婚，他向當時的經紀人佩姬．古根漢（Peggy Guggenheim）借了買房的頭期款，小倆口便搬到紐約長島的東漢普敦。

他在這之前的作品，仍深受超現實主義的影響，再慢慢轉化為抽象表現主義，直到移居東漢普敦，受到老婆的啟發，開始著手嘗試滴畫。然一九四五到四八年間早期的滴畫作品問世的不多，且都以小尺幅的習作為主，直到一九四八年在藝評家好友格林伯格（Clement Greenberg）的建議下才開始嘗試大尺幅的作品。這時波洛克為了更了解自己身體的律動和掌握油漆滴灑的力道，必須不時借助酒精讓肌肉更為放鬆，試圖製造一種自發性的構圖，才能讓點線面瞬間營造出空間感。這種嘗試隨著酒精的催化越顯效力，在一九五〇年達到了滴畫的顛峰，卻讓波洛克養成了酗酒的習慣，尤其一九五〇年之後，滴畫難有突破，酗酒的問題越發嚴重，整個創作又慢慢回到早期抽象表現的手法，偶爾混搭滴畫的技法，但瓶頸卻久久不見突破。憂鬱加上嚴重酗酒，一九五六年終因酒駕車禍身亡，留下的經典作品為數不多。「六件都作於一九四八年。」菲利浦的話言猶在耳，但羅伯似乎另有定見。

這時女子與羅伯來到了玻璃建築物前，女子熟稔地推開了最右側的玻璃門，玻璃門上連個把手都沒有，五大片玻璃連成一氣，初來乍到者一定不得其門而入。一跨進門，陣陣談笑聲伴隨著濃濃的雪茄味從右側樓上飄了下來。樓上採挑高樓中樓的設計，隔窗從外面延伸到裡頭。門一推開的瞬間，樓上有個男子從長方型的格窗裡探了探頭，扯開了嗓門。一個熟悉的聲音在空氣中迴盪著。「羅伯！你終於到了！」菲利浦一面嚷著，一面走下樓梯迎向羅伯，左手指間還夾著未抽完的雪茄，羅伯一聞就知道是Cohiba頂級

雪茄，零售一根要價近一百美元。他以前也愛雪茄，但覺得抽雪茄較像爺們，煙斗似乎較吻合學者的形象，這個刻板印象，早在他十幾歲開始閱讀喬伊斯（James Joyce）、艾略特（T.S. Eliot）和沙特（Jean-Paul Sartre）的作品時就已根深蒂固，尤其這幾位文學家叼煙斗的帥勁，讓他著迷的程度遠勝過於對他們作品的喜愛。所以他現在改抽煙斗，況且菸絲便宜些，更方便攜帶，不像雪茄還得保存在一定溫濕的雪茄盒裡，雪茄剪和強力打火機也都少不了，出差遠行行頭一大堆；不像袋裝菸絲，一包頂多八十到一百公克，足夠讓老菸槍消耗一個月，偶爾抽抽，兩三個月不成問題。羅伯更絕，每有出差，乾脆用裝三明治的拉鍊袋抓些夠用的菸絲塞在行李箱裡，反正他沒菸癮，只有放空或沉思時才咬咬煙斗。

菲利浦一路推著羅伯上樓，這時其他三人不約而同從沙發上坐了起來，走到樓梯口準備迎接羅伯。「快點快點！」菲利浦在後頭催促著。羅伯抬頭一看，美籍墨西哥裔銀行家兼大藏家大衛．馬諦涅茲和摩根大通（J.P. Morgan Chase）北美區的資深副總裁卡爾．蕭就站在樓梯口，兩人的身後還有個被遮住的身影，一時看不清楚。「大衛和卡爾就不用我介紹了吧！」菲利浦撥開大衛和卡爾，拉著羅伯穿過兩人。

「嗨！又見面啦！」羅伯匆忙問候了大衛和卡爾一聲，停在一位身材瘦小略為矮短的男子面前。「羅伯！這位是ＡＸＡ新任的執行長約瑟夫．史瓦茲。」菲利浦熱心地介紹約瑟夫給羅伯，卻忘了回頭介紹羅伯給約瑟夫。羅伯狠狠瞪了菲利浦一眼，伸出右手

握住約瑟夫，「不好意思！我叫羅伯，幸會！」一旁的菲利浦突然噗嗤笑了出來，「有誰不認識我們大名鼎鼎的羅伯．霍頓教授啊！」一面示意大家坐下，儼然像是這裡的主人。

卡爾在摩根大通主導上市公司的併購案，也主持集團對非營利機構的贊助案，多次買下難得從私人藏家手裡釋出的重要藝術品，再轉贈 MoMA，影響 MoMA 館藏甚鉅，和大衛都是 MoMA 的董事，大家本來就熟，但羅伯倒是對這位素未謀面的ＡＸＡ新任執行長有幾分好奇。羅伯曾多次協助過這家全美最大的藝術品保險公司調查偽畫詐保案，與前任執行長傑生是多年好友，傑生後來因轟動一時的波士頓伊莎貝拉嘉納美術館（Isabelle Steward Gardner Museum）竊案而去職。但眼前的這位約瑟夫，身材瘦小矮短、頂個地中海禿、戴著無框眼鏡，很難讓人跟姓史瓦茲（Schwarz）的猶太人聯想在一起。羅伯裝作不經意地打量著約瑟夫，約瑟夫似乎意識到羅伯的目光，刻意地望向羅伯，兩人四目交接，羅伯尷尬地撇開眼神，約瑟夫卻鎮定地伸手掏出外套裡的名片，遞給了羅伯，順勢化解了羅伯的尷尬。羅伯知道眼前這位約瑟夫，雖沒有姓史瓦茲的人該有的身材，卻有著姓史瓦茲的人獨有的機靈與狡黠。史瓦茲是德國猶太人的大姓，二戰期間因鼓吹反納粹，家族多人被捕處死，大戰結束後，大舉遷徙美國，涉足醫界、商界、政界、金融圈、娛樂圈和珠寶鑽石市場，人脈廣且多人高居圈內要職，美國歷史最

悠久的玩具公司 FAO Schwarz 和喧騰一時的血鑽石幕後要角，都有史瓦茲的身影。

「不是還有一個人嗎？」為化解自己的尷尬，羅伯冷不防地丟出了問題，除了約瑟夫外，其他三人不約而同驚訝地看著羅伯。

羅伯剛下車時，雖精神不濟，卻也瞥見了菲利浦的那輛淡藍色賓利雙門跑車，就停在那四輛車之中。扣除菲利浦的車，還有一輛黑色賓利四門房車，一輛白色的勞斯萊斯和一輛暗紅色的瑪莎拉蒂兩門跑車，即使在微弱的燈光下也很難被忽略。羅伯並不愛車也不懂車，自己也不會開車，但曾經在路過哈佛廣場的書報攤時，被一本汽車雜誌的封面標題吸引住，《你這輩子無法擁有卻不能不知道的世界名車》，他的自尊心馬上被激化，拿起雜誌翻了起來，雜誌裡所有的車子他幾乎都不認識，但當他把雜誌再放回架子時，內心不禁竊喜，自信地對著自己說：「從現在起，你不能再說你不懂車子啦！」這是他第一次檢視自己所學，就考了滿分。他看過大衛的那輛勞斯萊斯，司機送他來開董事會就暫停在 MoMA 的外面，車頭那個有著翅膀的天使標誌，令人過目難忘。在德國

伊莎貝拉嘉納美術館竊案

一九九〇年三月十八日，兩名男子喬裝成警察闖進伊莎貝拉嘉納美術館，偷走十三件藝術品，包括荷蘭畫家林布蘭的《加利利海上的暴風雨》及維梅爾的《演奏會》等。由於失竊畫作多為名家所繪且價格名貴，被稱為世界十大名畫失竊案之一。

導演文・溫德斯的公路電影《欲望之翼》中，有很長的片段特寫勞斯萊斯車頭上的這個天使標誌，暗喻在旅程中實現未完成的夢和意象，而這部電影他看了不下十遍。另一輛黑色四門賓利，AXA的傑生尚未去職時，就是公司配給他的座駕，約瑟夫接了傑生的位置後，車子順理成章就換了主人。最後一輛瑪莎拉蒂跑車的主人，絕非卡爾的品味，依他推論，年紀應不出五十歲，因為這種跑車要價十六萬美元，與賓利或勞斯勞斯的價格相比相對便宜，但也非一般人買得起，一輛福特或 Toyota 也不過一萬多美金，所以此車的主人應是中年有成，有點錢又稍具品味的專業人士。就此推論，卡爾應該就是房子的主人，因為來賓停車格不見卡爾的車，按理應停放在自己的車庫裡。但菲利浦為什麼不一開始就講明藏家就是卡爾？而謠傳大衛以天價買下的那張波洛克的《Number 5》，為什麼出現在卡爾的住處？迴廊和大廳裡那些不曾問世的現代藝術大師的作品又該做何解釋？羅伯一時陷入了沉思，但馬上又被突來的聲音帶回現場。

就在此時，洗手間的門恰巧向外打開，一個高瘦的身軀鑽了出來，羅伯一眼就認出是蘇富比的陶比斯。

「老師！怎麼到現在才來啊！我把原本留給你的那根 Cohiba 都幹掉了！」陶比斯一見羅伯，劈頭就嘮叨，完全沒學生對老師的尊重。

陶比斯曾是羅伯在哈佛大學的博士班學生，生性聰穎、反應快，但好投機。在羅伯

的討論課裡，他很少搶先發言，只是靜靜地聽著其他同學的高論，然後再就同學的言論提出他的看法，一樣可以跟同學辯得面紅耳赤。但羅伯絕非省油的燈，一眼就識破陶比斯沒看過他規定的閱讀，只是逞口舌之快，用他的小聰明，疊床架屋罷了！但羅伯還是喜歡這傢伙，雖說陶比斯好投機，但他有種見微知著的本事，往往舉一能反十。其實當老師的很難不偏心，遇到這種聰明卻不用功的學生，有時還是會睜一隻眼閉一隻眼，但事情就壞在陶比斯自以為是的小聰明上。

他趕在期末報告截止當日上繳了三十頁報告，就三十頁、雙行距、Arial 10 號字體，一切照羅伯的要求，不多也不少，題目很聳動〈是誰剝光了杜象的新娘——大玻璃的懸念〉。羅伯從不規定報告的題目，他要博士班的學生能具備自己找問題自己解決問題的能力，他更享受從學生五花八門的研究裡獲得新知與新觀點。陶比斯這學期的期中報告羅伯曾給了個A^+，還大加讚揚他的邏輯觀和抽絲剝繭的能力，所以班上八個學生裡他最期待陶比斯的報告，尤其好奇被學者嚼爛的杜象還能研究出什麼新花樣？

那天羅伯沒課，他如往常待在家裡，點起煙斗，開始閱讀學生的報告，第一份就是陶比斯的。他花了十分鐘先快速瀏覽過第一份報告，然後用鉛筆在尾頁做了些注記，他很滿意地合上了第一份報告，再用差不多的時間瀏覽過第二份報告，一樣在尾頁做了些注記，就這樣很快翻過了八份報告，他不得不驚嘆，陶比斯這小子的邏輯和論述能力已遠遠凌駕同儕！一般文科的學生通常較缺乏科學的辯證能力，但陶比斯打破了這個魔

咒，他大學主修心理學副修藝術史，被哈佛錄取前已取得一個藝術史碩士，但他一點都沒有文科人的八股樣。陶比斯的三十頁報告裡，光引述的注解就有十一頁之多，超過了整份報告的三分之一，但短短十九頁的論述不但引經據典，更是擲地有聲！一個他不看好的題目，竟能點出以前史家忽略的觀點。杜象不是羅伯的研究長項，但這位前衛藝術家在一次大戰期間用一個普通的小便池簽上 R. Mutt 的假名，卻以雕塑品之名發表了這件《噴泉》（Fountain），震撼了全球藝壇，不僅顛覆了傳統的創作思維，更是二十世紀後半觀念藝術的濫觴。陶比斯的報告燃起羅伯重新研究杜象的興趣，尤其報告題目所討論的這件杜象花了八年才完成的裝置作品《大玻璃——新娘甚至被光棍們扒光了衣服》（The Large Glass-The Bride Stripped Bared by Her Bachelors, Even），一件兩面裂開的大玻璃夾著一些丈二金剛摸不著頭緒的符號，當時能理解這件作品的人不多，現在也沒什麼學者持續在談論這件作品，但陶比斯報告中的一段話卻言簡意賅地把杜象的創作理念講得透徹：「杜象的作品在解構與重組的過程中製造了不同的聯想機制，說明了不同物件的機會性，其重組後所形成的意象，已超出語言或符號的限制，進而將藝術表現推向一種虛無、荒謬的境地，而這種超越語言符號的藝術張力，不但印證了達達主義所倡議的不具語言符號意涵的東西，更被遊走於幻境與寫實間的超現實主義者奉為圭臬。」一句句敲到羅伯的心坎裡，心想著這種學生，真是百中挑一啊！

羅伯再次細讀陶比斯的報告，他突然閃過個念頭，這傢伙不愛念書，報告裡卻洋洋

灑灑地引用了十幾本書，也許陶比斯只是不愛念他指定的書，想著想著，他順勢看過陶比斯引用的書目，心頭一驚，這些書大部分他都沒看過，甚至沒聽過，其中幾本符號學的著作，雖是他的研究領域，他也沒印象看過這些書，但這些書的作者可都是這領域赫赫有名的專家，他不禁自慚形穢，覺得自己最近也許太懶散，竟讓學生超前了。他馬上打開電腦，上亞馬遜搜尋這幾本書，竟然都沒賣，他又登錄了學校裡的圖書館，也都查不到這幾本書，他開始覺得事有蹊蹺，將每本陶比斯引用的書都查過一遍，只有三本書查得到。

羅伯見陶比斯從洗手間鑽了出來，似乎難掩尷尬，嘴巴微張卻擠不出一個字來。七年來羅伯從沒忘過這傢伙，更從沒預期會在這個場合與陶比斯不期而遇。愛之深責之切，七年前羅伯最看好的門徒，背叛了自己也背叛了他，捏造了不存在的書目，就連那三本查得到的書，所引用的論述也是瞎掰的，這是羅伯二十幾年教職生涯中遇過最棘手的事件，陶比斯是他教過最聰明的學生，也是最愚蠢的一位。他曾試圖讓陶比斯有解釋的機會，但陶比斯只冷冷地回答：「既然被你識破，我無話可說，但想順便提醒你，我期中報告的A+也是你給的。」羅伯一時目瞪口呆，就像現在一樣，久久說不出話來。最後陶比斯離開了他班上，也離開了學校，卻進了蘇富比。

「老師！我以前讓你失望，現在可沒再讓你失望了吧！」陶比斯挨著羅伯坐下，掏出了一張名片畢恭畢敬地交到羅伯的手裡。看著名片，那件剛剛驚鴻一瞥的《Number 5》又再度浮現腦海，心想著今晚的聚會一定是個布局，只是誰假菲利浦布了這個局？又為何要布這個局？難道就為那六張不曾問世的波洛克？

「羅伯！你怎知道陶比斯今晚會來這裡？你什麼時候也幹起偵探啦？」菲利浦好奇地逼問著羅伯。羅伯一時無法抽離過往的種種，看了菲利浦一眼，沒有答腔。

這時陶比斯開口了，「老師一定觀察到了什麼蛛絲馬跡，所以才斬釘截鐵地問不是還有一個人？我在洗手間裡一聽到，馬上鑽了出來，心想著可不能再忽悠他了，不然又會落在他手裡！」羅伯聽出陶比斯話中有話，可見七年來陶比斯對他當時的處置仍耿耿於懷。

「我數了數停在外頭的車子，就覺得應該還有一人！」羅伯順勢化解了尷尬，又接著說：「但從沒想過會在這裡遇見我這輩子最不想見又最想見的人！」他把眼光投向身旁的陶比斯，又補了一句：「你真是我這輩子揮之不去的夢魘啊！」此話一出大夥都笑了開來。羅伯這時明白，對這群人而言，他只是個局外人，大夥正盤算著什麼，他迫切等著有人能趕快切入正題。

「羅伯！你是個聰明人，一路走到這裡也看了不少屋子裡的名畫，心裡一定也有許多疑問。不瞞你說，這些作品都是大衛三十幾年來的收藏，有些二次大戰前的作品可能

是當年納粹的掠奪品，所以從未曝光。大衛收這些作品所費不貲，怕一旦曝光，家屬進行追討，就得無條件歸還，這毋需我多加解釋，你也清楚得很。」羅伯知道這開場白絕不是今晚的重點，他仍耐心地等著菲利浦切入正題。「其實今晚找你來，是希望你能對廳裡的那六件波洛克提出一些看法。」羅伯聽得出來，菲利浦的語氣是一種試探而不是要求。

「容我請教這屋子的主人是大衛嗎？」羅伯沒順著菲利浦的話，冷不防地丟出這個問題，其他幾人面面相覷，大衛和卡爾互看了一眼，卡爾回得直接：「是我的房子，哪裡不對嗎？」眾人眼神中似乎透著不安，但都明白羅伯絕非省油的燈，只是羅伯的問題有點超乎他們的掌握。

「我只是好奇，大衛三十幾年來嘔心瀝血的收藏怎會都在你家？」羅伯銳利的眼神看著卡爾，步步逼近。羅伯就是這個性，凡事打破砂鍋問到底，不服輸，愛挑戰，說穿了就是學者的那股傲氣，不太懂也不愛交際，只要他認為是對的，總是據理力爭，但問題就在於他「認為」的基礎，純粹是個人一種頑固的認知，一旦把這種認知的程式寫在腦裡，就像掃不掉的病毒，愈掃愈棘手，破壞力就更大，最後解決問題的方法就是全然摧毀，重新來過。

這時坐在菲利浦身邊的大衛插了嘴，「這個我來解釋，其他人說不了，也不好意思說！」羅伯不喜歡這種一搭一唱，開始有點耐不住性子。「其實從買了《Number 5》以

後，我的財務開始出現危機，就像當年買了梵谷《向日葵》的日本安田火災海上保險公司，都寫下了該藝術家當時的最高成交紀錄，但這兩件作品好像是種魔咒，安田火災海上保險買了《向日葵》卻被質疑是仿作，公司一度面臨營運危機，最後也只能把《向日葵》供奉在他們頂樓的美術館裡；而我買了《Number 5》之後，厄運連連，大部分的基金投資被套牢，尤其雷曼兄弟破產時硬是虧了近三分之二的資產，兩年前一些貸款銀行又抽我銀根，只好開始變賣一些不動產，這間房子和你剛剛看到的那些作品，就是在那時請卡爾幫忙向摩根大通抵押貸款，但……」羅伯等不及大衛把話說完：「但這些作品有可能是當年納粹的掠奪品，或根本就是掠奪品，完全不能曝光，且難以脫手，為什麼摩根大通還願意拿這些畫抵押貸款給你？你是不是想告訴我這是不能說的祕密？」羅伯一口氣把話說盡，其他五人一時鴉雀無聲。

「羅伯！既然找你來，就沒什麼祕密！」菲利浦試著打圓場：「今天找你來，主要是針對展廳裡那六件波洛克的作品，想要你給個意見，你就先別在其他的作品上打轉了吧！」

羅伯一聽更沉不住氣：「既然不是祕密，幹嘛怕我問？再說，既然找我來了解那六張波洛克的畫，那這事又跟在座的各位有什麼關係？」他說著把目光投向坐在身旁的陶比斯。

「這個我來說給老師您聽。」陶比斯一派氣定神閒。「其實是我建議找老師來幫

忙，因為我上過老師有關波洛克的研究課，深知沒人比老師更懂波洛克的作品，加上MoMA考慮館藏這六件作品，老師您又是MoMA的典藏顧問，所以……」羅伯作勢想打斷陶比斯，陶比斯暗示讓他把話說完。「……所以他們找我來研究這六件作品上拍的可能。這不就回答您的問題了嘛！」陶比斯一口氣說明了來意，羅伯只好把到嘴邊的話嚥了回去，讓陶比斯繼續說下去。「卡爾想循慣例買下這六件作品捐給MoMA，但作品捐贈前需要典藏委員的同意，您是典藏委員會的頭頭，當然要您先認可才行。加上，大通要求捐贈有公開議價的程序，上拍便是最好的方式。如您認可了這六件作品，當然希望您能在拍賣圖錄上寫些東西，加強證據和說服力，畢竟這六件從未出現在市面上，肯定會引起一些爭議。」

羅伯見陶比斯語歇，迫不及待地接了話，「這些東西哪來的？」陶比斯的眼神望向大衛，羅伯看在眼裡，這擺明了就是套招，羅伯終於憋不住氣，「別再當我是三歲小孩啦！今晚到底要我來幹啥？有話直說，不然我現在就走人！」

這時帶領羅伯前來的那位女子端上了咖啡。「大家先用點咖啡！」女子招呼著，轉身遞給羅伯咖啡時，向他使了個眼色。女子此時已換上了一身白色的運動夾克和長褲，羅伯第一眼沒能認出，也沒心思理會女子的眼色，心裡還為剛才祭出的殺手鐧悸動著，急著等大家的回應，女子這一攪和，剛才的氣勢全沒了。「教授！要糖和奶精嗎？」

熟悉的聲音勾起羅伯的記憶，他開始想著女子那個突如其來的眼色。「糖就好！」他抬頭望著女子不經心地回應著，女子熟稔地往羅伯杯裡加糖。他試著再次搜尋女子剛剛的眼色，迅雷不及掩耳地又偷瞥了她一下，女子眼神並無異樣，「難道是我眼花了嗎？」他心裡嘀咕著，順著女子俯視的目光低頭端詳著手上的咖啡杯，潔白的糖粒慢慢沒入黑咖啡裡，就像他內心無名的堅持逐漸被怒氣吞噬，他順手拿起湯匙攪拌了一下，一張小字條微微地浮出了咖啡表面，他心頭一驚，鎮定地用湯匙把字條壓回咖啡裡，他再抬頭時，女子已轉身下樓。

羅伯這個人遇強則強，遇弱則弱，但最大的弱點不是固執，而是過度自信讓他少了防備心，一旦發生預期外的事，往往自亂陣腳，為了掩飾內心的慌亂，他的固執有時候會顯得荒謬。他不停地攪拌著手裡的咖啡，眼睛死盯著杯裡載浮載沉的白色字條，紛亂的思緒深深鎖住他的眉頭，內心的糾結更加速他手裡湯匙的攪動。也許他心裡已閃過數十個念頭，如何在眾目睽睽下能不動聲色地順利讀取那女子刻意留給他的字條，但此時的他就像個做錯事的小孩，膽戰心驚，故作鎮定，想察言觀色，又不敢貿然抬頭，他只好試著放慢所有動作，以免引起旁人的注意。就在他慢慢深呼吸之際，不知從哪冷不防地冒出了一句話。

「是不是有東西掉你杯裡了？」坐在另一側的約瑟夫遠遠地關心著羅伯。

這一問，羅伯瞬間被問傻了。先前只在心裡反覆模擬閱讀字條的方式，從沒預期有人會注意到他杯裡的東西；所以這一問，竟把他嚇到六神無主，亂了方寸。羅伯雖然是業界的翹楚，能言善道，但他已習慣每件事都先做好準備，預期外發生的事，他往往先選擇躲避或不回應，但這次卻被問得無處可躲。他頓時覺得手在發抖，杯子一直往下沉，他頭也不抬，話也不應，只覺得腎上腺素瞬間激增，兩耳發熱且轟轟作響。此時，菲利浦和大衛把喝完的咖啡杯擺回桌上，卡爾也把喝剩一半的咖啡擺在另一個小茶几上，而給約瑟夫的咖啡一直沒端起來過，現在好像每個賭客都一一亮了牌，似乎逼著莊家也得跟著亮牌。就在陶比斯快要把咖啡杯也擺回桌上前，只見羅伯舉起了杯子，把咖啡一口氣喝下，字條在嘴裡兜了一圈，羅伯用舌頭一頂，想順勢將字條卡在牙齒後緣，但字條卻轉到了舌根，咖啡差點跑入鼻腔，他怕嗆了出來，只好把咖啡和字條都一起吞了進去。

「你說我嗎？我杯裡沒東西啊！」坐在羅伯身旁的陶比斯疑惑地回應約瑟夫，還故意亮了一下他剛喝完的空杯。約瑟夫揮了揮手，示意沒事。此時眾人的目光不約而同地投向坐在陶比斯旁邊的羅伯，羅伯試著收拾內心的驚慌，企圖從混亂中找到秩序。他再次板著臉抬起頭來回梭視在座的其他人，狠狠拋出「我們現在還要繼續談嗎？」再次把用咖啡前的氛圍重新拉了回來，讓自己又占了上風。此話一出，羅伯不禁心裡暗自竊笑，當個稱職的演員其實不難，只要適時轉個念，想著劇中腳色的性格，厚著臉皮就

能演戲。為了練膽量，大學參加戲劇社，演了幾個亞瑟・米勒（Arthur Miller）、田納西・威廉斯（Tennessee Williams）的本子，導演竟看上他演主角，主角內心的衝擊、掙扎、惆悵，甚至瀕臨崩潰的心情轉折，竟都能被他一路忐忑下把角色演繹地淋漓盡致！過往舞台的底子有時真讓他不得不佩服自己。雖然平常臨危必亂，但逆勢而為的能力又再次讓他輕騎過關。

「我看大家今晚長途跋涉來到這裡，都累了。不如先休息，我們明天再繼續討論。羅伯，你看如何？」卡爾故意把球丟回給羅伯。羅伯心想，這裡面大有文章，在沒弄清楚葫蘆裡賣什麼藥之前，不如以退為進，轉攻為守，待釐清事情的原委後，再見機行事。

「好吧！但別忘了明天得給我個說法。」羅伯即使心裡已有定見，也不忘加上最後這一句，總得把戲順著演完。

「羅伯！要不你今晚就在展廳另一邊的客房歇著，也幫忙盯著樓下那六張波洛克的畫作！」卡爾的風趣稍稍緩和了氣氛，但聽在羅伯的耳裡，卻總覺得卡爾語帶玄機。

卡爾拿起電話按了分機，隱約聽到樓下電話在不遠處響起了回音，但好一陣子都沒人接聽，卡爾轉身告訴羅伯：「珍妮好像不在屋裡，你可以再等一下，待會讓珍妮帶你過去。如真累了撐不住，要不就請你自行走到對面，就是樓上唯一的那間套房，我會請珍妮把行李送到你房裡。」卡爾示意羅伯房間的方向，語氣中帶著幾分虛假的歉意。

「珍妮就是送我來的那位女孩嗎？」羅伯想再次確認。
「是啊！她一路上都沒跟你提她是誰？這丫頭也太沒禮貌了！」卡爾故作驚訝地望著羅伯。
「我上車後不久就睡著啦！還沒機會問呢！」
「她房間就在這屋裡，分機上黃色按鍵，有什麼需要，找她就是！」
羅伯耳朵是聽著，但眼睛卻盯著電話機上紅色、黃色和綠色的按鍵，心想著「其他兩顆按鍵是作什麼用的？」卡爾看出他的好奇，卻不想給他追問的機會。
「我想你一定累壞了，早點休息吧！」眾人不約而同起身跟羅伯道別。
「祝你今晚好夢啊！」菲利浦拍拍羅伯的肩膀，不經意地補上一句，詭譎地笑著。

•

羅伯單獨被安排住在展廳另一側的二樓，其他人則住在主建物的客房裡。
羅伯正要爬上對面樓梯時，看見樓梯正底下有個三角夾間，門半掩著，他踏上階梯時刻意往門裡瞧了一眼，門縫中不時透出閃爍的光影，他本以為是裡頭開著的電視，但沒聽到任何電視聲。他再上了一個階，好奇地多停留了幾秒，又裝作不經意地往門縫裡望了一眼，這回讓他看明白了，牆上滿是監視器的螢幕，桌上堆滿了拷貝帶。他又上了

一個階，這次他頭也不回地死盯著裡頭瞧，就在此時，門被輕輕地從裡頭帶上，羅伯被這突如其來的舉動嚇到，快步直往二樓奔去。

「這屋裡沒風，門不會自動關上，一定是偷窺被發現了，裡頭的人才把門帶上。但這輕輕一帶，刻意不驚動其他人，不管是客氣還是什麼，對自己的警告意味相當明顯！」羅伯兩階一步地上了二樓，一面思索著。

他一站定，突然轉身，驚覺地往四處張望，死命地尋找什麼東西。「這地方一定布滿了監視器，我的一舉一動一定都被監控著。」這股本能的反應，竟讓他背脊涼了半截。他數著牆角的監視器，小小的空間裡竟有十三處電眼。「平常這裡幾乎沒外人，設這麼多監視器，幾乎涵蓋每個角落，到底在監視什麼？」他百思不得其解。視線仍不放過每個角落。就在他望向對面時，他突然看見卡爾隔著玻璃也正望向自己。兩人交接的視線短暫停留了幾秒，卡爾面無表情地叼著雪茄，雪茄就像黏在他嘴裡，不見吸吐，煙霧卻從他嘴裡慢慢滲了出來，半罩著他的臉，煙霧繚繞中，卡爾的眼神越顯銳利。羅伯心一慌移開了視線，馬上轉身進了房間，心砰砰地跳著，竟一時喘不過氣來。

「我想我們給自己找上麻煩了！」卡爾又深深吸了一口雪茄，兩眼仍目不轉睛地望著羅伯的房間。

「你這話怎麼說？」大衛聽到卡爾這麼說，倒是有幾分好奇。

「羅伯確實不是省油的燈！也許我們都太低估他了。」卡爾突然轉向菲利浦，接著說：「就連跟他有十多年交情的你，都不見得了解他！」

「我不明白你的意思！」菲利浦丈二金剛摸不著頭緒。

卡爾若有所思，但不打算向菲利浦解釋。他坐回約瑟夫的旁邊，又深深地吸了一口雪茄。他不疾不徐地轉向約瑟夫，但這次他右手的食指把雪茄扣得更緊。

「約瑟夫！你怎麼看這事？」他刻意地往菸灰缸裡撣了下雪茄，但沒有灰掉落。

「其實我倒不擔心羅伯，他畢竟只是個學者，單純到只追著我們要答案，從這點看，我們初步的計畫算是成功了。今晚他的疑問是我們製造出來的，只要我們暗中引導他找到答案，而且這答案不能我們給，要讓他用自己的方法找到，他才能相信它的真實性，如果我們的劇本寫得好，他演得也起勁，應該不難達到我們的目的。」

約瑟夫看沒人反應，便接著說：「大衛和卡爾你們私下的關係，沒人能置喙，羅伯知道後更能釋疑。所以拿納粹掠奪品來融資這事，重點不在你幫他融資，對羅伯而言，是納粹掠奪品的法律問題，加上這些作品他從沒見過，鐵定會費心思在這上面，時間一

長，疑點就多，這點我們得速戰速決。」約瑟夫的分析讓人覺得他就是此事的操盤者。

「菲利浦站在美術館的立場，必須表現得更中立，不要讓他懷疑你，所以有時你得站在他的立場幫他出氣；而陶比斯你現在是個執行者，已經讓他知道這六件波洛克得透過你的安排上拍，才有可能進到美術館，他作為館藏的把關者，知道資金面不是問題，一定會把重心放在作品的研究上，你是他學生，知道他的研究方法，更重要的是你懂得無中生有的方法，你研究上騙過他，他害你退了學，他現在對你仍有愧疚，甚至相信你已沒有理由再騙他，所以他對你會先選擇信任，而且我們這群人中也只有你能贏得他的信任，只要你掌握得宜，不難讓他走上我們布好的局。」

「你怎麼那麼篤定，曾經被我騙過，對我失望透頂的人，還能再次相信我？」陶比斯心裡就是不踏實。

「攻心為上！我不能篤定他對你毫無戒心，所以我另外安排了另一個局外人來說服羅伯，我敢說，羅伯現在正急著找這個人釐清他心中的疑點。」約瑟夫不改他一貫冷靜且胸有成竹的本色。

「我怎麼不知還有個局外人？」菲利浦急著插話，心想愈多人知道風險就愈大，要是出了紕漏，他這個館長的位子不但不保，可能還得吃上官司。

「其實不是別人，就是剛剛端上咖啡來的那位姑娘——珍妮！」此話一出，其他人面面相覷，就連當主人的卡爾都沒了頭緒，大夥都等著約瑟夫說明原委。

「為了讓羅伯照著我們的劇本走，我交代珍妮去接羅伯時在車上遞給他一瓶摻了GHB的瓶裝水，這種GHB俗稱神仙水，屬二級毒品的伽瑪羥基丁酸，是一種中樞神經抑制劑。它呈現無色無味液態，飲用進入人體後，會產生類似酒醉、昏睡、失憶或幻覺等症狀，CIA審訊凱達恐怖組織的成員也常用GHB配合深度催眠來引導招供，偶爾也會被保險公司用在一些棘手的理賠案件上。一旦飲用少量的GHB，飲用者潛意識會認為自己已昏睡，但記憶神經卻仍然運作，如趁機植入新的記憶，很容易達到洗腦作用。」約瑟夫對他的布局顯得有點得意。

「我要珍妮在車上趁羅伯自認昏睡之際，告知羅伯此行的任務在於深入研究一批從未問世的藝術品，下車後又引領他親眼目睹那些作品，讓他先產生一連串的疑問，好讓他順理成章進到我們事前擬好的劇本裡。剛剛我們在跟羅伯對談時，我知道珍妮會透過監視器看著我們，便趁機對著鏡頭暗示她幫我們送上喝的，當她遞給我咖啡時，我知道下一杯會遞給羅伯，就把撕下的糖包紙條故意丟入羅伯的杯裡，我猜珍妮會以為我別有用心，不會吭聲，但她在端咖啡給羅伯時八成會不安地看羅伯一眼，這是人的本能反應。而從羅伯看到紙條後緊張的反應，我猜他已中了計，以為珍妮想暗示他甚麼。」

「你怎麼知道他一定會相信珍妮？」菲利浦還是一知半解。

「因為在車上，我就已說服他相信珍妮了！都拜那瓶水之賜啊！」直到現在，其他人也才明白約瑟夫並非省油的燈！但這些非事前規畫的安排，倒讓主人卡爾對約瑟夫產

生了戒心。都是猶太人，他知道約瑟夫這種性格如水能載舟也能覆舟。其實要約瑟夫參與此事，是要他在保險上幫忙，哪知這傢伙為了能順利推動他之後要負責的部分，就連先前的布局都如此費心運籌帷幄。卡爾聽完約瑟夫的說明，緩緩地從沙發上站了起來，轉身又望向對面的房間，心裡想著，接下來也只能借力使力，才能達成任務。

•

羅伯開了燈，發現房間不大，就一張雙人床、一個小書桌和一張單人沙發，沒有電視，也沒有冰箱，靠外頭的那面牆中間被細窄的長方形玻璃左右橫切，看起來像是窗，但裝飾性大於實質設計，整面玻璃無法外推，加上表面反光，更無法從裡頭往外眺望。整個房間除了房門外，沒有第二處聯外通路，是一處不折不扣的密閉空間。羅伯開始感到不安，他的幽閉恐懼症讓他感到呼吸困難，急促的呼吸聲伴隨著心跳加速，他開始感到窒息了。他拖著步伐移向房門，就在伸手扭開把手之際，他順手把燈關了。黑暗中，他回吐了幾口氣，馬上又睜大雙眼環視了房間一周，他仔細檢查每個隱蔽的角落，沒發現任何光點，至少確認房裡沒有任何監視器，他的呼吸才漸趨平順。他再次開了燈，沒把房門全帶上，故意留個縫，雖達不到透氣的功效，至少有放鬆神經的作用。本想先進浴室洗把臉，但他想到手提行李還沒送過來。他走到書桌旁，拿起桌上的電話，看著電

話上紅、黃、綠的按鍵，停頓了幾秒，他又把話筒放了回去。羅伯一時心生好奇，卡爾竟放任一個女子守護著他幾十億的資產，這女子絕非簡單的人物，要不是長期跟在卡爾身邊的親信，不然就是至親，那她為什麼還要偷偷塞字條給他？如果是對他的提醒，大可在車上或下車引領他來展廳的路上就告訴他，何必挑個他正理直氣壯的時刻介入？難道在他跟其他人激辯的當下，她一直在監控室監視著他，所以她的介入是想替其他人緩頰？再說，連坐在他身邊的陶比斯都沒發現他杯裡的東西，被卡爾擋到視線的約瑟夫竟看得到他杯裡的字條，難道珍妮先給約瑟夫端上咖啡時就被他發現？羅伯拼湊著剛剛的場景，試圖還原一個自己能接受的邏輯。

或許是他會錯意，自己合理化了一個不經意的動作，把字條和女子的眼神視為一種線索，在自己心裡虛擬了一個情節，他深知自己常犯這種毛病。他愛福爾摩斯，更喜歡亞森羅蘋的俠義風格，大學畢業後，也曾申請進入ＣＩＡ或ＦＢＩ，但最後還是選擇繼續攻讀博士。視覺藝術符號學雖是他的專長，但他自認更擅長觀察人類行為，而這種自信卻被自己的愛徒陶比斯嚴重摧毀，從此他對於人的行為模式，開始轉入細部的觀察，一言一行，甚至一個眼神或不經意的動作，都會被他擴大解釋，試圖從蛛絲馬跡中找出邏輯，但有時卻只是一種自圓其說而已。

房外的敲門聲把羅伯拉回了現實。他起身向前，順道問了句：「誰啊？」，門外的人還來不及作聲，他已把半掩的房門拉開。珍妮拿著他的旅行包站在門外，「教授，

把行李給您送來了！」羅伯接過行李，卻一句話都問不出口，連謝謝也忘了講。「待會展廳通戶外的門會從裡頭鎖上，展廳的燈因保險理由會一直開著，如您想到外頭透透氣，請隨時讓我知道。」珍妮字字清晰地說著。羅伯兩眼直盯著珍妮說話的表情，根本不在意珍妮的提醒，他只想從珍妮的表情上找到剛剛端咖啡給他時的暗示，但他失望地向珍妮點點頭，隨口一句「好的」，隨即帶上房門，把珍妮隔在門外。他走進了浴室，伸手打開行李袋裡的盥洗包時，一張字條從包裡面掉了出來，他打開對折的字條，「今晚十一點半樓下見」。羅伯把字條塞進了口袋，急忙開了房門，珍妮已不見蹤影，他望向對面的會議室，燈也暗了，他探頭往樓梯底下望，監控室的門緊閉著，他看了一下手表，已經十一點十分了。

珍妮一步出展廳，便飛快地繞過游泳池，下了台階進到主建物的屋內，她熟稔地穿過幾個迴廊，最後駐足在一扇門前。她先看了一眼手上的表，十一點十三分，馬上舉起右手輕輕敲了房門，同時深深地吸了口氣，「叩—叩叩—叩叩——」，房門一開，她側身快速閃了進去。

「我把字條塞給他了，接下來怎麼進行？」珍妮上氣不接下氣地說著。

「我剛剛盯著平板電腦，看到他衝出來找妳，確定他看到字條了！」約瑟夫把手上的平板電腦遞給了珍妮，羅伯衝出房門的影像，透過監視器的畫面重複播放著。

「給他的咖啡裡加了多少ＧＨＢ？」約瑟夫再次向珍妮確認。

「照您指示的〇·三毫克。」珍妮回答得十分自信。

約瑟夫看了看手表，「十二點前，他應該會睡著，妳得抓緊時間！待會就依計畫行事，這資料妳拿著。」珍妮點了點頭伸手接過約瑟夫手裡的資料夾，轉身正要離開，卻被約瑟夫叫住。「這事沒讓卡爾或其他人知道吧？」

珍妮向約瑟夫搖了搖頭，再次轉身開了房門離去。

珍妮是卡爾的外甥女，這點倒是被羅伯言中了，她的母親是卡爾的姊姊，但全家人遠居美國西岸的舊金山，跟長年住在紐約的卡爾互動極少，偶爾從媽媽嘴裡得知這位舅舅的點點滴滴。她依稀記得卡爾結過三次婚，都沒小孩，他的第一任老婆聽說是爸爸的妹妹——依蓮阿姨，他們離婚時自己尚未出生，依蓮阿姨不久後就因癌症過世了。第二任老婆在一起不到半年就分手，而最後一任老婆離婚時狠狠敲了一大筆贍養費，卡爾不願如數支付，雙方鬧上了法院，最後被他老婆挾怨報復，具名舉發卡爾用藝術品逃漏稅洗錢。後來卡爾的律師團反告卡爾的老婆誣告、偽造文書、侵占等罪名，反讓她深陷囹圄一年多，最後法院在查無逃漏稅洗錢的事證下結案，才讓卡爾鬆了口氣，但也讓人見識到卡爾的無情。卡爾怕此事引起後續效應，開始把自己檯面下的資產分批登記到海外的公司，且對於企業捐贈藝術品用以減稅的運作更為小心，布局更為縝密，只讓公司的親信執行，或利用共犯結構中的同夥護航。珍妮從柏克萊加大畢業後，在紐約聯合國做

了兩年的聯絡員，直到那時才有機會接觸這位素未謀面的舅舅。卡爾認為珍妮機靈、反應快，又是自己的外甥女，加上大學主修財經和藝術史，便跟姊姊爭取讓珍妮為自己工作。

珍妮剛開始先在大通的對外關係部門工作，這個部門負責大通對非營利機構的贊助案。於是珍妮認識了不少國際大藏家，但隨著經手的案子多了，她越發了解個中蹊蹺，但她沒有多問，只是做好交辦給她的事。直到她在一個保險會議上認識了約瑟夫，約瑟夫那時剛接任AXA的執行長，整場會議中約瑟夫兩眼炯炯有神地盯著她。約瑟夫的眼神讓她坐立難安，跟聯合國那些官員輕浮的眼神不一樣。在聯合國裡的那些老色狼，不管哪個國籍、什麼膚色的男人，沒人會對珍妮這款標致的身材有意見，加上她最愛穿白色窄裙，說什麼也不願把自己最愛的行頭換成婉約的套裝。青春無敵，與她擦身而過的男同事，無一不見獵心喜，她一度榮膺聯合國總部內最高回頭率的頭銜，她享受女人的忌妒與男人的垂涎。但頭一次遇到約瑟夫這種不友善的目光，似乎緊咬著她的一舉一動，她的青春不再無敵，她的短裙不再得到關注，她的呼吸不再自信，一時逼得她手足無措，只能下意識地猛轉著手裡的筆，這是她第一次學著躲避男人的目光。約瑟夫的目光並不輕佻，而是透露著一種威脅的訊息，他即使不開口講話，就有本事用眼神告知對方他的想法。雖然在聯合國工作的雇員都必須接受短期的反情報訓練，但周旋於各國官員間的珍妮，似乎尚未練就抵擋火眼金睛的本事，帥哥的眼神她能以一擋十，但約瑟夫

這種讓她十秒內看不穿猜不透的眼神，使她心生畏懼，偶爾遇到就只能閃躲，但各種形式的閃躲卻往往成了心防的破綻，一但被逮住，不攻自破。

「小姑娘！待會可否借一步說話，到我辦公室單獨聊聊？」約瑟夫堅定的語氣壓得珍妮透不過氣來，她頭也不抬地只能唯諾示意，搞得自己像是做錯事的小孩，連自己也想不透為什麼會有這等反應。

珍妮進了約瑟夫的辦公室一坐下，約瑟夫便丟了一疊檔案資料到珍妮的面前，珍妮驚見檔名竟為「卡爾・蕭的詐保案」。她遲疑地拿起檔案翻閱著，約瑟夫不發一語，當她把檔案放回桌上時，整個人傻在椅子上足足幾十秒的時間。

「所有我們正在調查的案子，妳都是唯一的經手人。而據我們所知，妳又是卡爾的外甥女，妳還有什麼要補充的嗎？」約瑟夫冷冷地拋出問題，卻見珍妮面無表情地看著他。

珍妮緩緩地站起，把檔案夾推回給約瑟夫，「你找錯人了！」掉頭要走，卻被約瑟夫叫住，「等一下！我們需要妳的協助。」這句話中的「我們」挑起珍妮的好奇心。她轉過身來正要進一步詢問約瑟夫的話中含意，赫見約瑟夫左手亮出ＦＢＩ的探員證。「我說我們需要妳的協助！」約瑟夫斬釘截鐵地重複著剛才那句話。

二〇〇九年卡爾收購了大衛在東漢普敦的房子和抵押給大通的這批畫，要珍妮負責打點這裡的一切，珍妮離開了紐約大通的辦公室，搬到了東漢普敦。

珍妮再次看了手表，十一點二十四分，她快步穿過最後一個迴廊，正準備踏上通往屋外的階梯，她驚覺到身後的一扇門突然開了，她才回頭馬上就被房裡的一隻手拉了進去，重心不穩，整個人跌入黑暗裡，緊緊地被一雙手環抱住。她聞到 Boucheron 的古龍水味，沒好氣地罵著：「陶比斯！你鬧夠了沒？」

陶比斯鬆開了手，開了燈，就見他一臉無賴地看著珍妮。「這麼晚了，走這麼急，去哪兒？」

「你就不能正經點嗎？」珍妮沒好氣地說。

「還在生我的氣？」陶比斯試探著。

「我明明叫你別蹚這渾水，你怎麼老是不聽！」珍妮刻意壓低了音量。

「我們真的需要這筆錢！再說……」珍妮沒等陶比斯說完，硬是插了話進來，「不要再說了！我不需要這筆錢，你也不需要，別用我當藉口來滿足你自己的需求！你要是真心想跟我在一起，就答應我別再攪和了！你是個聰明人，找個好理由，就說你幹不了這事，讓自己全身而退！」

陶比斯心想，一旦踏入卡爾的共犯圈，就像誤觸蜘蛛網的蒼蠅，即使蜘蛛無法立即將牠斃命，諒蒼蠅也不敢振翅掙脫，愈是用力，愈是把自己給纏死在網上。

「卡爾是妳舅舅，難道妳不了解他的為人？妳要我離開，那妳倒告訴我妳自己還在

這兒幹啥？別以為虎毒不食子，一旦出了事，妳可是知道所有內幕的關鍵人物，絕對脫不了身！到時卡爾為了自保，還有妳活命的機會嗎？我自己做事有分寸，我不入虎山，哪能就近保護妳啊！」珍妮一時接不上話，愣了兩秒，瞥見手裡的檔案夾，突然想起得趕回展廳，她看了一下手表，不禁脫口而出，「不好了！壞事了！」轉身開門走了出去，把陶比斯拋在房裡一頭霧水。陶比斯接住門，輕聲在珍妮背後喊著：「珍！珍！」只見珍妮兩步做一步上了階梯疾行開門出了房子。

•

羅伯見還有五分鐘才十一點半，便放慢速度趁機整理一下思緒，想著待會見到珍妮後如何釐清他心中一連串的疑問，尤其樓下布滿了監視器，如何有技巧地打探出答案又不露破綻？他推演著各種可能性，也模擬了珍妮的各種反應，他覺得有點腦頓，本能地走向桌前想用紙筆記下自己的想法，突然眼前一黑，整個人癱坐在床上，他極力撐住自己的眼皮，但終究不敵ＧＨＢ的藥性，昏睡了過去。

珍妮一步入展廳，再次看了手表，十一點三十四分，她快速地搜索了一遍展廳的每個角落，卻不見羅伯的蹤影。緊張的視線最後停在羅伯的房門外，她瞧見門縫透著光，跟稍早一樣門沒關死，心想羅伯也許還在房裡。之前半開著門等她送來行李，現在也半開著門，是否也正等她呢？但字條上明明清楚寫著「今晚十一點半樓下見」，她還記得陶比斯曾提起羅伯上課時從沒遲到也不曾早到，只要他手上的電子表一叫，即使到嘴邊的半句話也喊停，讓學生準時下課。這麼重視時間的人，不可能爽約。更何況約瑟夫費盡心思要她故佈疑陣，以羅伯凡事抽絲剝繭的個性，他絕對不會錯過見她的機會。推敲至此，珍妮內心透著幾分的不安。她不經意地抬頭注視著角落一處的監視器，她知道約瑟夫正透過監視器看著她，她突然間有種依賴感，希望此時約瑟夫能透過監視器下達指示，但這種期待無疑是緣木求魚。

她決定上樓探探動靜，才準備上樓，突然聽到一陣玻璃敲打聲，循著聲音的方向望去，驚訝地看見陶比斯整個人貼在玻璃門上，激動地示意她開門。她不想讓約瑟夫知道她跟陶比斯的關係，更不願讓陶比斯陷入約瑟夫的布局裡，一來她怕陶比斯壞了事，二來她正想辦法要陶比斯遠離這個是非圈。她雖說不上深愛陶比斯，但她知道唯有她才能

拯救陶比斯，免得他愈陷愈深。她喜歡陶比斯的聰明、機智與風趣，卻擔心他欠缺智慧與勇氣，他常常以挑戰別人的聰明來證實自己的聰明，但聰明並不代表有智慧，他過度信賴自己的聰明，往往讓他的雄心成了企圖，讓他的抱負成了包袱。珍妮在大通對外關係部門時，曾奉卡爾的指示到蘇富比找陶比斯討論私下買賣藝術品的案子。她一走進陶比斯的辦公室，兩眼便目不轉睛地盯著陶比斯身後的書架，完全忽略了陶比斯殷勤的招呼聲。書架上盡是些《畢卡索的視網膜效應——立體派的濫觴》、《莫迪里亞尼的祕密情人》、《安迪沃荷的同性戀世界》諸如此類的偏門怪書，倒不見什麼正規的藝術史大部書。

「你平常都看這種書嗎？」珍妮劈頭便問。

「妳這樣問，想必也是有智之人？」陶比斯故作試探。

「大通敢派我來找你，我應該不會是省油的燈吧！」珍妮故作姿態。

「妳平常都這麼伶牙俐齒嗎？」陶比斯乾脆也直來直往，但仍一副溫文儒雅，談吐慢條斯理。

「遇強則強，愈弱則弱囉！」

「妳的意思是會看這種書的人都很強囉！」陶比斯趁勢拉抬自己。

「你這人愛耍嘴皮子，罵人又不帶髒字，挺偽善的！你父母哪一方是英國人？」珍妮不甘示弱。

陶比斯被問得莫名其妙，「不好意思！妳剛剛的問題是……」

珍妮噗哧地笑了出來，「原來你也有當機的時候？」珍妮實在忍不住還要酸他一把。她最討厭這種自以為是的男人，明明就是個拍賣公司，非得要在自己的辦公室擺出一堆跟拍賣無關只用以炫耀個人癖好的書。珍妮大學時也主修藝術史，明眼人一看，這上頭沒一本教科書，也沒一本理論專書，也沒藝術家的圖錄和畫冊；再說，拍賣公司都有自己的圖書館，大可不必在自己的辦公室耍帥。美國人重隱私，不會輕易把自己的背景、性向、癖好攤在陽光下，尤其是書架上的書多少能透露擁書者的生活態度和對特定議題、事物的好惡。這麼大剌剌地揭自己隱私，又裝得如此風度翩翩、道貌岸然，肯定有英國人的偽善，珍妮就用這句話來挖苦陶比斯。

陶比斯本想加強攻勢扳回一城，但定神細視，珍妮身材婀娜多姿，尤其那件長不及膝的白色短裙，更襯出她的迷人。

「茶？還是咖啡？」陶比斯知道，對付這種女人得祭出關懷的問候和溫暖的眼神。

「不用，給我一杯 Evian 的溫水就行！」也許珍妮還是刻意刁難。

這時卻見陶比斯從桌子底下拿出一瓶 Evian 瓶裝水，珍妮見狀本想開口繼續刁難，陶比斯用手勢制止了她，不疾不徐地接著說：「要不我把水倒到咖啡機裡幫妳煮一下，再加點冷水調溫？只要妳願意靜靜地等我三分鐘，馬上奉上妳的 Evian 溫開水！」還沒等珍妮反應，他接著又說：「還有，我父親是美國人，母親也是美國人，但我卻在英國

出生！」陶比斯正經八百地回答珍妮的問題。

「你說真的假的？」珍妮越發覺得這個人有趣。

「要是真的話，我請妳吃飯；要是假的話，我也請妳吃飯！如何？」

珍妮看了看表，已近中午時分，「飯總得要吃，又有人陪吃飯，何樂不為？」

珍妮故作鎮定往樓上走去，完全忽略玻璃門外的陶比斯。她站在半掩的房門外往裡頭探了探，裡面毫無動靜，也無任何聲響。「羅伯不可能離開這棟建築，我剛剛離開時從外把門反鎖了，而且那是唯一一扇通往外面的門。該不會藥效提早發作，已經昏睡了吧？」珍妮揣測著各種可能。心想糟了，要是羅伯已經昏睡，就沒機會在明天繼續討論這個案子前先進行洗腦工作。她決定回去找約瑟夫商量，但想到陶比斯還在門外，得想個讓他信服的說法，好支開他繼續進行彌補工作。

她迅速下了樓，不經意地又朝其中的監視器望了一眼，期待約瑟夫能明白她現在的處境。約瑟夫吸收了珍妮後，還安排讓珍妮去接受執勤探員的特訓，從盯梢、放眼線、科學辦案、鑑識到擒拿、肉搏和武器的使用，利用十二個周末完成訓練，他還親自教導珍妮如何竊取資料、同步分析、布局、解碼、傳遞等技巧，更重要的是建立他跟珍妮的溝通密碼，這套密碼就是所謂的行為符號學，正是美國情報人員敵後工作必備的敵我辨識技能。所謂的行為符號學，說穿了就是一種科學性的篩選研究，譬如一個受到觀

光客騷擾的村莊，便可利用這套符號系統來分辨自己的村民或外來客，進而保障村民的權益。但這種符號不能是一種可直接辨識的標誌，例如貼在車上的貼紙，因為它可以被直接辨識且容易被外來者偽製；它必須是一種不可複製的行為模式，唯有自家人才能解碼，就像我們一般人見紅燈停綠燈行，但這村裡的人反向約定紅燈行綠燈停，就可清楚篩選出那些仍紅燈停綠燈行的人一定非我族類。

情報員在受訓的過程中，如果將某種制約行為轉化成自己的第二天性（second nature），在舉手投足中，不經意地釋出這套行為模式，在難辨敵我的情境下，能幫助探員在第一時間點辨識出面對的是敵是友。這就好像棒球比賽時，教練用手勢和肢體語言下達指令給隊員一樣，只有自己的隊友才能清楚解碼教練傳達來的信息。所以，珍妮已養成了與約瑟夫只有雙方理解的溝通模式，即使是一個眼神也可轉換成被理解的信息，如這種溝通模式變成了自己的第二天性，那就形成了俗話所說的「默契」，圈外的人自是無法破解。但這種默契必須避免衍生邏輯，否則就會有被破解的可能，所以必須隨時保持符號的變動、更替、增刪，且得同時傳遞給自己圈子的人，不但讓他們在第一時間上能具備解碼的能力，又得立即把新符碼的使用轉換成第二天性，確保不露破綻、不著痕跡，又能彼此辨識和繼續溝通，這絕非一般的本事，但卻是一個探員必備的基本技能。

珍妮下了樓，見陶比斯已經離開。她開了玻璃門，再次快速繞過游泳池，向約瑟

夫的房間奔去。她進了主建物下了階梯，正準備轉入迴廊，直覺後頭有一隻手抓住了自己的右肩膀，她二話不說，本能地伸手抓住這人的手腕，就地來個過肩摔。陶比斯呻吟了一聲，整個人重重地摔在地上。珍妮一看是陶比斯，不待陶比開口講話，一個箭步伸出左手摀住了陶比斯的嘴巴。「噓！」珍妮暗示陶比斯不要出聲，一面向前張望迴廊的動靜。陶比斯還沒搞清楚狀況，突然迅雷不及掩耳地被珍妮連拖帶扯的拉進身後的房間裡。陶比斯被珍妮這突如其來的舉動錯愕到馬上跌坐了起來，兩眼巴巴地望著珍妮，一句話也說不出口。

珍妮沒時間解釋，她迅速脫下右腳的跑步鞋，開了門閃了出去，出去前刻意壓低聲音拋下幾句話給陶比斯，或者說是命令，「別動！別出聲！」兩人的眼神連交會的機會都沒有。珍妮一到走道，一面踉蹌地穿回鞋子，果不其然，約瑟夫現身在走道的另一頭，正快步走向珍妮。

「發生了什麼事？」約瑟夫語氣鎮定，但神色有點焦急。

「剛下樓梯，走得太急，不小心跌了一跤！」珍妮一面說著一面把鞋穿了回去。

「我看妳匆忙離開了展廳，八成是急著來找我，但看妳進了這房子卻遲遲等不到妳敲門，這段走道又剛好沒監視器，怕出事才出來看看。怎麼樣？出了什麼事？羅伯怎麼沒現身？我看妳……」珍妮暗示約瑟夫隔牆有耳，回房裡說，硬是快步把約瑟夫帶離了現場。

陶比斯隱約聽到珍妮和約瑟夫的對話，先是一頭霧水，但幾個關鍵字卻聽得明白，「……跌了一跤……沒監視器……羅伯沒現身……」，他直覺事有蹊蹺。「到底珍妮急著找約瑟夫做什麼？她剛剛急著把我拖進房來，是怕被約瑟夫看見？還是怕我看見約瑟夫？她又怎麼知道約瑟夫會出現在走道上，事先把腳上的鞋子脫掉，裝成跌跤來合理化自己的拖延？」陶比斯在黑暗中暗自揣度著，呆坐著沒有出聲。

他認識珍妮短短不到一年，說兩人熱戀，沒有過，但一開始交往，卻有種多年知交的熟稔。他們不常膩在一起，偶爾相聚，也不談情說愛，就愛鬥嘴。談古論今，說三道四，天文、地理、時尚、人物，都能說上個幾小時，連在床上也不放過討論某個藝術家的風花雪月和閨房八卦，但兩人盡量避免一起出現在公共場合，不一起看展、不一起逛街，頂多挑個好館子一起吃飯，不是怕被撞見，而是約定好給彼此更自由的空間。陶比斯中年事業有成、風度翩翩，在業界更是小有名氣，卻很少傳出緋聞，主要是業界謠傳他只愛男人，讓女人聞之卻步。年過四十仍孑然一身，他倒也樂得清閒，平日就愛看一些奇文怪書，跟人交談老是舉一反十，認識他的都說佩服，不認識他的都說他臭屁，雖有些哥們朋友，但也都受不了他那張愛辯的嘴。死的說成活的，活的還能說得成仙，他

反應奇快且自認幽默，但有時幽默卻用在不長眼的地方，老惹人嫌，能陪他吃頓飯聊上幾句的人，自是不多。所以第一次見到珍妮，棋逢敵手，被珍妮問到啞口無言，心裡雖不是滋味，倒也兜著樂。他愛冷豔有想法的女人，不欣賞男人眼中那些身材火爆但智慧奇缺的女神，那些女人總讓他覺得味如嚼蠟，一頓飯下來，不是他借故半路閃人，就是女的中途憤而離席。珍妮不愛帥哥，她喜歡男人幽默但不粗俗，好辯但明理，所以當她遇上陶比斯，雖談不上相見恨晚，但陶比斯在別人眼裡的缺點，一下子都成了優點。兩人交往到現在，有默契絕口不提未來，也不過問彼此的私事，就連之前每周末的探員特訓，珍妮也隻字未提。但珍妮這一記過肩摔，卻摔出了陶比斯的隱憂，倒不是男人的自尊心受傷害，而是他開始覺得跟珍妮的關係似乎有點距離。

「到底珍妮想掩飾我跟她的關係？還是她不想讓我知道約瑟夫跟她的關係？」他對珍妮的信心從沒動搖過，也不覺得自己被隱瞞，即使有天珍妮移情別戀，也深信一定有她的理由。「她如果不是在保護我，就不會硬把我給拖回房間！而約瑟夫的出現，卻讓她神經緊繃，急著布陣圓謊，她鐵定有難言之隱！不讓我知道，也許怕我擔心，或怕把我拖下水！再說，她也不必事事向我報告，我們兩個是獨立的個體，這早已是兩人心照不宣的交往態度，所以我不知道的事，並不代表她刻意隱瞞！」陶比斯試著安撫自己，強化信心，好拉近她和珍妮的距離。

他開始跟珍妮交往，就知道她不是個容易相處的人，更難捉摸她的想法，行事乖張

卻有邏輯，喜好不定卻理由充分，固執卻不頑強，很難被取悅卻可以為幸運籤餅的預言喜極而泣，不崇拜偶像卻老愛進教堂，她不禱告，就靜靜地坐著感受那份寧靜與莊嚴。她直白，但從沒說過自己的感受，跟她相處，只能靠直覺。有時陶比斯極度懷疑自己對珍妮的感情真的能提得起放得下？他總是得找些理由來強化自己的信心，來證明他對珍妮的感情，但他的理智卻往往無法勾描他在珍妮心中的位置！然而，剛剛那一過肩摔，也許摔出了彼此的距離，但剛剛硬是被拖入房裡，也拖出了珍妮對他的掩護之心，「也許此時該是一個男人展現智慧且有所承擔的時候了！」一股熱血頓時湧上了心頭。

•

約瑟夫和珍妮一進了房門，沒等約瑟夫開口，珍妮劈頭便說：「羅伯已經昏睡了！計畫A失敗，請告訴我計畫B！」約瑟夫見珍妮單刀直入，反而顯得珍妮有所迴避。是想避重就輕？還是怕他追問？約瑟夫停了半晌，不發一語，突然看著珍妮，「是不是有什麼我不知道的？」

「我一回到展廳，四處不見羅伯，就上了樓，也沒任何動靜，想必他昏睡了，確定原計畫失敗，我就急著回來找你！」珍妮回答倒是鎮定。

「展廳發生的事，我看得清清楚楚！反倒是有些地方，我看不到……」約瑟夫意有

所指卻沒把話挑明。

「你懷疑我把事搞砸了？」珍妮態度理直氣壯，想以聲勢奪人。

「我必須知道真相，才能應變！」約瑟夫仍步步逼近。

「我去時確實耽擱了幾分鐘！」珍妮還是不願坦白，她也想試探約瑟夫到底知道多少。

「為什麼耽擱？」約瑟夫緊咬著不放。

「途中遇到了陶比斯，花了一些時間打發他！」珍妮知道說出陶比斯的名字已經是底線了。

「陶比斯知道多少？」

「什麼都沒讓他知道！他看我行色匆匆，那麼晚又一個人，想趁機搭訕，我花了幾分鐘時間跟他周旋，但到了展廳，卻沒看到羅伯！」珍妮故意避重就輕。

「妳跟陶比斯熟嗎？」約瑟夫這一問，把珍妮問得不知所措。

「之前業務上有幾次往來，說不上很熟！」她還是答得小心翼翼。

「你們不是情侶？」約瑟夫問得一針見血，珍妮頓時感到心跳耳熱，一陣錯愕。

他沒等珍妮回答，直接把桌上的平板遞給珍妮。「那妳倒告訴我，陶比斯在展廳玻璃門外叫喊時，妳卻故作鎮定，頭也不回地上了樓，妳還刻意望了監視器兩次，想引開我的視線，妳擺明在掩護他，如果你們不熟，妳的反應根本不合邏輯！再說，妳看監視器的

眼神，頭是往上抬了，但眼神卻是飄向外面。如果來者不善，妳不會漠視，除非妳另有考量。稍早妳端上咖啡遞給陶比斯時，故意避開跟他四目交接，但妳卻跟其他人互動熱絡，尤其陶比斯不時用眼角餘光看著妳，只有兩種情況男人會這樣看著一個女人，一是窈窕淑女，君子好逑的眼神；二是熱戀中的男女，欲蓋彌彰的眼神，他的就是第二種。妳受過行為符號的訓練，但學藝不精，破綻百出，妳確實對我有所隱瞞！」珍妮兩眼盯著平板，腦筋一片空白。

「其實……」她絞盡腦汁想擠出個理由，但脈搏跳得厲害，她力圖鎮定。珍妮知道只要供出實情，陶比斯絕對脫不了身，約瑟夫一定會用她要脅陶比斯，拖他下水。話說回來，要是陶比斯也知道她跟約瑟夫的計畫，更不會放手不管，以他自認聰明的個性，要不壞了布局，就是自作主張。珍妮深知絕不能讓這種最壞的情形發生，她情急生智，不如將計就計，才要開口解釋，房門突然被推了開來。珍妮不敢相信站在自己面前的竟是陶比斯，原本的胸有成竹，一下子變得措手不及。

「誰來告訴我，這是怎麼回事？」陶比斯沉不住氣，珍妮一離開，他在房裡待了半晌，不久便跟了出來。在約瑟夫門外站了一會，隱約聽到珍妮和約瑟夫在房內的對話，他這突如其來一問，把房裡的空氣給悶得更僵了。

珍妮一把抓住陶比斯的手，向他使了個眼色，陶比斯沒悟性，迅速將手抽回，整個人向後退了兩步。「妳最好離我遠一點，別再想對我動粗！我也只不過想找妳聊聊天，

到了展廳，見了我也不開門，是怕我吃了妳不成？剛剛妳又從我房前走過，我正好開門要到車裡拿點東西，想上前跟妳解釋，才一搭上妳的肩，卻被妳摔得鼻青臉腫！打了人就跑，這是哪門子的待客之道啊！」陶比斯突然止住，故意打量了約瑟夫幾眼，又回過來看著珍妮，語氣變得較緩和且略帶酸味，「即使我不是妳的菜，也大可不必動手動腳的！不管怎樣，妳還是欠我一個道歉！」

珍妮見狀，將計就計，「那你不敲門就闖到別人的房裡來，是不是也欠我們一個道歉啊？」

「我願為我的莽撞道歉！」陶比斯深深地一鞠躬。

「那我也為我剛剛的魯莽和失禮向你道歉，晚安！陶比斯先生！」珍妮順手開了門，示意陶比斯離去。

陶比斯以一貫優雅之姿向兩位告退。「晚安！兩位！」

陶比斯一走，約瑟夫心想，這是一齣不能再爛的戲了，兩人演得起勁卻欲蓋彌彰，即使是套好招，也破綻百出。「剛剛在走道遇見珍妮時，不見陶比斯，陶比斯卻自爆珍妮對他動手，然後拋下他不管，那陶比斯又怎麼知道珍妮在我的房間？」約瑟夫想著陶比斯的智商絕對不低，竟被愛情沖昏了頭，不禁暗自竊喜，現在陶比斯自投羅網，只要掐住珍妮的脖子，陶比斯絕對唯命是從，而只要給陶比斯一點顏色，珍妮也會為之緊繃。

陶比斯一走，珍妮也深知壞事了。陶比斯不擅於聽人指令，要他待著別動，沒充分的理由，或者說沒有讓他信服的理由，他很難聽令行事，即使工作上他得配合執行成令，往往也有他自己的想法，也許有些時候確實能達事半功倍之效，但有時也會因過分自信或自作聰明把事給搞砸了，就像現在這個情況。珍妮當然知道陶比斯的個性，所以對他突如其來的舉動並不訝異，只是不願他涉入太深，亂了方寸，毀了自己的前程，所以極力讓他置之事外，但剛剛在走道上發生的種種，確實很難讓陶比斯沉住氣，只是沒料到陶比斯會這麼快採取行動。因一切發生得突然，沒機會解釋，珍妮也不習慣解釋，所以就不可能事前安排任何配套演出的橋段，陶比斯突然闖入，再好的演員，再快的臨場反應，都難在老謀深算的約瑟夫面前把這齣戲演好。但陶比斯的反應卻讓珍妮更加肯定她心目中的這個男人，即使被蒙在鼓裡，第一時間還是以珍妮的安危為優先考量。珍妮其實知道陶比斯很自私，想得到的都不會輕易放棄，一旦鎖定目標，眼前就只看得到獵物，無視自身的危險，無視他人的競爭，更別提捨身救人，但珍妮卻破了他的罩門。珍妮無意影響陶比斯，更不願相互牽絆，所以約定不涉入彼此的私空間，但這種享有充分自由的愛，竟沒讓陶比斯更加自私，反而讓他學到如何放下自己成就別人，但這個「別人」就只能是他心中唯一的摯愛，因為有所愛，讓他放下了懷疑、捐棄了成見。珍妮自是感受到了陶比斯對她的呵護之心，雖說他適時挺身而出，但陶比斯的自作聰明，

仍讓她憂喜參半。

她知道這點把戲騙不了約瑟夫，既然陶比斯難以脫身，不如將計就計，讓陶比斯順理成章上了船，即使是賊船，只要想辦法讓他當上賊王，就有機會扭轉乾坤。她一時也無法多想，後續的發展得從長計議，她見約瑟夫許久不吭聲，只好主動出擊化解沉默。「你就直接告訴我B計畫吧！」珍妮本想一語帶過，避開約瑟夫的追問，突然瞥見手裡平板的監視器畫面，羅伯出現在展廳裡，正翻閱著她剛剛帶去的那疊約瑟夫交給她的資料。她把平板遞給了約瑟夫，約瑟夫端詳了一會，便說：「你現在就過去，我相信妳知道該怎麼做！」珍妮二話不說，轉身離去，原本快步疾行，走到接近陶比斯的房門前，又怯步了起來，心想著：「這傢伙該不會又自作聰明蹦出來礙事吧！」她不敢多想，快步經過陶比斯的房門，一個箭步踏上了階梯。本一股勁往前衝，突然煞住了腳步，一個可怕的念頭快速從腦海閃過，她突然掉頭回到陶比斯的房前，舉起右手輕輕朝房門敲了三下，沒人應門，她的臉色鐵青，心裡一沉，知道大事不妙了！她忐忑上了階梯，衝出戶外直奔展廳。

羅伯一醒來，看了手表，已近深夜十二點，他急著從床上跳起來，懊惱自己竟睡著了，更懊惱錯過解開心中謎底的唯一機會。他開了房門往樓下望，展廳的燈還亮著，但不見半個人影，心想珍妮應該早已睡了。他不死心，回到房裡，拿起電話不假思索地按下機座上的黃色按鍵，頓時電話鈴聲在展廳的另一邊響起，約莫十幾秒，沒人應。他掛上電話，慢慢地走下樓梯到展廳，不經心地看著牆上那六張波洛克的滴畫，「六件都作於一九四八年！」菲利浦的話言猶在耳，但他此時卻極力想搞清楚為什麼自己在關鍵時刻竟然昏睡了過去。

珍妮衝出戶外，又上了幾個台階，她隔著游泳池遠遠望向展廳，卻依稀看到一個身影開了她房門走進去。她心想著，羅伯進她房間幹什麼？即使在展廳沒看到她，應該也會先按電話找她，再者也會先敲門，不至於魯莽到就直接闖入！羅伯看起來不像是個隨便的人，他在業界風評甚佳，稍早跟其他人的互動也是義正詞嚴，一派學究的風範，言談舉止也頗有分寸，如此有教養之人，是什麼動機讓他甘冒騷擾之名在深夜闖入一個女人的房間？難道他發現了什麼，急著找她對質？或者在她離開約瑟夫房間走到這兒的中間發生了什麼事，迫使他做出了這樣的舉動？腦子裡一時理不出各種可能性，她加快腳步，來到展廳的門前，她急著彎下腰去開鎖，鑰匙剛插入鑰匙孔還沒轉動，門卻鬆晃了一下，她不敢相信自己剛剛匆忙離開時竟忘了鎖門！她小心翼翼地推開了門，刻意先

望向羅伯的房間，他的房門跟稍早一樣，還是半掩著透著光。她又把視線移向自己的房間，房門緊閉著。她貓著腰輕聲滑近自己的房門前，側著耳朵探著房裡的動靜，就在此時，她背後展廳的門突然被推開，她猛然回頭一看，不敢相信站在門口竟是羅伯，「那在我房裡的是……？」她懵一下子了！

珍妮見羅伯同一身裝扮，全身的行頭都沒換過，被雨水打濕的頭髮顯得有些凌亂，腳上的鞋子也沾了泥土，混著一些雜草，想必一個人在雨中走了一陣子，他不發一語，濕淋淋地站在原地。

「教授！這麼晚您去哪了？怎麼沒事先通知我？」羅伯的出現，似乎讓珍妮有點錯愕。

羅伯不發一語，還是杵在原地，臉上的表情不溫不惱。「教授！要不您先回房換件乾衣服，免得著涼了？」珍妮再次試著化解尷尬。

這時羅伯不疾不徐地亮出右手握著的塑膠空水瓶，他抬頭刻意地望了一眼監視器，同時把空水瓶朝自己的右大腿重重敲了兩下，噗噗的聲音頓時劃破了沉寂的空氣，然後帶著一絲輕蔑的神情掉頭逕往自己的房間走去。珍妮一時沒反應過來，望著羅伯的背影和他手上的空瓶，她突然瞥見瓶上的微笑標誌，心頭一驚——那不是上車時給羅伯的那罐瓶裝水嗎？

她為了在瓶裝水裡摻入ＧＨＢ，費盡心思，幾次模擬針孔的位置，最後選擇從瓶蓋下手，但缺點是不易穿透且容易留下針孔。為了掩飾瓶蓋上的針孔，珍妮特地從網路上選了一個微笑圖樣印在瓶蓋上，倒不是怕混淆所以刻意標示，她深知欲蓋彌彰的標示使用，絕對是行為符號學的大忌。為求不露破綻且能讓凡事觀察入微的羅伯不起疑心，她甚至在印上微笑標章前，先用矽膠由外填平針孔，再把標章蓋在針孔上。為求謹慎，她還聲東擊西刻意多做了一瓶，打開後先喝掉了幾口，然後把剩餘的瓶裝水擺在靠駕駛座的杯架上，另一個靠乘客的杯架就擺上給羅伯的這瓶，一來讓羅伯卸下心防，二來方便區分，再說羅伯一開始也沒預期，甚至沒理由懷疑會遭人設計。但這一切的安排，從羅伯剛剛的眼神和反應，珍妮知道紙終究包不住火，這把戲應被羅伯拆穿了，但不解羅伯為何不當面直接講明，還故弄玄虛一番？此時的珍妮千頭萬緒，有點不知所措，突然想起她房裡的陶比斯，轉身欲向房門走去，一抬頭，牆上的一支監視器正對著她，她才明白，羅伯剛剛的舉動無疑是在跟幕後的支使者叫陣：「我可不是省油的燈啊！」因為他知道這個藏鏡人正監看著他的一舉一動。但令珍妮百思不得其解的是，她到底哪個環節露了餡，讓羅伯抓到了把柄？她制約地又望向監視器，希望約瑟夫看清楚了剛剛那幕。

窗外的雨愈下愈大，碩大的雨點重涔涔地落在映著燈光的游泳池裡，加上沙沙的風雨聲，讓珍妮的心情更是百般糾結。她用力地推開房門，再也受不了陶比斯的自以為是，也許只是想找人發洩以掩飾她受傷的自尊，自投羅網的陶比斯剛好成了替罪羔羊。

羅伯回到了房裡，把濕衣服給換了，一股腦坐在床上，喜孜孜地像被賞了糖吃的小孩，敞著嘴角樂到合不攏，他一面用毛巾擦拭著頭髮，一面想著接下來如何見招拆招。就像福爾摩斯辦案一樣，入手時往往撲朔迷離，找到蛛絲馬跡再抽絲剝繭，只要反覆推敲，掌握邏輯且能見微知著，沒有破不了的案。羅伯原本對珍妮毫無戒心，但這女人卻三番兩次想引起他的注意，一下是咖啡杯裡的字條，一下又是行李包裡的字條，且總選在眾目睽睽和監視器的監控下，頻頻暗示卻欲言又止，所有的巧合實在難以令人信服。但事情就壞在珍妮於短時間內故技重施，被羅伯找到了相同的行為模式。羅伯六小時內昏睡了兩次，在沒時差也無身體不適的情況下，從沒發生過這樣的事，他自恃身體很好且記憶力驚人，即使生病或多天熬夜也不至於無預警地昏睡，醒後腦子裡又老是殘留一九四八這個數字，對事情的時序也開始產生錯亂，這些症狀很快都指向他被下了藥，而兩次昏睡前都是從珍妮的手中接過飲料，之後便不省人事。

其實羅伯心裡早知道，珍妮只是一顆棋子，聽命行事而已，但卡爾大費周章把他請來又動員了這麼多人，無非要借重他對波洛克的專才，結合其他人的關係和力量，順利地把那六張波洛克的畫作送進 MoMA。企業捐贈是件好事，但何須這麼大費周章把一票人都找來？再說，卡爾和大衛都是 MoMA 的董事，大家都是舊識，想把自己的收藏捐給美術館，大可循正常管道提出申請，MoMA 的館藏幾乎有一半都來自董事的捐

贈，根本不需要策動菲利浦來搞神祕，甚至把陶比斯都給扯了進來，即始不透過公開程序上拍的作品，想捐給美術館，一樣可以透過具公信力的第三方機構作鑑定、鑑價，使捐贈者享有同樣的減稅條件。

卡爾的摩根大通銀行想購買這六件波洛克的作品捐給 MoMA，堅持透過拍賣運作這六件作品的唯一理由，不外是拍賣的成交價可能因場內外的競標讓落槌價遠高於第三方機構的鑑價，甚至直接安排人在拍賣會上抬價，畫是卡爾或大衛的，摩根大通買畫的錢掌握在卡爾的手裡，拍愈高賣家就賺愈多，不管拍多高反正摩根大通都會買下捐給MoMA，摩根大通也會因捐贈達到企業減稅的目的，賣方賺買進和賣出的價差、拍賣公司賺佣金、摩根大通賺名聲和減稅、MoMA 賺到了六張波洛克的畫，大家都是贏家，皆大歡喜！

這種操作手法早已是企業間心照不宣的減稅伎倆，但重點在於企業想捐，美術館不見得就會收，得看作品是否符合館藏的方向和條件，所以把主導 MoMA 館藏的把關者羅伯延請過來，自是要他的協助，根本沒理由一上車就迷昏他，唯一能解釋的是，他們不是想迷昏他，而是想對他進行洗腦工作，讓羅伯依著他們寫好的劇本逐一畫押。羅伯協助過ＦＢＩ偵察國際偽畫組織，深知探員逼供或吸收反間時常用的手段，其中對下藥後的反應再清楚不過了，所以他得找到證據佐證他的推測。

先前羅伯在醒來後下樓找不到珍妮之際，又仔細來回瀏覽那六件掛在牆上的波洛克滴畫作品，順便隨手翻著珍妮留在桌上的波洛克檔案：六件作品都沒有波洛克的親筆簽名，畫名都寫著「無題」，六件全都作於一九四八年，不曾展出過，也無出版紀錄，但羅伯卻在收藏歷史欄上看到了讓他睜大雙眼的藏家阿方索（Alfonso A. Ossorio）的名字，這個名字多年來一直困擾著許多波洛克的專家學者，因為阿方索是第一個鼓勵波洛克夫婦使用滴畫創作的藝術家，是波洛克夫婦的至交，也是他們居住東漢普頓時的鄰居，更是波洛克作品的大藏家，但問題就出在阿方索也從事滴畫創作，且常與波洛克相互切磋，甚至偶能創作出比波洛克更好的滴畫作品，但名氣卻遠不及波洛克。波洛克於一九五六年過世後，阿方索成了波洛克遺孀李・克萊斯納以外擁有波洛克四〇、五〇年代作品最多的藏家。一九七八年波洛克——克萊斯納基金會（Pollock-Krasner Foundation）聘請了尤金・蕭（Eugen Victor Thaw）和法蘭西斯・歐康納（Francis V. O'Connor）兩位專家合編了四冊波洛克的作品圖錄（catalogue raisonné），但阿方索所收藏的多件波洛克作品卻沒被收錄進去，引發了學界的關注和討論，質疑阿方索所藏波洛克作品的真偽。大部分研究波洛克的學者都視阿方索為波洛克的替身，市場更將阿方索的收藏視為燙手山芋，敬而遠之。

難怪卡爾把他和陶比斯都找來，如能對他先進行洗腦，讓他支持這些作品的真實性，再配合陶比斯在拍場上的運作，便可寫就一個完美的劇本。菲利浦第一次提及這六件作品時，就故意釋出這六件作品皆完成於一九四八年的訊息；下了珍妮的車後，腦子裡一直繞著一九四八這個數字，就連剛剛大夥談到這些作品時，腦子還是離不開一九四八，檔案上也記載著這六張畫皆是一九四八年的作品！這六張畫連波洛克的簽名都沒有，也沒任何出版，怎能如此篤定一定是作於一九四八年？即使表現手法與同樣作於一九四八年的《Number 5》類似，也很難斷定就是同年分的作品。唯一合理的懷疑就是一九四八只是個符號，是一個從外硬被植入的記憶，但為什麼在缺乏有力的證據下，連菲利浦也相信這些作品作於一九四八年？「他也被洗腦了？或者他也是這個共犯結構的一員？」

暫時拋下作品的年代問題，當羅伯看到了阿方索所藏的這六件波洛克作品出現在自己的眼前，內心突然湧上了一股莫名的激動，這傳說中的懸案讓福爾摩斯的血液瞬間流貫了羅伯全身，即使未來要面對更多的陷阱，也阻擋不了他一揭真相的衝動。此念頭一閃，他刻意裝得一派輕鬆隨意，技巧性避開與監視器的直接接觸，怕透露了他的心思。他又翻了翻檔案的其他幾頁，有作品的狀況報告書，還有一些阿方索和波洛克夫婦往來的信件和照片，這些泛黃的文件布滿了褐斑，羅伯驚覺這些都是一手文件，他又迅速往下翻了幾頁，仍不見其他可用於佐證作品創作年代的直接證據。他心想，像這樣的第一

手資料，照理說不應隨便亂擱，「難道是另一個設局？」

他之前參與過的偽畫調查案，通常有個模式，就是偽畫一定跟著一堆假資料、假鑑定證書、假書信、假照片，用來取信於人，因為仿製資料總比仿一張畫容易多了，加上書畫鑑定是門專業，並非人人有此能力，所以業界選擇相信資料的人往往多於相信作品；另一個假設是這些檔案匆忙間被遺留在此，珍妮看管這個展廳，人又不在，一定有急事讓她匆忙離開，「該不會連大門也忘了上鎖？」羅伯突然靈光一現。他緩步移向大門，推了推門，這間展廳唯一聯外的玻璃門竟輕易被他推了開來。他不作二想，閃了身鑽了出去，沿著游泳池繞到展廳的左翼，越過主建物的後院來到稍早他下車的地方。此時，天空飄起了細雨，殘月早已不知去向，黑暗中白色的阿斯頓·馬丁仍然搶眼，他很快先繞到駕駛座的門邊，往裡頭探了探，中間靠駕駛座的杯架上仍擺著一瓶喝剩半罐的瓶裝水，但靠乘客的杯架上卻空無一物，「我很少把水喝光，跟著珍妮進到裡頭時也沒印象把那瓶水帶了出來啊！」他強擠著浮絲般地記憶。雨點重重地打在他頭上，他再往車裡左顧右盼，光線已暗到看不清車裡的東西。他不死心，又繞到另一邊，正當一籌莫展之際，他靈機一動，轉身探看身旁草地上的垃圾桶，雨愈下愈大，光線愈來愈暗，但瓶蓋上那個黃色微笑標章卻清楚可辨。他彎下腰伸手掏出了瓶子，迅速扭開瓶蓋，拆下了瓶蓋底的塞片，他用右手食指往瓶蓋內側摸了一圈，瓶蓋底有個小洞微微外凸，他嘴角不禁泛起了一抹微笑，確定自己被下了藥。雨嘩啦啦的傾盆而下，頭頂的幾片烏雲仍

流連徘徊，他頭也不回地奔回原路，烏雲卻一路尾隨。

•

陶比斯離開約瑟夫的房間後，一度暗自竊喜剛剛的演出完美，且一路喜孜孜地陶醉在珍妮和他的默契中。他與珍妮交往的這段時間，兩個獨立的個體有交集也有各自獨立的空間，從不過問彼此的私生活，但彼此又成了各自私生活的一部分，雖不至於難分難捨，平常不見面時也不浪費時間在電話上，但生活上的一舉一動卻心繫對方。當陶比斯想著珍妮時，要是放上兩人最愛的音樂，腦海浮現的是兩人水乳交融的時刻；翻閱書架上的某本書，也讓他陶醉在兩人為書裡的某個觀點鬥嘴的情景；就連為自己斟上一杯紅酒，聞著酒香，都能呼吸到珍妮的氣息。天啊！他一度以為自己病了，竟為一個女人如此癡狂，生活中的每個細節都充滿了她的味道，現在連腦子裡都滿是了她的影子，還得隱忍思念，裝得一副獨立、有擔當、能被依靠的樣子。倒不是為了贏得珍妮的芳心，而是在測試自己的底線，到底自己愛一個人能撐多久不給出承諾？有時他急了，想表態告訴她有多愛她，但又怕破壞了這份維持不易的感情張力，他知道珍妮不喜歡別人替她做任何決定，尤其是像感情這種全憑感覺和衝動的事。但經歷過此事，陶比斯卻意識到他跟珍妮竟能如此心靈契合，他深知他是真心愛著這個女孩，尤其在一起「共患難」之

後，更讓彼此的感情得到了淬鍊，依存與共。想著想著，不知不覺錯過了自己的房間，他突然回頭轉進了房間，從行李包裡拿出了事先準備好的戒指，「天賜良機！也許該是要有所表示的時候了！」他心裡揣度著，一面把戒指盒塞進上衣的口袋裡，直往展廳奔去。

陶比斯上了台階準備推開通往泳池的門，突然瞥見羅伯匆忙離開展廳，快步轉往後院，他一見展廳的玻璃門開著，認為機不可失，迅速繞過泳池，開了門進入展廳，也許求婚的事讓他興奮過了頭，他完全沒理會展廳裡的監視器，大搖大擺地走進珍妮的房間。他緊張地一直反覆練習著待會兒的求婚，又不時把右手伸進口袋摸著塞在裡頭的戒指盒，內心七上八下，卻滿溢著一股幸福感。都四十幾歲了，他從沒想過結婚這檔事，但他相信再過幾分鐘，他的人生將變得很不一樣。

沒過幾分鐘，果不其然，他很快便聽到了門外珍妮的聲音，「教授！這麼晚您去哪了？怎麼沒事先通知我！」他這才知道羅伯也回到了展廳，但沒聽到羅伯的回答，隔了幾秒，珍妮的聲音又響起，「教授！要不您先回房換件乾衣服，免得著涼了。」接著一陣腳步聲緩緩地消失在對面。陶比斯正想靠近門上傾聽，門突然被推了開來，珍妮扳著臉、氣急敗壞地衝了進來，陶比斯被門板迎面撞上後退了幾步，但連個聲都不敢吭。珍妮連陶比斯的正面都沒瞧一眼，也沒露出任何驚訝的表情，好像早就算到陶比斯會在房裡。她抓起書桌前的椅子反著身子坐下，悻悻然地抬起頭來瞪著陶比斯，「你到底鬧夠

了沒？」珍妮沒好氣地從嘴裡吐出了這幾個字，陶比斯一時轉換不了心情，就杵在原地兩眼巴望著珍妮，不發一語。沉寂了幾秒，珍妮突然氣急敗壞地壓低嗓音半吼著：「你幹嘛不講話！你講話啊！」陶比斯蹲了下來，試著安撫珍妮的情緒，但他卻一時腸枯思竭找不到半句話。他把手伸進上衣口袋裡，突然驚覺戒指盒不見了，他用目光四處搜索，動作又不敢過大，左顧右盼，只見那紅色的戒指盒靜靜地躺在珍妮的椅子下，他不敢伸手去拿，怕驚動珍妮，更馬上打消了求婚的念頭，畢竟他還沒那麼不長眼。他試著想再次安撫珍妮的情緒，順便岔開她的注意力，剛要開口，卻被珍妮搶了先機，「我們分手吧！」珍妮一開口就把陶比斯震懾得啞口無言。陶比斯對突如其來的這句話根本無法反應，心情一下子從天堂跌落到地獄，但他知道珍妮的決定一定有她的道理，他慢慢起身，還是很溫暖地說了一句：「妳累了！先休息吧！」然後靜靜地離開珍妮的房間。直到陶比斯的腳步聲消失在展廳裡，珍妮的淚水在眼眶裡轉了一圈，她試著擒住，在滴下來前，被她用手拭去。

珍妮沒心情繼續思考她跟陶比斯未來的發展，心想著還是得把約瑟夫交辦的事給完成，不然自己脫不了身，也會害了陶比斯。她突然一愣，不解為什麼又擔心起陶比斯？她大可一個人過日子啊！她絕不會為了怕寂寞就幫自己找個寄託，更別談託付終生了，但現在她的每個決定好像都跟陶比斯脫離不了干係！提分手倒也沒想太多，只覺得這樣做對彼此都好，其實是對陶比斯好，雖落俗套，但有時這招卻蠻管用的。陶比斯一心想

著多賺點錢，但他其實不缺錢，只是現在有了不一樣的生活目標，待時機成熟，總得跟珍妮表態共築未來，所以潛意識裡對錢就有更多的需求。珍妮就怕陶比斯用他們的未來當藉口，去蹚這渾水，或者說為了保護她不惜賭上自己的前途，提分手也許能讓他暫時冷靜下來。她知道感情的事要是說斷就斷那麼容易，不是自欺欺人，就是別有居心！她提分手，即使顯得自己愚蠢，只希望陶比斯能知道她的苦心，她自己倒無所謂，人不做虧心事，就怕鬼來纏！如果自己的舅舅是那個鬼，倒好辦些，就怕像約瑟夫這種假公濟私的傢伙不願放過她，也不願放過陶比斯，被這種鬼纏上，半夜裡作夢都會喘不過氣。但她現在已沒心思去想挽救感情的事，怎麼挽救已喪失的先機才是當務之急。珍妮從椅子上彈起，順手把椅子往桌裡靠，那個戒指盒如春光乍現，好像注定要被它的主人發現，她彎下腰把它撿起，擺在手心上看了一眼，沒想打開它，只緊緊地將它握在手裡再擺回桌上。她的嘴角不禁泛起一抹微笑，夾著一絲無奈，「你這個傻瓜！」她揪著心暗自罵著！隨即開了房門，閃了出去。

陶比斯離開了展廳，外面滂沱大雨，他頭也不回地走進雨中，耳邊已聽不見嘩嘩的雨聲，但打在身上的雨珠卻有如針刺，他感覺不到痛，任由雨水把他吞噬。珍妮提分手一定有她的理由，他不想問也不敢問，怕破壞了彼此預留的空間和底線。他尊重珍妮的決定，但不甘心連個告白的機會都沒有，好像打了個觸身球，揮棒落空又被判出局。

「我們分手吧！」又在耳邊響起，他試著深呼吸卻吸不到氣，雨水占據了他的口鼻，即使睜著雙眼，眼前朦朧幾乎看不見未來。他渴望被大雨淹沒，又不願束手就擒，他躊躇，卻不知自己在緩步移動。「撲通！」他掉入池子，身體剛接觸到水面的剎那，讓他最後的反抗徹底瓦解，水瞬間充塞了眼耳口鼻，把思緒一下子全都給泡在水裡，不能思考、無力吶喊、也沒有掙扎，整個人被徹底放逐到水裡，任由身子逐漸地下沉，直到他的口鼻再也吐不出氣息來。他突然看到水面上的一道光，身子開始飄了起來，飄過了他與珍妮初遇的辦公室、飄過了他們常去的那家法式小館、飄過了他們常泡的書店，也飄過了很多他沒去過的地方……突然間，他感到有人拉著他的手，讓他飄得更遠，飄得離珍妮愈來愈遠，直到眼前一片漆黑！

羅伯躺在床上，並不巴望珍妮前來解釋。既然下藥的伎倆已被他拆穿，珍妮的任何解釋都會顯得欲蓋彌彰。羅伯更加確認自己是個局外人，並不屬於這個共犯結構的成員，既然不願成為別人掌中的戲偶，又難以一擋十，唯一的因應之道就是趁早抽身，但心裡卻掙扎著難得有機會揭開阿方索所藏波洛克作品的面紗，讓他變得猶豫不決且進退兩難。現在已是深夜，還不能說走就走，一來沒車離開，二來這麼偷偷摸摸地走，反倒像自己落荒而逃。他決定等到明天，來個理直氣壯，把事情給說清楚講明白，再見招拆招，好做個了斷。他仍躺在床上，腦子一直忙著推敲因應之道，突然聽到樓下的腳步聲

和關門聲，他縱身躍起快步移到門邊，從原本預留的門縫望出去，看到一個身影閃出了展廳的玻璃門，他心想「不出所料，珍妮一定急著去面報剛才的事了！」羅伯看了一眼手表，快兩點了，「這麼晚了，這些人竟深夜未眠，還忙著算計！」他內心難掩焦慮，卻清楚知道不能低估這些人的實力！

羅伯反覆推敲著樓下的那六件波洛克作品，突然梅特（Matter）家族的名字在腦海裡閃過。二〇〇二年，亞歷克斯．梅特（Alex Matter）在他父親座落於長島東漢普敦的倉庫裡發現了三十二件波洛克的作品，有滴畫、水彩、素描、草稿和一些未完成的作品，光滴畫就有二十二件，這些作品被棕色的牛皮紙包裹著，上面注記了作品的內容和創作時期（一九四六—一九四九），根據亞歷克斯的說法，牛皮紙上的筆跡出於他父親赫伯特（Herbert Matter）之手。後來這些作品透過加拿大畫商蘭朵（Landau）公諸於世，且開始一連串的美術館巡迴展，一時洛陽紙貴，市場緊盯著這批未經問世的作品，加上覬覦者眾，波洛克的藏家也開始暗中角力，透過關係不惜重金優先購得作品。然在二〇〇七年，一份由美國和加拿大兩個美術館、八個實驗室共十八位科學家，和波洛克專家共同發表的報告指出，那些作品的創作年代應在波洛克去世後才完成，間接證實了那批作品是偽作。報告一出，震驚藝壇，更讓部分已花大錢取得作品的藏家紛紛提告，但最後庭上裁定，鑑定並非一種科學證據，只是一種經驗法則，不足以作為呈堂證供，判梅特家族不需為此案賠償或回購作品，為原本戲劇性的發展又掀起了另一波高潮。但

判決後，梅特家族便不再販售手中剩餘的作品，且逐漸淡出藝壇，從此市場上不見這批作品的蹤跡。這跟之前阿方索所藏波洛克作品所引發的爭議雷同，阿方索和赫伯特兩位都是波洛克生前的好友，一位是藝術家，一位是藏家，但兩人所藏的波洛克作品卻有大半沒被編入波洛克—克萊斯納基金會所主導的波洛克作品圖錄中。

梅特事件發生時，羅伯正在哈佛大學任教，而哈佛大學的弗格美術館（Fogg Art Museum）和附屬的史特勞斯保護技術研究中心（Straus Center for Conservation and Technical Studies）便參與了這批波洛克作品的研究。羅伯當時是藝術史系的系主任，系務繁忙無法撥冗主導該案的研究工作，就把此案交給他的學生——時任研究中心主任的理查．紐曼負責。報告出爐後，他也曾幾次參與討論，對整個案件的始末瞭若指掌。「難道樓下的那六張波洛克會跟梅特的那批作品有關聯？」他愈想

亞歷克斯．梅特的波洛克畫作鑑定案

亞歷克斯．梅特是美國知名藝術收藏家，父母均為創作者，同時也是波洛克的好友。二〇〇三年他宣稱在長島的倉庫裡發現了三十二張從未曝光的波洛克畫作，被一張牛皮紙包著，上面寫著「波洛克一九四六～四九實驗之作（贈與＋購買）」。由於波洛克作品在當時十大最貴畫作中占了兩席，引起各界懷疑，於是他找來鑑識專家James Martin檢驗畫作，從顏料化學特性發現不少顏料是波洛克不可能使用的，例如在波洛克死後超過二十年才註冊的「法拉利紅」（Ferrari red），判定這些畫作是贗品。

愈起勁，忍不住跳下床來，心想著珍妮不在樓下，趁機再去看看那六件作品。他閃了出去，直奔樓下，兩腳踩著階梯，兩眼卻直視著牆面上的作品，待他來到作品前，從左看到右，又從右檢視回來，幾乎跳了起來，「這該不會就是梅特家族那二十二張滴畫裡的其中六張作品吧！」他心裡嘀咕著。即使這六張的尺寸較梅特發現的作品小，有可能是之後被裁切了，用以掩人耳目，但六張畫中亮橘色顏料的使用，還有漩渦帶毛邊的線條，只在梅特的藏品中才出現，但事情就壞在這種亮橘色顏料的使用上，因為這種特殊顏料是一九七一年之後才問世的顏料，也就是在波洛克於一九五六年過世後才有的顏料，之前的研究報告便是據此推翻了梅特二十二件滴畫作品為真跡的可能。

他清楚記得當時接受委託的哈佛研究中心只針對其中的十件作品提出報告，而十件作品中並不包括這六張，也許其他的受託單位有這六件作品的詳細資料，他必須找到這六件的研究報告或原作加以比對，才能佐證他的猜測。他低頭尋找先前擱在桌上的那本資料夾，卻遍尋不著。他將視線轉到珍妮房門旁的書櫃，雙腳早已不聽使喚地往書櫃邁去。此時，珍妮的房門突然被推了開來，珍妮快步衝出房門，差點跟羅伯撞個滿懷。羅伯還來不及回神，整個人退到了掛畫的牆邊，望著沒預期會在此時出現的珍妮，驚訝地不發一語。珍妮差點撞上羅伯，閃過了身子，退到書櫃旁。兩人面面相覷，珍妮難掩尷尬，羅伯也刻意迴避珍妮的目光，就在珍妮想主動向前寒暄之際，一陣刺耳的電話鈴聲從她的房裡傳來，她立刻打消了先前的念頭，轉身又遁入了自己的房間。

「會是誰急著在深夜裡找我？」她知道不可能是約瑟夫，更不會是外頭的羅伯，她大概猜到是誰，但從沒這麼晚還來電，心裡燃起一股莫名的不安。她接起電話，話筒那端傳來卡爾的聲音：「陶比斯在外頭的泳池出事了！妳……」沒等卡爾說完，她拋下聽筒轉身就往外衝，失魂落魄地往展廳的玻璃門直奔過去，消失在滂沱的大雨中。羅伯見狀，一時好奇，也跟了過去，他站在展廳的玻璃門內往外瞧，看見一個身材魁梧的男子正從泳池裡把另一個男的拉上岸，因雨勢太大視線不佳，視角又被珍妮擋到，直到他看到那男子腳上紅色的法拉利球鞋，「我的天啊！是陶比斯！」他也不顧一切地衝了出去。

「出什麼事了？」羅伯急切地問，但男子忙著對陶比斯施予ＣＰＲ，珍妮焦急地緊抿雙唇靜默不語，兩眼直盯著陶比斯，沒人回應羅伯的追問。

「我去打九一一叫救護車！」羅伯嘴裡說著，一面轉身往展廳的方向衝了回去。

此時珍妮的腦子一片空白，她不相信只因她提分手，陶比斯便因此想不開自殺。她知道提分手前，陶比斯正準備向她求婚，但這傻瓜即使碰了釘子，也不會輕言放棄，至少在感情上不會。他剛剛在房裡沒說什麼，要她先好好休息，不就是要她先理理情緒嗎？以前兩人時常鬥嘴，也不時擦槍走火吵了起來，珍妮總是得理不饒人，陶比斯一旦

占不了上風，乾脆不發一語，不然就轉身迴避，珍妮一見他故作不理，愈是發飆，沒完沒了，但氣出盡了便又忘得一乾二淨，隔幾天兩人碰面還是談笑風生，愛得你死我活。珍妮非常熟悉兩人這樣的相處模式，所以對自己提分手並不以為意，況且提分手還是為了陶比斯好，他不可能不明白，所以珍妮不認為提分手會讓陶比斯尋短，但她知道這是她第一次跟陶比斯提分手！

她看著管家丹尼爾鍥而不捨地重複對陶比斯CPR，頓時感到生離死別的恐懼！陶比斯靜靜地躺著，雨水無情地打在他的臉上，濕漉漉的頭髮讓整張臉看起來更加蒼白。他嘴角微翹、神情放鬆，一度讓珍妮覺得他是睡著了，就像以前她看著陶比斯依偎在她身旁睡著的樣子，她忍不住想湊近輕吻他的臉頰，但他的臉龐已被汩汩的雨水浸透了，她無法相信躺在眼前的就是她熟悉的陶比斯，「你這傻瓜！你講講話啊！」她內心痛苦地呼喊著。突然有許多話想對他說，但話到嘴邊卻消失在雨聲裡。

羅伯回到展廳，忙著找電話，在展廳裡沒找著，他馬上衝回房間，拿起聽筒，才意識到話機上只有紅、黃、綠三個按鍵，並沒有其他的數字鍵，原來這支電話根本無法聯外。他愣了半晌，沒多想，馬上又從外套的口袋裡掏出他的手機，手機也毫無訊號，他才明白，原來他是被設計囚禁在這房間裡的。

約瑟夫從珍妮離開他的房間後，眼睛就沒移開過手上的平板，當然能清楚掌握外頭發生的一切。他從陶比斯離開展廳後，就一直從不同的畫面跟蹤他，看著他墜入池裡，也從展廳的攝影機裡看到珍妮衝了出去，接著羅伯也趕了出去。他知道出事了，正猶豫著該不該前去一探究竟，但又怕露了餡兒，會讓別人質疑他怎知道外頭出了事？他立馬換上了睡衣，準備待會兒見機行事。

此時身著睡衣的卡爾出現在廊道，晃著手裡的雨傘，正跑向游泳池的方向他心想著：「今晚可不能鬧出人命啊！否則一切的布局將功虧一簣。」他上了通往外頭的台階，一開門，還來不及撐開手裡的傘，滂礡雨勢迎面撲來，毫不留情地把他吹得蓬首垢面，「什麼鬼天氣！真是沒事找事！」他心裡暗罵著。他一步出門外，便停下了腳步，他似乎聽到了遠處救護車的鳴笛聲，在大雨中悶悶地響著，直到鳴笛聲愈來愈刺耳，最後停在大門的方向一直響個不停。他確定有人打了九一一，他臉色發青，急著掉頭往回走。

約瑟夫聽到救護車的鳴笛聲，認為機不可失，再熟睡的人也難抗拒這種穿腦刺耳的

鳴笛聲。他開了房門才踏出一步，卡爾面無表情地正從他眼前經過，沒寒暄更沒交談，完全無視約瑟夫的存在。約瑟夫先是一驚，愣在原地，看著卡爾濕透而顯得鬈曲的頭髮，加上滿臉的雨水，知道卡爾已在外面待了一會。約瑟夫不禁懷疑，卡爾似乎比他先知道外頭出事了，是誰告訴了他？而管家丹尼爾第一時間就出現在泳池，把陶比斯給拉了上岸，又是誰通知丹尼爾趕到現場？珍妮進了房間又衝了出來直奔泳池，一定有人用電話告訴她，到底是誰打了那通電話？難道這麼晚了，不只他監看著攝影機，還有其他人也跟他一樣徹夜未眠地監視著一切，如果他的假設成立，那這些人又為了什麼？他一面推敲猜測，一面朝通往游泳池的方向走去。

卡爾看似神色鎮定，但他深知即使沒鬧出人命，待會警察也會前來製作筆錄。警察一來，很多事就得被迫交代清楚，今晚他的布局就有可能前功盡棄。不一會兒，他已來到大廳的入口處，遠遠地望見警衛弗烈德打開鐵門讓救護車進來，車一停定，救護員立刻跳下車取出擔架直往弗烈德引導的方向趕去。卡爾若有所思，就一直站在原地，兩眼直望著遠方，果不其然，樹叢外依稀透出了警示燈的閃光，一輛警車閃著車頂的警示燈靜靜地駛來。剛才救護車進來時鐵門沒關上，警車就一路開了進來，避開了救護車進出的路線，索性停在離房子大門最近的草坪上，燈光下清楚可見草坪上被壓出的兩道胎痕。兩位身材微胖的警員下了車，睡眼惺忪、神情不悅地朝卡爾走來。

救護員從丹尼爾的手裡接下了對陶比斯的急救，向丹尼爾了解狀況後，立即交互進行電擊和CPR。幾番搶救後，珍妮看著陶比斯的胸部逐漸蒼白發紫，每施做一次電擊，顏色就愈變愈深，她的心也隨之糾結。她偷偷地把視線移開，但聽著每次的電擊聲，就心碎一次，她終於忍不住壓抑已久的淚水，就拿雨當掩飾讓淚隨雨下，但她的理性已悄悄地準備面對即將失去摯愛的哀痛。她轉過身拭去臉上的淚水，理了一下情緒，準備再看陶比斯最後一眼。她慢慢地回過頭來，突然看了陶比斯的手指動了一下，她以為自己眼花，此時救護員大喊了一聲：「有脈搏了！」珍妮之前的壓抑一時宣洩了開來，她開始感到雨水的存在，身體一陣涼讓她直打了幾個哆嗦，此時有人遞上了毛氈，她發現是羅伯，向他點頭示意，隨即跟著救護員和擔架上的陶比斯，一起上了救護車離去。

卡爾引領兩位警員進到大廳，他習慣性地看了一眼他們胸前的名牌，肯尼．史賓瑟和傑瑞．羅曼，肯尼先開了口，另一位則從腰間掏出了筆記本準備例行的筆錄。

「你是屋主？」

「是。」

「剛接到報案，說泳池有人溺水，可以告訴我發生了什麼事嗎？」肯尼沒好氣地盯著卡爾。

「兩位警官喝點茶或咖啡？」卡爾並沒正面回答問話。

肯尼和傑瑞互使了一個眼色，一面把帽子摘下拿在手上。

「兩位這邊請坐！」卡爾一面示意兩位警員坐下，一面迎向遠遠向大廳走來的丹尼爾。

「現在什麼情況？」卡爾劈頭輕聲問，接著兩人互咬了一陣耳朵，丹尼爾退了下去，卡爾又回頭招呼著兩位警員。

卡爾避重就輕地說：「今晚從城裡來了幾位客人，其中有位客人從後面展廳走到這棟主建物時，因雨勢過大，沒看清楚，失足掉到游泳池了！」

「你講得這麼肯定，是親眼看到這事發生？」做紀錄的傑瑞冷不防地回問卡爾。

「是我的猜測！這麼晚了，大家應該都睡了，但他可能到後展廳找人聊天去了。」

「當事人叫什麼名字？幾歲？什麼背景？跟你什麼關係？」傑瑞接著問。

「他叫陶比斯，陶比斯．邁爾，紐約蘇富比拍賣公司私人洽購部的主管，約四十出頭，是我多年的好友。」卡爾一五一十地說著。

「昨晚喝多了嗎？」傑瑞沒好氣地問，卡爾正要回答，丹尼爾剛好端上了咖啡和點心，打斷了談話。

肯尼馬上端起咖啡啜了一口，杯子沒放下，右手又馬上抓了個甜甜圈往嘴裡塞。

「有人嗑藥嗎？」聽到傑瑞的問話，肯尼差點沒噴出嘴裡的東西，忙著向傑瑞使了個眼色。肯尼可不想惹麻煩，他知道這社區住的都是有頭有臉的權貴，誰都惹不起，傑瑞剛調過來不到一個月，不清楚狀況，肯尼便向他使了個眼色，要他別沒事找事。

「羅曼警官！你這問話就有失尊重了！做這種假設，是需要證據的！」卡爾沒好氣，但也不想把氣氛弄僵，給自己惹麻煩。

「我問你有還是沒有？」傑瑞不假辭色地又問了一次，肯尼不得不開口打圓場。

「傑瑞！這些等醫院的報告出來後再說，沒事我們就先走了！」肯尼起身時順便拉了傑瑞手臂一下，傑瑞卻無動於衷。

「這麼晚，即使下著大雨，能見度也不差。沒喝酒也沒嗑藥，一個四十幾歲的人會無緣無故掉到池裡，即使不小心失足，依你這池子的深度，也不出六呎深……」傑瑞抬頭向池子底部又望了一眼，接著說，「不足五呎高的人也應不難自己爬出池子，你說這位……陶比斯身材大約多高？」他看了看筆記，找了一下當事人的名字。

「警官！如果你對這意外有任何疑點，甚至不認為這是場意外，那我得打給我的律師請他到場。再說，目前沒人死亡，你也沒法院的搜索票，恕我無法再配合調查。」卡爾講完馬上起身，作勢送客。

「走吧！」肯尼急著把傑瑞拉走。

「等等！走前我需要今晚這屋裡所有人的名單，還要確認其他每個來訪的人都沒事。」傑瑞即使調到這分局還不滿一個月，但短時間就摸清了這區富人的行徑，一出事，往往不離謀殺、酗酒、毒品和色情。

「這麼晚了，所有客人早都休息了，你這要求有點過分了！」卡爾當下拒絕。

「救護車嗚笛聲這麼吵，很難讓我相信所有人都睡死了！」

拗不過傑瑞的步步逼近，更不想讓事情複雜壞了大計，卡爾暗示丹尼爾和剛走進大廳的警衛弗烈德請大家到大廳來。

肯尼和傑瑞又坐回了椅子上，傑瑞忙著在筆記本上塗塗抹抹，肯尼又端起咖啡喝了兩口以便化解尷尬。卡爾拿起了手機忙著送了幾封簡訊。

此時見弗烈德匆忙地回到大廳，在卡爾耳邊嘀咕了幾句，只見卡爾板著臉，不發一語。

沉了幾秒，卡爾突然轉頭望向兩位警員，「有位客人在房裡出事了，幫忙叫輛救護車。」語畢，馬上起身隨弗烈德趕去。

傑瑞也跟了上去，肯尼邊走邊用無線電呼叫支援。

眾人來到了菲利浦的房間，門敞開著，只見丹尼爾不停地向躺在地上的菲利浦施做CPR，有個氣喘噴霧器在菲利浦的腳邊。傑瑞向前把噴霧器撿了起來，在手裡壓了兩下，沒藥劑噴出來，他知道這下大事不妙了！

經過了一整晚的搶救，陶比斯在加護病房慢慢地恢復了意識，因溺水時缺氧時間過長，怕傷了腦部功能，所以還得待在加護病房持續觀察。珍妮徹夜難眠，一直在加護病房外的等候室踱步，她從來沒為任何人這麼焦急過，但陶比斯的傻勁卻讓她如此揪心。她仍不相信陶比斯會傻到尋短，這不像是她所認識的陶比斯；如是意外，以他的身高，大可輕易從池子站起身來，怎麼都不會有溺水的可能。但眼睜睜看著他躺在雨裡，動也不動，她知道真相已不重要了，即使她已做好了失去他的心理準備，但看著他手指抽動的那一剎那，她的堅強瞬間溶化在淚水裡。除了約瑟夫以外，沒有人知道她跟陶比斯的關係，但是這麼一折騰，紙包不住火，該是面對的時候了。她從沒想過要把自己的私生活攤在陽光下，但現在唯一能保護陶比斯跟自己的方法，就是把自己跟陶比斯的關係公諸於世，如此一來，至少約瑟夫就難以見縫插針，用陶比斯的安危來威脅她。突然一個念頭閃過，「陶比斯溺水該不會跟約瑟夫有關係？」她試著重新整理昨晚事發的經過，此時等候室的門被推了開來，進來了一位警察，等候室只有珍妮一人，他向珍妮走了過來。

「請問妳是珍妮．羅曼小姐嗎？」傑瑞趨前開口。

「我是。」

「有關昨晚溺水之事，想請教妳幾個問題，方便嗎？」傑瑞一面從口袋拿出筆記

本。珍妮點點頭示意傑瑞一起坐下聊。

「妳跟當事人陶比斯・邁爾是什麼關係？」

珍妮先是愣了一下，再慢慢從嘴裡吐出這幾個字，「男女朋友！」雖然已打定主意公開自己跟陶比斯的關係，但這突如其來的問題，問得直接卻讓她答得渾身不自在。也許自己公開還是有別於被動的回答。

「在一起多久了？」傑瑞接著問。

「不到一年。」

「可不可以更精確一點？」傑瑞追問。

「八個月。」珍妮不假思索。傑瑞抬頭看了她一眼，見珍妮面色從容，頓了一下又接著問。「昨晚妳有親眼看到陶比斯落水嗎？」

「如我親眼看著他落水，會見死不救嗎？」珍妮沒好氣地說。

「有時情侶吵架，就會有這種可能？你們昨晚吵架了嗎？」珍妮本想反駁，但後面這一問，卻把她給問僵了。

珍妮遲疑了一下，「有！我們昨晚是吵架了，但不是你所想的那樣！」

「我怎麼想了？妳倒說說看。」

珍妮察覺自己失言，急忙澄清。「我是說，我們並不像一般的情侶吵架。昨晚他來找我想向我求婚，但我並不知道，正好碰上我心情不好，沒等他開口，我自己卻先提分

手，他見狀要我先冷靜、好好休息，然後便離開了我房間，不久後就出事了……」珍妮很快地回憶了一下昨晚的情形。

「妳怎麼知道昨晚他準備向妳求婚？」傑瑞聽得有點好奇了。

「我在地上撿到了他來不及拿走的戒指盒。」

「那之前為何提分手呢？」傑瑞似乎更加好奇了。

「這是私人問題，我可以拒絕回答嗎？」

「這牽涉到妳男朋友溺水的動機，並非私人問題！」

珍妮沉思了幾秒，「因為我不想拖累他！」她還是決定先不把約瑟夫給扯進來，她現在只想把事情單純化，更何況她尚不知陶比斯溺水的真正原因，一切都得等陶比斯醒來才能水落石出。

「這我能明白，一個想結婚，一個不想，不想的理由都是怕拖累對方！」傑瑞講得像過來人似的，珍妮聽得有點沉不住氣，正想反駁，傑瑞沒給她機會，繼續追問：「那妳又怎麼知道陶比斯溺水了？」

「是一通電話！有人打電話告訴我……」

「是誰？是誰打給妳？」

珍妮頓了一下思緒，才從嘴裡慢慢吐出：「是卡爾！」

「所以是卡爾從監視器裡先看到了陶比斯溺水？」傑瑞揣測著。

「這我不清楚，你得問他！」珍妮攤了攤雙手。

「妳趕到出事地點時，有誰在現場？」

「只有管家丹尼爾，他正把陶比斯從池裡拉了上來！」珍妮極力回想昨晚事發當下的情形。

「所以有可能是卡爾從監視器看到了陶比斯溺水，差遣丹尼爾前去營救……」傑瑞喃喃自語。

珍妮此時心生了幾個疑問，「我來卡爾家這麼久，怎麼不知除了展廳旁的監控室外，還有其他的錄影監控室？即使是弗烈德的警衛室，監視系統的涵蓋範圍也不及泳池啊？再且，為什麼卡爾深夜不睡還緊盯著監視器，難道早知有事要發生？」珍妮也不自覺地陷入沉思，突然被傑瑞打斷。

「妳跟卡爾是什麼關係？」傑瑞繼續窮追猛打。

「我是他的外甥女。」

「我知道妳住卡爾家，是幫他做事，還是單純寄宿？」

「我以前在他公司工作，現在幫他打理他的藝術收藏。」珍妮侃侃而答。

「妳跟卡爾親嗎？」

「不親！到他公司前並沒碰過面，以前只聽我媽提起過有這麼一個舅舅。」

「卡爾找陶比斯去他家的目的是什麼？」

「商量送拍他自己的收藏。」珍妮回答地斬釘截鐵。
「沒有其他的任務？」傑瑞的語氣變得有點刺探。
「昨晚的賓客都是透過我去邀請的，尤其是陶比斯，我當然清楚他來幹嘛！」其實珍妮一直希望陶比斯別蹚這渾水，尤其當她知道約瑟夫正緊盯著來訪每個人的一舉一動，她不想陶比斯有任何把柄落入約瑟夫的手裡。
「陶比斯跟昨晚屋裡的人有任何過節嗎？」
「我不明白你的問題。你是說昨晚有人害他溺水？」
「不！我是說他溺水前是不是有跟屋裡的其他人產生爭吵或不愉快？」
這一問讓珍妮馬上聯想到昨晚在約瑟夫房裡出的狀況。「如果說有不愉快，那也只是個小誤會，我在約瑟夫房裡談事，他似乎有點吃醋，突然鑽到約瑟夫房裡說了幾句，不過大家後來都沒事了！」珍妮還是選擇避重就輕。
「陶比斯跟菲利浦熟嗎？」傑瑞似乎沒太理會珍妮的說詞。
「跟菲利浦沒特別熟，但透過羅伯的關係，彼此都認識。」這次珍妮倒答得輕鬆。
「羅伯是哈佛大學的教授，他也參與卡爾私人藏品送拍這事？」傑瑞繼續追問。
「卡爾有幾件收藏想捐贈給 MoMA，羅伯也是 MoMA 的典藏顧問，找他來聽聽他的意見。」
「所以菲利浦作為 MoMA 的館長，昨晚來也跟這事有關？」傑瑞翻著之前的筆

記。

「是的。」珍妮答得理所當然。

「陶比斯昨晚有跟菲利浦私下見面嗎？」

「就我所知，應該沒有！」珍妮當然清楚陶比斯昨晚都在忙些什麼。

「他昨晚都跟妳在一起嗎？不然妳怎麼這麼肯定？」

「他並沒有整晚跟我在一起，但我可以確定……」珍妮頓了一下，「難道你認為陶比斯的溺水跟菲利浦有關？不不不！警官！你扯遠了……」沒等珍妮講完，傑瑞直接打斷了她的陳述。

「昨晚在卡爾家一起過夜的四位賓客，有人吸毒或使用禁藥嗎？」

「警官！我就說你離譜！昨天來訪的賓客每個都是高知識分子，在業界都是人人敬重的翹楚，我只看過卡爾和大衛偶爾抽抽雪茄或煙斗，倒沒見過有人吸毒！」珍妮答得有點啼笑皆非。

「大衛是誰？」傑瑞顯得有點疑惑。

「大衛是卡爾的老搭檔、老朋友，也都是 MoMA 的董事，昨晚的聚會就是大衛要卡爾招集大家來共商意見的，他的勞斯萊斯這麼顯眼，就停在賓客停車格的第一輛，你不可能忽略它的！」

「這麼說大衛昨晚來過，但出事時卻又不在場。是想故意製造不在場證明？」傑瑞

嘴裡嘟囔著，但聽在珍妮的耳裡，卻是一頭霧水。

「陶比斯落水這事怎樣也扯不上大衛吧！」珍妮開始不耐煩了。

「當然跟陶比斯落水這事無關！」傑瑞答得直接，但接著說：「但也許跟菲利浦的死有關？」此話一出，嚇得珍妮結巴了起來，「你是說菲利浦死了？」

「是的！就在你男友出事的當下！」傑瑞一面講一面從椅子上站了起來，「等他醒後，麻煩第一時間通知我，還有許多疑點待釐清！」傑瑞看了看手表，「我有事得先走了，謝謝妳的協助！」說完轉身要走，突然又丟下幾句話，「昨晚做筆錄時，卡爾根本沒提及妳和大衛，但急診室的登記簿上，妳的地址欄寫了卡爾家的地址，跟病人的關係寫的是情侶，我選擇相信妳，妳看起來不像會說謊！」語畢，人已消失在等候室的門外，獨留珍妮一臉錯愕，她整個心思都還停在「菲利浦是怎麼死的？」

珍妮不自覺地伸手往口袋裡掏，發現手機沒帶出來，她想問問約瑟夫，昨晚到底發生了什麼事？她認為應該沒有人比約瑟夫更清楚了。

珍妮見陶比斯仍未甦醒，心裡急著想趕回住處了解狀況，更何況昨晚被淋成落湯雞，雖裹著毛毯，但一副狼狽樣，也該回去換套衣服了。她離開前，不忘跟等候室的護理師交代了幾句，然後搭上排班的計程車飛奔回去。

經過一晚的折騰，大夥都累了。卡爾不解一個晚上竟然發生這麼多狀況外的事，一個死了，一個差點溺斃，更糟的是全給攤在陽光下，現在警方已展開調查，雖然目前還不至於影響到原先的布局，但也亂了套。現在大夥不可能有心情坐下來談波洛克的事，原先喜好主導的約瑟夫，現在顯得有點退縮，眼神裡少了昨晚的謀略；羅伯在菲利浦死後更表現得疑神疑鬼，好像知道了什麼內幕，很少與其他人交談。卡爾坐在客廳，無意識地抽著雪茄，腦子裡一圈又一圈地轉著，思索著如何穩住當前的局勢，不讓事情惡化影響到大局，擺在眼前的爛攤子，正考驗著他的智慧。他突然想到珍妮，轉頭往裡喊了一聲，「珍妮回來了沒？」

「還沒，應該還在醫院！」丹尼爾從另一個角落的房間裡馬上探出頭來回答。

「打個電話給她，看她什麼時候回來？」卡爾難得露出急態。

「我打了幾通，都沒接。剛才又打了一通，也沒接！我猜昨晚她走得匆忙，應該沒帶上手機。」丹尼爾說完就站在原地，等著卡爾接下來的指示。

卡爾比了個手勢，要丹尼爾靠近，「你現在去接她回來，如果警察還沒找上她，就要她什麼都先別說！」卡爾向丹尼爾咬了咬耳朵，丹尼爾唯唯是諾，馬上轉身離去。

卡爾知道，即使昨晚警察做筆錄時他沒說出珍妮和大衛，但也許其他人會說，他也知道傑瑞那條子不是省油的燈，遲早會找上他們的。他不擔心大衛，倒是珍妮這丫頭，雖是自己的外甥女，但她昨晚的表現，確實讓他放不下心。卡爾意識到珍妮跟約瑟夫的關係非比尋常，跟陶比斯應是情侶，這兩層關係她倒隱藏得好，要不是昨晚丹尼爾在監視器裡看出了端倪，他可能一直被蒙在鼓裡。卡爾打從見到這女孩開始，就喜歡上她的聰慧、靈敏與固執，但一開始仍有顧忌，畢竟從沒一起共事過，更何況他主導的都是些敏感的交易，不得假手外人，一旦讓珍妮接手，聰明如她一定馬上洞悉其中的蹊蹺，但珍妮卻從沒向他反應過不妥，也不見她有任何排斥，每有交付，使命必達，讓卡爾對她的倚重日益加深。但昨晚當卡爾看到監視器裡對約瑟夫唯命是從的珍妮，感覺好像被人從背後捅了一刀，讓他很不是滋味，有一種被背叛的感覺。卡爾知道茲事體大，畢竟珍妮知道的太多了，待珍妮回來，他得小心處理這事。

珍妮一上車，內心忐忑，覺得昨晚發生的一切都來得太突然了。陶比斯為什麼差點溺斃在比他身高還淺的池子裡？菲利浦怎麼突然死了？這些都不在計畫中啊！尤其昨晚卡爾的那通電話，讓她恍然大悟，「原來監看我一舉一動的不只約瑟夫啊！」珍妮在卡爾的身邊工作，深知卡爾用人不疑，疑人不用，昨晚那通電話，不啻就是對她的質疑。

陶比斯溺水，卡爾選擇通知她，一定是知道了她跟陶比斯的關係，當她去了池邊，丹尼爾已經把陶比斯拉上岸，所以她並不是第一時間被告知的人，也就是說在約瑟夫的監控下，其實後面還有一個更龐大的監視系統監控著這一切，所以她跟約瑟夫的互動也絕對無所遁形，一旦卡爾知道了約瑟夫的身分和意圖，那她就完了。雖說被約瑟夫吸收的這段時間，她並沒有出賣過卡爾，只在波洛克這個案子上配合約瑟夫的運作，但是她知道只要卡爾照著原先的計畫走，把自己的那六件波洛克作品運作上拍，然後再以摩根大通的名義高價買下，捐給 MoMA 取得企業捐贈的減稅優惠，就會涉及圖利罪。約瑟夫一旦抓住了卡爾的把柄，便可以就此要脅，從中楷點油水，之後只要卡爾想如法炮製這樣的買賣模式，都缺不了約瑟夫的好處，卡爾自然成了約瑟夫的金雞母。想到這裡，珍妮不寒而慄，她深知她絕不是這兩人的對手，尤其清楚卡爾的為人，更知道約瑟夫的手段，她夾在中間，不難想像自己的下場！她心裡正盤算著對策，計程車已不知不覺停在大門前，也許有點心虛，她沒按鈴讓弗烈德開門，自己在鐵門外下了車，開了旁邊的小門進去。

她正要帶上側門，羅伯冷不防地從她身後閃了出來，把六神無主的珍妮嚇了一跳。這回她倒沒伸手反擊，可能五味雜陳的心情讓她無法專注，面對羅伯，更是錯愕地啞口無言。

「我先走了！這裡不方便說話，打電話給我，我們必須談談！」羅伯匆忙中丟下了

這幾句話，珍妮還來不及反應，羅伯一個箭步跳上了剛剛載著珍妮回來的那輛計程車。珍妮再次把側門帶上，望著急駛離去的計程車，不敢多想，也怕正被人監視著，轉頭故作鎮定逕往主建物的方向走去。眼前的草坪上到處布滿了車胎痕跡，深夜裡的亂象可想而知。她刻意望向賓客的停車位，一大一小的賓利都還在，陶比斯的那輛暗紅色瑪莎拉蒂仍緊挨著菲利浦的兩門賓利，現在這兩輛跑車的主人都躺在醫院裡，一個死亡，一個差點溺斃！她突然警覺到白色的馬丁不見了，這輛車是卡爾犒賞她的，雖登記在卡爾個人的公司名下，平常大都她在使用，偶爾丹尼爾也會開出去遛遛。丹尼爾來此之前是私人俱樂部的健身教練，卡爾則是俱樂部的會員，後來把丹尼爾找來做管家和私人保鑣，不知卡爾在丹尼爾身上下了什麼功夫，丹尼爾對卡爾唯命是從，不時還參與獻策。珍妮感受得到，卡爾對丹尼爾和對她的態度截然不同，也許是男女有別吧！但她就愛這種競爭，並非爭寵，也非鬥爭，她只想趁機掂掂丹尼爾的斤兩。

珍妮一面走著，思緒不自覺地被拉回羅伯臨走前的那幾句話。隨即看到約瑟夫手裡拎著包包，正從主建物的側門出來朝自己的車子走去，他並沒注意到珍妮，珍妮刻意放慢腳步遲疑了一下，閃過了個念頭，「該不該喊他呢？喊他，我們的互動一定在卡爾的監視下，難免露出更多破綻；裝著沒看到他，更顯心虛，兩者都不妥！」就在珍妮掙扎之際，卡爾突然從大廳走了出來，見到珍妮立刻迎上，偽善地張開雙臂給她安慰的擁

抱，同時趁勢湊近珍妮的耳朵，「待會少說話！」說畢便把珍妮推開，雙手輕輕抓住她的肩膀，「陶比斯還好吧！清醒了沒？」這幾句關心說得大聲又溫暖，引起了約瑟夫的注意，把視線投了過來。約瑟夫見到珍妮，心頭一沉，「這丫頭什麼時候回來的？怎麼沒先來跟我打聲招呼？」他明知卡爾故意引起自己的注意，居心叵測，但還是主動走上前來打個招呼。

「什麼時候回來的？陶比斯還好吧？」約瑟夫望向珍妮，雖問得關心，但仍不自覺地捎了個眼神給珍妮，也許是種習慣性的暗示，並沒想要傳遞特別的訊息。

「我剛進來。陶比斯還在加護病房沒醒來。」珍妮簡潔回答，與約瑟夫四目短暫交接後，心虛地把視線移開，她從約瑟夫的眼神裡似乎猜到了他的心思。

「怎麼要離開也不打個招呼？」卡爾趁機打探約瑟夫的去向。

「本想先把行李放上車，再過來跟你告別，怎麼就聽到你的聲音了！」約瑟夫四兩撥千斤，見招拆招。

「昨晚要不是你報警，陶比斯可能凶多吉少！」卡爾突然來個單刀直入，這可把約瑟夫殺個措手不及。

「昨晚要不是你讓丹尼爾先趕到池邊，陶比斯才凶多吉少呢！」約瑟夫馬上以牙還牙。

珍妮聽得一頭霧水，只能看著約瑟夫和卡爾一來一往，針鋒相對，突然忍不住心裡

的疑問，「昨晚不是羅伯報的警嗎？」

卡爾和約瑟夫面面相覷，沒有答腔。「是我的錯！沒事先告訴你們我和陶比斯的關係！」珍妮突然自行招認，已知紙包不住火，不想被揭穿後成為眾矢之的。

「我是妳舅舅，也是妳的老闆，妳理應有義務告訴我！但這事哪需跟約瑟夫回報？」卡爾這麼一問，約瑟夫挨了一記悶棍。珍妮看似失言，但這是她故意拋出的訊息，想藉機告訴約瑟夫，她對他並非唯命是從，只是選擇性地告知一些她想說的事，現在她把和陶比斯的關係公開出來，是要再次提醒約瑟夫，她是卡爾的外甥女，凡事有卡爾罩著，別想對陶比斯輕舉妄動。只要她把約瑟夫的真實身分告訴卡爾，應不難想像約瑟夫的下場。她深知這是步險棋，因為卡爾一旦知道了她跟聯邦探員聯手暗中對付他，不管她是不是他的外甥女，她的下場應該不會比約瑟夫好到哪裡。

「如果我跟陶比斯的關係早攤在陽光下，就不會有這麼多誤會了！」珍妮知道自己說得言不及意，但一時也擠不出什麼冠冕堂皇的理由。

「她不需跟我回報，只要稍微提點，就能讓我更精確地布局！你找我來，不就是要我為你幹這事嗎？」約瑟夫深知卡爾已全盤掌握昨晚所有的動態，他跟珍妮的互動也許早已露了破綻，所以現在他只能以退為進，轉攻為守，免得卡爾先發制人，如此一來所有的努力將前功盡棄。

「我先進去換件衣服、梳洗一下！」珍妮趁機開溜，她只想點到為止，不想在自己

還沒任何對策前，就失了先機。

「那我也先走一步了，咱們擇期再議！」約瑟夫說完，沒等卡爾回覆，早已掉頭朝自己停車的方向走了回去。

卡爾靜靜地望著約瑟夫的背影，看著他鑽進自己的賓利，待約瑟夫發動了引擎，卡爾轉頭望向左後方的一個監視器，使了個眼色，鑄鐵大門便悄悄地滑了開來，約瑟夫的車迅速地穿過了鐵門，揚長而去。

•

羅伯在計程車上反覆思索，仍無法接受菲利浦的死，尤其在識破珍妮的騙局後，讓他覺得菲利浦的死絕不單純。他認識菲利浦二十幾年了，對菲利浦的個性、為人和做事的態度再清楚不過，也知道他長期患有氣喘毛病，以前常一起出差，也沒見他忘了帶氣喘藥，噴霧器更是不離身，甚至還有備份，雖說菲利浦生性隨和，抽菸喝酒樣樣來，菸酒是氣喘患者的大忌，但噴霧器這種保命的工具，他絕不打馬虎眼，更不可能忘了幫噴霧器加藥，死於自己的疏失。再說，昨晚陶比斯溺水時，珍妮和丹尼爾都在池子邊，就約瑟夫、卡爾和大衛在屋裡，如是他殺，這幾個人的嫌疑最大。稍早之前當他發現下藥的空瓶時，注意到大衛的勞斯萊斯已不在賓客的停車格上，應該早已離開，不知菲利

浦的死是在大衛離開前還是之後，但他想不出大衛和卡爾有什麼動機需要殺人滅口。再且，如真要對菲利浦動手，也應該不會笨到讓菲利浦死在卡爾家裡，更何況那幾張波洛克的畫不也要菲利浦的最後背書才能進到美術館？現在下手，等同前功盡棄！而弗烈德是卡爾的手下，聽命於卡爾，大部分時間都待在警衛室，如卡爾沒理由要置菲利浦於死地，弗烈德也不會主動動手，這麼一來，只剩約瑟夫的嫌疑最大了。

他初見約瑟夫，就覺得他不是個省油的燈，凡事觀察入微、沉著有謀略，之前也只有約瑟夫緊盯著他咖啡杯裡的字條，「莫非字條是他搞的鬼？不然在自己小心翼翼地應對下，約瑟夫還能斬釘截鐵地指出他咖啡杯裡的字條！加上在水裡下藥的手法，也是保險公司偵查案件時慣用的伎倆。這麼說來，珍妮是配合約瑟夫演出，她並不是卡爾的人，而是聽命於約瑟夫？」羅伯慢慢勾勒出一個可能的共犯架構，但他必須先去見一個人，才能釐清一些疑問。「請先轉往南漢普敦醫院，謝謝！」羅伯湊上前敲了敲駕駛和乘客間的透明防護罩，交代了計程車駕駛轉向，同時從口袋裡掏出了手機，撥了一通電話，「羅曼警官！我是羅伯．霍頓教授，有事想跟你聊一下……」

•

珍妮進到了自己房裡，又走過昨晚出事的游泳池，雖短短幾小時，卻經歷了生死離

別，內心的煎熬無人能懂，但眼前待解決和要釐清的事，卻一件件奔湧來襲，即使她自恃有過人的意志力，凡事只要咬緊牙根，必能柳暗花明，但感情和信任這兩件事，卻是她的死穴。對珍妮而言，意志力反而是感情的絆腳石，感情一般不耐久撐，能修成正果的往往都得學習放下自我、得過且過，但這不是她的愛情觀；而信任雖是感情的基石，但信任和不信任一旦變成了問題，就代表兩人的感情即將土崩瓦解，這便是她和陶比斯現在面臨的困境。珍妮此刻無心去想她和陶比斯的感情問題，卡爾和約瑟夫對她的信任則是她當前的課題。她清楚知道不可能同時贏得卡爾和約瑟夫的信任，畢竟卡爾和約瑟夫不在同一道上，但讓她困擾的是，這兩人的目的竟殊途同歸，都是為了利。她是卡爾的外甥女，又受雇於卡爾處理不足向外人道的案子，對主子忠心這件事，確實不曾困擾過她；即使約瑟夫吸收她調查卡爾，她也從不覺得是背叛卡爾，因為她知道約瑟夫羅織共謀罪名威脅她配合的最終目的，其實不在入卡爾於罪，只是想利用卡爾幫自己牟利。所以，她自認只要拿捏得宜，應不難周旋在這兩個老奸巨猾的男人之間，讓他們各取所需，相互抗衡，自己則在夾縫中求生。

哪知昨晚陶比斯護花心切，甚至醋勁大發，在約瑟夫面前露了餡，現在她倆的關係又給攤在陽光下，不僅陶比斯的小命差點不保，還得找理由向卡爾解釋她跟陶比斯背地裡的交往，又得瞞著卡爾她跟約瑟夫的關係。其實她跟陶比斯交往並非不可告人，只是沒事先向卡爾報備，怕卡爾作負面想，尤其她負責卡爾的機密情事，怎麼也算是卡爾

的親信，卡爾一定會擔心，她愛昏頭時可能會不經意間地把那些不足向外人道的祕密告訴了陶比斯。「天啊！這該不會跟陶比斯昨晚溺水有關吧？」她突然一個念頭閃過，因為她從不認為陶比斯是那種會為了被拒絕求婚而自殺的人。現在連菲利浦都突然走了，羅伯因下藥的事也對她早有戒心，約瑟夫在事發後也拍拍屁股閃人，她第一次感到如此孤單無助，但此時她卻驚訝於自己對約瑟夫的依賴勝過於陶比斯的肩膀，更渴望在面對卡爾之前能得到約瑟夫的指示，這種矛盾的心態，不時地重複、糾葛，甚至形成一種拉鋸。她雖恨約瑟夫對她的牽制，甚至是利用，卻又渴望他適時伸出援手，有時她真搞不清楚是特務訓練的後遺症，還是她真的對約瑟夫產生了依賴，或者是……愛意？珍妮知道這不可能是愛，但不否認約瑟夫的出現讓她對陶比斯的感情有了遲疑。她往往用保護陶比斯當藉口來肯定她對陶比斯的愛，但當她單獨面對陶比斯時，她又覺得陶比斯可有可無，有時甚至是個負擔，就像現在，陶比斯躺在醫院裡，她的擔心好像變得只是用來說服自己還關心他、愛著他，除此之外，她對陶比斯別無期待。反倒是約瑟夫，她希望他能盡速將她拉出目前的徬徨、恐懼和不安，但這個想法卻讓珍妮更加感到惶恐和不安。然而，她不明白的是，剛剛約瑟夫和卡爾交鋒時，她竟為了保護陶比斯和自己，又本能地拉開自己和約瑟夫的距離，甚至想過拉攏卡爾來抵制約瑟夫，她開始感到自己矛盾、反覆，甚至是可怕的一面。

珍妮拉開了椅子坐下，看著先前被她擱在桌上的戒指盒，突然感到哭笑不得，「他

不會是我真想嫁的人吧？要是我昨晚答應陶比斯的求婚，是不是所有的事就不會發生了？」她為自己的天真感到可笑，但想著還躺在加護病房的陶比斯和突然撒手離去的菲利浦，整個心情又沉了下來。她順手拉開了身後的櫃子，取出浴巾，逕自朝浴室走去。但疲憊的身子卻沒讓她的思緒停頓下來。

「昨晚卡爾親自打電話告知陶比斯溺水，無疑已經知道我跟陶比斯的關係，所以那通電話是對我的初步警告！也許我跟約瑟夫的關係才是他最在意的部分，尤其剛剛他們兩人言談中針鋒相對，好像各自抓住對方的辮子，互爭高下，難道約瑟夫被揭底了？事前卡爾又一把拉住她，要她少說話配合，這莫非是要她選邊站，且向約瑟夫示威我是他的人，難道卡爾已經知道了我跟約瑟夫的關係？約瑟夫處心積慮想利用陶比斯來牽制我，卡爾又對我起疑，腹背受敵，前是斷崖、後有追兵，生平第一次感到進退維谷、不知所措！」她整個人縮在淋浴間的角落，任由蓮蓬頭的水把自己淹沒，她還沒學會為自己哭泣，也厭倦了偷偷為別人哭泣，即使昨晚是第一次，也應該是最後一次；她猛伸手關掉了熱水，頓時身子一陣冰冷，冷水無情地打在她頭上，從髮梢間涔涔地灌入口鼻，就在她難以承受的最後一刻，她的臉掙脫了水柱，水瞬間從口鼻嗆了出來，她現在完全能感受昨晚陶比斯在池子裡的心情，那是一種絕望，更是一種死亡的況味！

珍妮清楚知道，這些人當中，就只有羅伯心術最正，但之前她配合約瑟夫向他下藥

被拆穿，她不敢奢望羅伯還能信任她，即時想靠向他，羅伯恐怕也非卡爾和約瑟夫的對手，難逃跟菲利浦一樣的下場；但剛才在大門撞見他時，卻急著要她打電話給他，也許他已經掌握了一些線索，不然他匆忙離去，也沒告知卡爾，就順勢搭上載她回來的計程車離開，想必他已經在大鐵門旁躲了一陣子，因為這房子裡沒任何手機訊號，即使他想叫車，也撥不出電話。他偷偷溜走，莫非怕卡爾會對他不利？難道他認為菲利浦的死與卡爾有關？

她走出淋浴間，裹著浴巾站在鏡子前，兩眼盯著自己出神，她幾乎認不得自己了，她的眼神渙散、自信不再，左眼皮還不時地抽搐著，即使在暖色光的照射下，臉色依然蒼白得嚇人，她知道待會兒她過不了卡爾這一關，尤其是她和約瑟夫的關係，即使她全盤托出，在卡爾面前坦白從寬也只是自尋死路，她能預知自己的下場；但她心念一轉，與其死路一條，倒不如隱匿不說，就跟他賭上這條命，從頭否認到尾，就不相信這麼短的時間內，他能掌握多少證據！

珍妮一面用毛巾擦著頭髮，低頭之際，瞥見床頭櫃上的手機。本不以為意，知道昨晚失魂落魄沒帶上手機，但手機上閃爍的光點引起她的注意。其實手機在這房子裡根本無用武之地，完全收不到訊號，唯有靠近鐵門旁的某個角度才能收到訊號，所以平常跟陶比斯通話都用 Skype 網路電話，Skype 可隱藏使用者的目前狀態，想跟陶比斯講上幾句話時，就顯示「方便通話」，想一個人靜一靜，就選擇「隱藏」。她拿起手機，滑

開屏幕，竟然有四通未接來電，最早兩通是屋裡的市話，只有丹尼爾和卡爾的房間能撥出市話，另一通未顯示來電號碼，最近一通竟是五分鐘前羅伯打來的。「既然這屋子裡沒手機訊號，怎麼還能顯示未接來電？」珍妮刻意看了一眼手機的訊號顯示，竟然有一格訊號，但她稍微一移動，訊號又不見了。她立刻把手機放回床頭櫃上原來的位置，轉身拿鉛筆做了個記號，提醒自己這是個能與外界聯繫的位置。她心想要是卡爾打電話找她，無疑想確定陶比斯的狀況或者對她興師問罪；至於那通未顯示來電，十之八九是約瑟夫的，因為平常他的來電都沒號碼顯示，發現打不通，也不會留言，更不會留下文字信息，以免留下任何被拆穿身分的風險；而剛才在大門口與羅伯驚鴻一瞥，算算他應該還在回曼哈頓的路上，想不透為什麼羅伯這麼急著找她？突然房裡電話響起，丹尼爾在電話的另一端，「卡爾請妳到大廳來一趟！」珍妮掛上電話，心跳不自覺地加速了起來。

•

羅伯在醫院下了車，從詢問台得知陶比斯在加護病房，馬上奔了過去。雖擔心自己學生的狀況，但稍早見珍妮返回卡爾住處，想必陶比斯已脫離險境；他現在之所以急著見陶比斯，無疑想釐清他心中的幾點疑問，以便試著拼湊出菲利浦的死因。

羅伯一走進加護病房的家屬等候室，傑瑞警官已等在那裡。

「你見到陶比斯了嗎？」羅伯劈頭便問。

「人還沒醒呢！這麼急著找我有事嗎？」傑瑞一派氣定神閒，但仍露出幾分好奇。

羅伯拿出手帕拭去了額頭上的汗，一面示意傑瑞坐下來。

「菲利浦的死，有查到什麼線索嗎？」羅伯這麼一問，讓原本望向門外的傑瑞拉回了視線，轉過身來看著羅伯。

「你不認為菲利浦死於氣喘發作？」

「我當然不這麼想！我太瞭解他了！」羅伯一副不以為然的樣子。

傑瑞順勢將手上的一份報告丟給了羅伯。

「這是什麼？」傑瑞沒回答羅伯的問題，示意他翻開來看看。

羅伯盯著報告，一頁翻過一頁，最後把報告捏在手裡，「你想告訴我什麼？難道你真的認為菲利浦死於氣喘發作？」羅伯面帶慍色，語氣顯得高亢。

「驗屍報告就這麼寫，那你要我怎麼想？」傑瑞雙手一攤。

「其實昨晚做筆錄時，有些事我沒說……」羅伯欲語還休。

傑瑞兩眼直視著羅伯，不發一語，但他銳利的眼神卻逼得羅伯不得不把話講完。

「我是說昨晚在陶比斯溺水和菲利浦死亡之前，就有事情發生了！」羅伯講得吞吞吐吐。

「什麼事？」傑瑞興致盎然，要羅伯繼續說下去。

「昨晚有人在我的水裡下藥！」羅伯脫口而出，卻刻意避開了珍妮的名字。說完伸手從自己的旅行包裡掏出一個空寶特瓶，遞給了傑瑞。

「瓶子裡還剩一點水，拿回去化驗，你就明白是什麼了！」

傑瑞來回端詳著瓶子，又打開嗅了嗅！沒等傑瑞開口，羅伯伸手把瓶子搶了回去。

「你簡直是在破壞證物！」羅伯不敢置信一個調查刑案的警官竟如此不專業。

「這不就是一瓶摻了GHB的瓶裝水嗎？」傑瑞把羅伯說得啞口無言，沒等羅伯回應，他接著又說：「是誰想讓你昏睡？」

羅伯覺得傑瑞也太神了吧！露出一臉驚訝的表情！

「是約瑟夫！」羅伯不假思索地吐出了約瑟夫的名字。

「你為什麼不說就是珍妮？」傑瑞此話一出，羅伯一時不知所措。

羅伯花了幾秒鐘重新理定了自己的情緒，「看來你知道的不比我少！」講完把頭放得不能再低，似乎想掩蓋他臉上的尷尬；突然間，他又提高了音調，直視著傑瑞，「我想你應該也不相信菲利浦死於氣喘發作，對吧？」

「我當然相信菲利浦死於氣喘發作，除非這報告有問題！但我不相信他的死是因為氣喘噴霧器沒藥！」傑瑞講得信誓旦旦。

「那會是什麼可能？」羅伯追問。

「菲利浦的身體毫無外傷，連輕微的抓痕也沒有，推測應該沒有外力介入。他的死就只有兩種可能，一是自殺，二是他吸了最後一口噴霧器而死。」傑瑞分析著。

「菲利浦不可能自殺，既然吸了藥為什麼又會死？」羅伯對傑瑞的推論一臉不屑。此時，傑瑞不急不徐地伸手將羅伯握在手裡的寶特瓶取了過來。羅伯還是沒搞清楚傑瑞的意思，「這種神仙水喝多了會讓人嚴重昏睡，甚至引起暫時性的記憶喪失，還有……」羅伯正想打斷，卻被傑瑞制止。

「尤其是氣喘患者，即使少量的神仙水，都會立即引發氣喘！」傑瑞進一步說明，「菲利浦的血液檢測裡，有些微藥物反應，是一種鎮定劑，氣喘藥就帶有這成分；而神仙水的主要成分也是鎮定劑，在低劑量時，可減輕焦慮產生鬆弛作用，讓人產生欣快、昏睡感。但這兩種鎮定劑一同使用時，會瞬間降低血紅素的製造，使用者會因缺氧而有瞳孔放大、體溫降低及呼吸抑制的反應，嚴重者可能產生脈搏過慢、痙攣性肌肉收縮、神智不清或是呼吸道阻塞而死亡。」羅伯聽得目瞪口呆。

「你是說，菲利浦先是不小心喝了神仙水，引發氣喘，再吸了最後一口噴霧器裡的藥，導致痙攣、昏迷，最後引起呼吸道阻塞而死亡？」

傑瑞點點頭，「所以他的死看起來與死於氣喘發作沒兩樣！」傑瑞再次補充。

「那你怎麼知道他喝了神仙水？又怎麼知道他剛好吸了最後一口噴霧器裡的藥而引發致命？」

「是你告訴我的啊！」傑瑞答得有點諧謔。

「是我？」羅伯丈二金剛摸不著頭緒。

「剛剛你說你水裡被下了藥，又拿出這空瓶，我一看到這瓶子，馬上想起在菲利浦的房間恰巧也有一瓶這樣的水，喝光了被丟在垃圾桶裡，所以我懷疑他也被下了藥，喝了神仙水！」傑瑞推論。

「那為何你這麼肯定菲利浦吸了最後一口噴霧器裡的藥才致命，也許噴霧器裡根本沒藥？」羅伯反駁。

「教授，你這不是故意扯自己後腿嗎？你昨晚做筆錄時一直斬釘截鐵地說，菲利浦這個人絕不會忘了幫他自己的保命工具添藥，不是嗎？難道你昨晚作偽證？」羅伯被說得啞口無言。

「再且，噴霧器的吸口還殘留大量菲利浦的口水，吸口處也有藥劑反應，說明了他確實有吸入氣喘藥，只是多寡的問題。」

「這麼說來，是神仙水害了他！下手的人知道他有氣喘，所以故意拿給他摻了GHB的水，讓他的死看起來像是氣喘發作！那會是誰下的手呢？卡爾不會笨到在自己家裡殺人，更何況卡爾還需要菲利浦的協助，才能順利地將他的那些畫捐給 MoMA 啊！」羅伯自己又推論了起來。

「你剛剛不是一口咬定約瑟夫幹的嗎？」傑瑞追問。

羅伯沒正面回答傑瑞的問題，轉而反問傑瑞：「那你為什麼這麼肯定是珍妮幹的？」

「因為菲利浦的噴霧器上有珍妮的指紋！加上你剛剛咬定約瑟夫時，語氣有所保留，我只是順水推舟，想引你講出實情。既然你找我出來，不就是想要釐清菲利浦的真正死因，該不會想誤導我辦案吧？」傑瑞不拐彎抹角。

「我覺得珍妮只是別人的棋子，聽命行事而已！」羅伯希望傑瑞能正視背後真正的主謀者。

「你為什麼認為約瑟夫是幕後的主使者，而不是卡爾？約瑟夫跟珍妮有什麼特殊關係嗎？」傑瑞似乎不明白羅伯的推論。

「我倒不知道約瑟夫跟珍妮有什麼特殊關係，但昨晚出事前我們所有人聚在一塊商議藝術品捐贈的事，我覺得約瑟夫不單純，好像珍妮配合著他在演戲！」羅伯一時也說不上那種感覺。

「怎麼不單純？他昨晚說了什麼引起你的注意？」傑瑞有點耐不住性子。

羅伯沉思了半晌，「我不記得約瑟夫講了什麼，但只有他看到我咖啡杯裡的字條！」羅伯對此事仍耿耿於懷。

傑瑞聽得滿頭霧水，不知如何接話，「誰寫字條給你？誰又把字條放到咖啡杯裡？字條上寫些什麼？」

「沒機會看，全被我給吞下去了！」羅伯略帶尷尬地說。

傑瑞的邏輯推論全被羅伯無厘頭的問答打亂了，他再也憋不住氣，「到底你那字條有什麼關鍵？跟約瑟夫又有什麼關係？」

羅伯根本無心回答傑瑞的問題，「你們查扣監視器的錄影沒？」羅伯突然著急地問傑瑞。

「當然有，但沒什麼特別線索，連陶比斯在大雨中墜入泳池的那一瞬間都看不清楚，更別談菲利浦的房間，根本沒監視器！」傑瑞不耐煩了。

「有看到更早時我們幾個人聚會時的影像嗎？或者我先回房後，其他人聚會的影像？」羅伯鍥而不捨。

「也沒有！」

「怎麼可能？那間展廳裡有十幾支監視器，怎麼可能連個影像都沒有？」

「展廳不是案發現場，所以我們沒要求調閱展廳的監視器影像！」

「你怎麼這麼肯定展廳不是案發現場？我第二次喝到下了藥的咖啡就在那裡，菲利浦也許也是在那裡被下了藥？」羅伯有點悻悻然。

傑瑞聽了羅伯的推測，馬上靈機一動，又翻了翻菲利浦的驗屍報告，「菲利浦死亡時間約十一點半前後。」傑瑞陷入沉思，突然轉向羅伯，「你幾點離開他們回房的？」

這一問，羅伯急著在自己夾克的口袋裡東翻西找，掏出了一張字條遞給了傑瑞，

「今晚十一點半樓下見。」傑瑞沒好氣地回瞪著羅伯，「就是這張被你吞了的字條？」

羅伯反瞪他一眼，沒好氣地說：「這是從我旅行包裡掉出來的字條！」羅伯接著解釋，「昨晚不到十一點，我被迫先行離開大夥聚會的交誼廳，被安排到交誼廳對面的客房。約十一點十分，珍妮送來了我的行李包，我正要掏出盥洗包時掉出了這張字條，我追了出去，已不見珍妮，發現對面交誼廳的燈也暗了，其他人應該都離開了。」羅伯回憶著。「不久後，我又昏睡了過去！很明顯地，先前在交誼廳時，珍妮在送來的咖啡裡下了藥，這是她第二次對我下藥！我第一次被下藥，是上了珍妮的車，在前往卡爾家的路上，我喝了車上的瓶裝水，就不省人事了！」羅伯指著傑瑞手裡的空瓶子，娓娓道來。

「一般喝了神仙水，即使劑量少，十分鐘後藥效也會發作。如果十一點十分前，其他人都離開了交誼廳，表示在這之前菲利浦也許已經被下了藥，他回房間後馬上引發氣喘，再吸了氣喘藥，於十一點半前後死亡；或者，菲利浦回房後，喝掉了被下了藥的瓶裝水，那麼……」傑瑞似乎有所不解，從腰間裡掏出了他的筆記本，往下翻到了一頁，「溺水報案電話是十二點十六分打進來的，也就是在菲利浦死亡後一小時；我們趕到卡爾家約十二點半，十二點四十分左右，警衛弗烈德才通報菲利浦死亡。我們趕到菲利浦房間時，管家丹尼爾還急著在施作CPR，死亡一小時的屍體早已沒了體溫，對受過消防訓練的健身教練而言應不難判斷，為什麼還繼續施作CPR？是想故布疑陣？還

有，珍妮說陶比斯溺水時，是卡爾第一時間通知她的，當她趕到水池時，丹尼爾已在場施救，表示卡爾已經知道了陶比斯落水，但監視器的畫面根本看不清陶比斯落水，難道陶比斯溺水也不是意外？或者另有一套監視系統，能看得到我們看不到的事情？深夜不眠，還盯著監視器，到底為的是什麼？」

這時，加護病房的護士朝他們走了過來。「病人已經醒了，我們會將他送到普通病房，你們可以在那裡見他，但別跟病人談話太久，他還有點虛弱。」

傑瑞和羅伯兩人互看了一眼，不約而同地起身，快步往另一扇門走去。

•

珍妮走在通往大廳的迴廊上，不知不覺又走過了陶比斯的房間，昨晚的種種仍歷歷在目，她無心多想，只因為無法再承受更多生死交關之事，但卡爾現在對她的召喚，要面對的不就是另一個生死議題嗎？她不時放慢腳步調整呼吸，仍難掩內心的忐忑。她意識到自己的掌心正冒著汗，只好邊走邊往褲子上抹，反正她已抱著打死不承認的態度來否定她跟約瑟夫的關係。

珍妮一走進客廳，卡爾已在沙發上坐定，目不轉睛地盯著手機，珍妮不動聲色在卡爾的面前站定，約兩步之遙，一站一坐，她屏氣凝神等著卡爾抬頭，但卡爾似乎看得入

神，根本沒意識到面前的身影，就連站在角落的丹尼爾也不敢稍動聲色，客廳的空氣一時為之凝結，聽不到一丁點聲音，這讓原本忐忑不安的珍妮，神經更為緊繃。她突然感到一陣耳鳴，腦血管加速縮張，如浪般的共振頓時襲上心頭，忽上忽下、由低而高，兩耳嗡嗡作響、震耳欲聾，她想用雙手捂住耳朵，極力忍住，猛嚥了兩口口水，才驚覺是自己的心跳聲，她慌了起來，深怕自己的心跳聲劃破了空氣中的寂靜，她禁不住又倒吸了一口氣，但這一吸，也許猛了些，竟驚動了卡爾，卡爾一抬頭，珍妮嚇到憋住了氣，整個人脹紅了臉。

「妳來啦！坐！」卡爾示意珍妮坐在對面，一面順手將手機擱在沙發上。

「有什麼事情想告訴我嗎？」卡爾接著說，兩眼直視著珍妮，珍妮從坐下後再也沒抬起過頭來。

「你不是找我過來嗎？」珍妮力圖鎮定，但還是沒勇氣把頭抬起來。

卡爾看著頭低得不能再低的珍妮，冷不防地丟出了一句：「怕我嗎？」

「我……沒有啊！」珍妮吞吞吐吐地回答。

「人一心虛，難免冒冷汗，妳手掌上的汗又是怎麼回事？」卡爾此話一出，嚇得珍妮馬上把手握起來，但她長褲的大腿處卻清楚可見兩個汗涔涔的手印。她尷尬地又張開手掌蓋回原來的位置，「剛洗完澡，手還沒擦乾！」珍妮答得牽強，但反應還算機靈，她生活中早已養成這種看似打馬虎眼，卻能及時見招拆招的本事。

「我能信任妳嗎？」卡爾無心與珍妮抬槓，直接切入正題。

珍妮不假思索地點點頭。

「那妳能讓我信任嗎？」卡爾又繞了個圈反問。

珍妮意識到這個遲早要面對的問題，即使她已反覆預習過幾十種應對的方式，但卡爾這一問，全把她給問傻了，她突然脫口而出，「你當然得信任我，不然你早被抓去關了！」話一出口，她才意識到這完全不在自己預習的答案中。

「此話怎麼說？」卡爾聲音單調，不帶任何情緒，嘴角微微上揚了一下，似笑非笑。

「在我離開你公司到這兒來之前，曾有聯調局的探員約談我，要我協助調查公司利用藝術品捐贈減稅的案子，我在脅迫下答應配合，但前後只提供了三宗透過正常管道運作的捐贈案，後來他再也沒來找過麻煩！」珍妮決定來個即興創作，鋪陳一個自編自導的故事來讓自己脫身。

「我怎麼不記得曾讓妳經手任何透過正常管道的捐贈案？」卡爾故作失憶，其實是給珍妮出了個難題。

「我之前經手過的案子沒一件是正當的，但我在執行的過程中，盡量用正當的方法來達到你的要求。所以每件案子，外表看起來可都是堂而皇之的公益捐贈，但骨子裡賣的藥卻只有你我知道！」語畢，珍妮發現她手心已不再冒汗，耳鳴不知不覺中也消失

了。珍妮知道要是無法先聲奪人，就只能一路低聲下氣了。

卡爾乾笑了兩聲，「言下之意好像全世界只有妳最清楚我的底細囉！」卡爾話鋒一轉，「發生這種事，為什麼沒讓我知道？」

「這種小事，我應付得來，不需讓你操心！」珍妮還是習慣耍嘴皮，或者說只能靠耍嘴皮來敷衍卡爾的問題和掩飾自己的緊張。

「妳知道我這麼多底細，又聯手ＦＢＩ的探員來調查我，吃裡扒外，就不怕我殺妳滅口？」卡爾就愛這種單刀直入，直搗虎穴，一出手，招招致命。

「你是我舅舅，雖算不上是至親，但我投效你麾下，可是我媽親口答應的。要說動我媽同意可不容易，她會答應的事一定有絕對的理由，她不愛對價關係，更不會把她唯一的寶貝女兒推入火坑。在我投效你之前，她只交代了一句話：『只管聽舅舅的話』，我當然明白她的意思。進到公司後，你交代的每件事，幾乎都在考驗我對你的忠誠度，因為你從一開始就沒丟給我一般的案件，但我不費吹灰之力就能掌握你的心思。所以你信任我，不是因為我是你的外甥女，而是你清楚知道我能讓你信任。」珍妮根本不知哪來的勇氣，竟上演空手奪白刃的戲碼，而她的搏命演出，看似博得了唯一觀眾的喝采。

「哈！哈！哈！」卡爾的大笑劃破了緊繃的空氣，在客廳裡迴盪著，只見卡爾緩緩從椅子上站起，將整個身子慢慢挪到珍妮的身旁。他伸出左手重重摟住珍妮的肩膀，還不時用左手掌輕拍珍妮的手臂，「妳跟妳媽簡直就是同一副德性，死鴨子嘴硬！我們

四個兄弟姊妹中，就妳媽和我的脾氣最硬，想不到青出於藍更勝於藍！那妳倒說說，昨晚妳到底在玩什麼把戲？」卡爾緊挨著珍妮，一面說著，一面把握在右手掌裡的手機舉到珍妮的面前，熟稔地用大拇指滑開了屏幕，迅速點了一下影音檔的撥放鍵，示意珍妮自己慢慢欣賞。珍妮伸手接過了手機，兩眼盯著屏幕，看著屏幕裡的自己走進了菲利浦的房間，沒一分鐘她又退了出來，前後進出剛好被走廊的攝影機拍得正著。她從不知走廊有支攝影機，但昨晚陶比斯出事後，她就料到這屋裡一定還有更嚴密的監視系統，果然不出她所料。影片結束前，她看了一眼錄影時間，昨晚快十一點！珍妮馬上意會到卡爾的用意，「昨晚快十一點時，我上完咖啡就回到車上取出羅伯的行李，經過了客廳，想到菲利浦的大衣還吊在客用的衣帽間裡，就順便把他的大衣送回他房間。我把大衣對折擺在床上，不知從哪掉出了個噴霧器，我把它撿起擱在茶几上，之後就退出了他房間。」珍妮一五一十地陳述著，最後她兩眼直視著卡爾，「舅舅！你該不會懷疑菲利浦的死與我有關吧？」

珍妮平常都直喊卡爾的名字，這倒是第一次喊他舅舅。卡爾先是心頭一驚，但當下沒心思揣摩珍妮的用意。

「這麼說來，妳已經知道菲利浦死了！」卡爾略顯驚訝。

「今早在醫院就已經有個條子來問話，我從他口中得知了菲利浦的死訊。」珍妮趁勢轉移話題。

「妳是說傑瑞那條子？」卡爾提高了語氣，顯得有點不耐煩。

「是啊！」

「他都問妳些什麼？」卡爾繼續追問。

「都是些跟陶比斯溺水相關的事，沒提到菲利浦。但當他提到大衛昨晚不在現場時，他突然說出菲利浦的死訊……」珍妮說著，不時用眼角餘光偷瞄卡爾的表情。

「那條子怎知道大衛昨晚不在場？難道……」卡爾欲言又止。

「大衛真與菲利浦的死有關？」珍妮當然沒說出是她在言談中提及大衛的，故意順著卡爾的話拋出問題來試探卡爾的反應。

「如果大衛想殺菲利浦，也不會笨到在我家下手啊！」卡爾駁斥。

「你是說大衛確實有謀殺菲利浦的動機？」珍妮這麼一問，讓卡爾驚覺失言了。

「大衛對菲利浦確實有些不滿，尤其他之前財務緊縮時，曾埋怨菲利浦見死不救！但……」卡爾驚覺自己說多了，馬上戛然而止。

「菲利浦老想在這些案子裡分杯羹，死要錢又怕死，有時反而礙事；不像羅伯，就是一介學者，不卑不亢，雖不容易收服，再怎麼也比菲利浦單純。現在菲利浦意外身亡，羅伯身為菲利浦幾十年的朋友，應該正忙著找出菲利浦的真正死因！」珍妮故意貶低菲利浦的為人，想藉此套出卡爾的看法。

「妳知道菲利浦是怎麼死的嗎？」卡爾也不是省油的燈，反過來試探珍妮。

「如果菲利浦真死於意外，對一個氣喘病患而言，氣喘發作絕對是最有可能的死因！而且死在你家，這種死法不會連累你！」珍妮轉守為攻，想試試卡爾的底線。

「妳是否在他的氣喘噴霧器上動了手腳？」卡爾反咬一口。

「請告訴我你揣測的依據是什麼？不然我無法回答你的問題！」珍妮反駁。

卡爾轉過身向丹尼爾使了個眼色，丹尼爾馬上進房裡抱出了一疊資料。卡爾把其中的一疊卷宗丟在珍妮的面前，珍妮一見卷宗上的標題——「卡爾·蕭的詐保案」，一時六神無主，也只能強作鎮定。

「妳以為我們在保險公司裡就沒有自己人嗎？」卡爾FBI接著說：「妳真以為妳和約瑟夫兩人聯手就能扳倒我？就憑一個AXA的執行長、FBI的探員、妳的另一個老闆，就這點內神通外鬼的把戲，就能把我繩之以法，妳也太天真了！」珍妮見情勢不妙，只好來個硬碰硬。

「光憑這個卷宗怎能把我和約瑟夫的關係綁在一起？又怎能證明我跟他聯手對付你？而且這也扯不上菲利浦的死啊！我剛剛已跟你解釋過，約瑟夫確實想吸收我來調查你，但我給了三件案子打發他，你的臥底絕對清楚我給的是哪些案子，你也應該清楚我沒背叛你！」珍妮試著再次解釋。

「妳為人賣命，又被蒙在鼓裡，是裝傻，還是另有所圖？」卡爾語帶輕蔑和不屑。

「我不明白你的意思！」珍妮一時摸不透卡爾的言外之意。

「約瑟夫就是我的臥底！」此話一出，珍妮整個人又怔了，不敢相信這是事實，但她馬上回神，暗自揣度也許這是卡爾對她的測試。

「既然約瑟夫就是你的臥底，為什麼他要對付你？如果你明知此人不可靠，為什麼又把他找來幫忙處理波洛克的案子？」珍妮反將一軍。

「事情就壞在約瑟夫打蛇隨棍上，不只吸收了妳，更主導起整個案子了。他甚至挖個坑讓妳跳，借妳之手對菲利浦下毒，好讓他死在我家，又布局溺斃陶比斯，先陷我於刑事調查，再以此要脅，逼迫我這個做主人的配合。說白了就是侵門踏戶，到我的地盤來跟我下馬威！這是菲利浦的驗屍報告，還有剛拿到的警察局筆錄，妳還想狡辯？」卡爾一一把卷宗丟到珍妮的面前。

「卡爾，有些事我認了！我被約瑟夫吸收是真的，但這期間，我可沒出賣過你，如果約瑟夫真是你安插的人，那你應該清楚知道我對你的忠誠。但是，我沒對菲利浦下毒手，也不知陶比斯的溺水是約瑟夫布的局，我只針對羅伯一個人下功夫，希望透過洗腦讓他能幫上你。此外，我根本不知昨晚到底發生了什麼事！」珍妮雖不敢相信約瑟夫竟是卡爾的臥底，但她聽得出卡爾不滿的是約瑟夫並不是她，她也不知卡爾到底掌握了多少證據，但截至目前，對她不利的證據還不多，只好先認了她跟約瑟夫的關係。

「約瑟夫的布局都已在我們的掌控之中，但現在最麻煩的倒是那個窮追猛打的傑瑞警官和羅伯。幾分鐘前，我才剛接到醫院的簡訊，現在他們兩人都正在醫院等著陶比

斯醒來。我並沒有神通，只是做事一定要動腦子，心思要縝密，雖傷神，卻是保命的方法，凡事就怕百密一疏啊！」卡爾的語氣變得緩和，珍妮見機不可失，一面猜測卡爾的心思，一面拼湊昨晚的事，順便試探卡爾究竟掌握了多少事證。

「這麼說來，昨晚陶比斯溺水時，是約瑟夫報的案，如果陶比斯溺水是他布的局，那他報案並不是為了救陶比斯，而是如你所言，是為了引來警察發現菲利浦的死，好讓你脫不了干係，那你又怎麼知道報案電話是約瑟夫打的，他的手機在屋裡應該沒訊號啊！」珍妮丟出了第一道題。

「那你平常是怎麼跟陶比斯通電話的？」

珍妮故意露出驚訝的表情，「你該不會連 Skype 都能監聽吧？」

「只要是透過屋內的 IP address 發送的訊息，都難逃我的監控。我剛不是說，百密不能一疏嗎？」珍妮見卡爾這麼容易被套話，趁機加碼追擊。

「那你現在要怎麼處置我？」珍妮第一次裝無辜，她倒想試探卡爾的底線。

「再給妳最後一次機會，妳到底有沒有配合約瑟夫殺了菲利浦？」

「我沒有！」這次珍妮答得斬釘截鐵，絲毫沒有半點遲疑。

「那妳就去告訴約瑟夫，這個案子不需要他了，請他暫時消失，要是執迷不悟，就別怪我不給他面子囉！」卡爾兩眼炯炯有神，緊盯著珍妮，繼續說：「記住！從現在起，我會無時無刻緊盯著妳，一有差錯，到時別怪我六親不認！」

「我明白你的意思了！」珍妮鬆了一口氣，但她知道往後很難再靠「信任」維繫她跟卡爾若即若離的關係了，不管是遠親，還是主雇。

「但我沒聽明白妳的決定？」卡爾冷不防地又拋出了問句。

珍妮點點頭，不再表示意見。

「我相信妳是個聰明人！妳現在就去醫院，趕在陶比斯醒來能開口講話前，掌握一切狀況，別讓那條子捷足先登，壞了大事！」

她知道，接下來的棋局，已非自己一個人能掌握了。

「最後，我有個不情之請，我還是想知道菲利浦真正的死因！」臨走前，珍妮還是按捺不住。

卡爾把驗屍報告翻了開來，要珍妮自己看。

「因氣喘發作，導致痙攣、昏迷，最後引起呼吸道阻塞死亡。」珍妮看完，把報告放回桌上，輕輕應了一聲：「我明白了！」

她緩緩起身，「我去準備一下，馬上趕往醫院！」說畢，逕自往房間走去。

羅伯和傑瑞趕到普通病房時，陶比斯已半坐在床上，兩眼空洞地望著前方。陶比斯一看到羅伯進門，微微地側過身來，本想撐起身子，但虛弱的元氣卻讓他力不從心，整個人又癱了回去。羅伯見狀，快步迎上前來，作勢要陶比斯歇著別動。

這時傑瑞從羅伯的身後閃了出來，陶比斯眼神透著疑惑，「這位是？」

「我是傑瑞警官，承辦你的溺水案和菲利浦的死亡案件。」不待羅伯介紹，傑瑞兩句話便說明了來意。

「你剛剛說的是菲利浦館長嗎？」陶比斯深鎖眉頭，憔悴的臉頰更顯深陷。

「沒錯！就是他！昨晚你溺水時，他被發現死在自己的房間裡。」傑瑞稍作解釋。

聽罷，陶比斯久久不語，這下眉頭鎖得更緊了，突然嘴角微揚嘟噥了起來，「難道被追殺的不只我一個？」

「你是說你被追殺？」羅伯憋不住氣了。

「誰追殺你？所以昨晚你不是意外溺水？」傑瑞更一口氣連問了兩個問題。

陶比斯抬起頭來看著羅伯和傑瑞，嘴裡慢慢吐出了幾個字，「是瘋眼找上門來了……」正要接著說，突然好像被什麼東西哽住，一時接不上氣，猛地朝著地上的鋁盆吐了起來，頓時整個房間充斥著嘔吐的酸靡味。

傑瑞見狀，馬上按下床邊的緊急按鈕。羅伯一時束手無策，只能反覆輕拍陶比斯的

背，但他愈拍，陶比斯就吐得愈厲害，他嚇得馬上縮手，不知所措。過了一會，一位上了年紀的護士才緩緩地走了進來。

「麻煩你們兩位先到房外等候！」護士命令羅伯和傑瑞，然後不疾不徐地拿起話筒，「醫生請到二〇四號房！」掛上電話後，檢查了一下點滴，然後冷眼看著陶比斯一面吐一面抽搐著。

醫生進來後，陶比斯已停止嘔吐，但整個人癱在床上，兩眼無神，還不時打著哆嗦。醫生用聽診器迅速檢查了一遍陶比斯的胸腔和腹部，在看過陶比斯的舌頭和瞳孔後，突然下令：「病人進入昏迷，趕快準備急救！」

羅伯和傑瑞站在門外，看著陶比斯躺在床上被推了出來，一群護士和幾個醫生跟在後頭，羅伯直覺事態不妙，想上前詢問，卻被擋了下來。

這時羅伯的身旁突然有個聲音響起，「該不會又掛了吧！」羅伯一回頭，傑瑞向他使了個眼色。

「如果陶比斯也不幸走了，你覺得會是誰下的毒手？」傑瑞冷不防地丟出了個震撼彈。

「他剛剛不是好好的嗎？溺水有可能會引發任何併發症嗎？」羅伯一臉不解。

「看起來不像單純溺水，我猜也許是中毒！剛才不是說有人追殺他嗎？」傑瑞心中似乎有所定見。

「不管什麼人要追殺他，他溺水被救起後，就直接被送往醫院，剛剛不也清醒了嗎？你如何認定他也被下了毒？」羅伯更加不解，但想到傑瑞剛才對菲利浦死亡的推論深具邏輯和經驗，覺得傑瑞的揣測一定有他的道理。

「這種事我以前遇過！我推斷陶比斯溺水前應先被下了毒，之後毒性發作，不慎掉入了池子，可能水進了肺部，影響肺部氣體的交換，血中氧氣的含量急速降低，二氧化碳也排不出去，而產生酸中毒，缺氧加上酸中毒會影響心臟功能，容易引發心律不整，如繼續惡化，心跳就會停止，導致腦部缺氧。昨晚陶比斯經過急救後，雖恢復心跳，但之前腦部缺氧降低了血液中血紅素的含量，同時也抑制了毒素在體內的循環。陶比斯經過一夜的休養，等到血液恢復正常供氧，毒素便迅速流竄全身，再度引發中毒。確實有人想置他於死地！」傑瑞講得頭頭是道，羅伯聽得目瞪口呆。

傑瑞接著說：「我以前在法醫室工作過，所以知道的多一些！」傑瑞語畢，卻難掩沾沾自喜的表情。

「所以陶比斯現在是把毒吐出來囉？」羅伯這一問更顯得天真。

「不，毒無法經過嘔吐而排出體外，他現在應是毒性發作！」傑瑞似乎已預測到可能的結果。

「什麼樣的毒會有如此特性？」羅伯好奇地追問。

「稍早我們推論菲利浦的死與神仙水有關，你的水也被下過藥！菲利浦因為有氣

喘，喝了神仙水引發氣喘而斃命，而你喝了兩次都只是昏睡過去。要是陶比斯有隱疾或長期服用的藥物與神仙水相剋，情況就會像這樣！」傑瑞再次耐心地解釋著。

「怎麼又是神仙水？神仙水的毒性應該沒那麼強吧？」羅伯有點懷疑。

「就像菲利浦的例子，原本兩個平行不相干的東西，混在一起，就會產生致命的化學作用！看來下手的人，熟知你們幾個人的身體狀況，用一罐神仙水就可輕易達到目的，又不易被察覺，這確實是高招！」傑瑞覺得這案子大有玄機。

羅伯突然建議，「我們為什麼不去查陶比斯的病歷，就能進一步釐清真相！」

「除非陶比斯死了，證據顯示有他殺的嫌疑，整個案件才會轉入刑事調查，才有可能取得病歷，不然得要人體解剖後，才能得知真相。但法律雖有一定的程序，但我們辦案卻得靈活些，用點手腕總會有辦法，不然菲利普的驗屍報告是怎麼到手的啊！」傑瑞難掩自吹自擂的本性。

「但我真不明白為什麼害死了菲利浦，又要毒死陶比斯，少了這兩個人，對誰有好處呢？」羅伯還是不解。

「昨晚卡爾藉口找你們來商量如何處理那六張波什麼的畫，我猜也許只是個幌子，這背後一定還有什麼陰謀或是更大的利益糾葛。剛剛陶比斯提到一個人名，倒引起了我的好奇……」傑瑞不改他辦案的本色。

「是瘋眼？」羅伯看著傑瑞，想從他眼神裡得到確認。

「沒錯！他剛提到瘋眼找上門來了……」傑瑞接著說，「瘋眼是美國波士頓瑞維爾地區（Revere）惡名昭彰的黑手黨，本名安東尼歐．史龐氏（Antonio L. Spagnolo），人稱「瘋眼」（Crazy Eyes），與紐約小義大利區的黑手黨同為一個家族，稱霸美國東岸，其惡行甚至與一九二〇年代極負盛名的芝加哥黑手黨艾爾．卡彭（Al Capone）齊名。瘋眼的家族事業遍及房產、酒店、餐飲、金飾珠寶和賭場，近幾年更把手伸入藝術市場，大肆採購高單價的藝術精品，並不是為了收藏，而是把藝術品作為洗錢的工具。難道瘋眼也跟這批波什麼的畫作有關？」

「瘋眼確實跟波洛克的畫作有關！」羅伯一副準備賣關子的樣。

「你也知道瘋眼？」傑瑞一臉不可置信。

羅伯懶得正面回答，直接切入正題，「這就得從亞歷克斯．梅特（Alex Matter）這個人談起。亞歷克斯十幾年前從自己父親的倉庫裡發現二十二張波洛克的滴畫作品，後來經全球幾家權威鑑識機構證實，該批畫作非出自波洛克之手，引發眾所矚目的真偽訴訟案，後來法院裁決藝術品的鑑定只是一種經驗法則，並非科學證據，加上亞歷克斯出售這些作品時並無惡意欺騙，最終獲判無罪，也不需回購售出的作品。之後，亞歷克斯便帶著剩下未出售的幾張畫消失了。而當年無辜的買畫人，大都自認倒楣，但不巧的是其中有位受害者就是大名鼎鼎的安東尼歐．史龐氏，人稱『瘋眼』。」羅伯停頓了一下，挑釁地看了傑瑞一眼，接著說：「當亞歷克斯手上的二十二件波洛克滴畫作品被大

肆報導時，瘋眼便透過加拿大的蘭朵畫廊代為購入六張畫，總值五千多萬美元。當這些作品被鑑定為偽作之後，買家群起提告，但瘋眼並不在告訴人之列，當然是不想引起太多關注，更怕當局追查他購畫的資金來源。他曾重金懸賞，想逼亞歷克斯現身，但至今仍無人知道亞歷克斯身在何處。」

「難道瘋眼購入的那六張畫，就是現在掛在卡爾家裡的那六張？」傑瑞馬上做了大膽的假設。

「我親自看過那六張畫，也想過相同的問題。如果卡爾家裡的那六張波洛克與亞歷克斯的那批畫是同一批，那卡爾即使找我來背書，除非我能找到強而有力的證據，不然很難翻案！我看事情沒那麼簡單！」羅伯陷入了幾秒的沉思，接著說：「卡爾的房子裡，除了那六件波洛克的作品外，還有一大批疑為二次大戰時納粹的掠奪品，主要是畫作，這些作品的前主人是大衛，後來大衛財務吃緊，就用這批作品向摩根大通作抵押貸款，卡爾就是經手人，就連卡爾在東漢普敦的那棟房子，也是大衛過繼給他的。」羅伯娓娓道來，傑瑞聽得興致盎然。

納粹藝術品掠奪案

二次世界大戰期間，納粹在德國及占領區大肆劫掠猶太人的藝術藏品，或是逼迫賤價出售，累計從法國、奧地利、波蘭、蘇聯等國搜刮了超過六十五萬件藝術品，其中十至二十萬件至今下落不明。

「所以你認為昨晚發生的這些事都是卡爾一手策畫的？」傑瑞追問。

「我倒不這麼認為，因為卡爾不會笨到在自己的家裡鬧出人命！」羅伯認為這是基本邏輯。

「如果瘋眼真的派人追殺陶比斯，為的是什麼？那昨晚又是誰下的毒手，竟連菲利浦都遇害了？昨晚出現在卡爾家裡的這些人，應該就只有你是個局外人，除非你也在演戲給我看？」傑瑞來回推敲著，還故意端詳羅伯的反應。

羅伯根本不想理會傑瑞的眼神，「昨晚我的咖啡裡被下了毒，也許菲利浦和陶比斯的咖啡也被下了毒，端咖啡來的就是珍妮，也許先從珍妮下手，就能找到蛛絲馬跡！」羅伯一面回想，一面推敲著。

「你這麼篤定？」傑瑞對羅伯的推論並不感驚訝，「其實今早我到醫院找她做筆錄時，有很多環節她都沒有對我吐實，她絕對是這個案子的關鍵人物！」傑瑞話才說完，就遠遠看見珍妮朝著他們走來，他向羅伯使了個眼色，羅伯一轉身，珍妮已來到了跟前。

「我接到醫院通知，說陶比斯已經轉到了普通病房。咦！你們怎麼都還站在外面，為什麼不進去？」珍妮一臉狐疑。

羅伯和傑瑞互看了一眼，還是由羅伯發言，「醫生正在搶救！」

「不是已經脫離險境，而且醒來了嗎？不然為何將他轉到普通病房？」珍妮忽然提

高了音調，一臉疑惑。

「中毒了！」傑瑞冷不防地補上了一句。

「中毒！中什麼毒？」

「我猜是神仙水的鎮定劑成分在血液中產生了毒素，所以他剛剛猛吐，接著體溫降低、瞳孔放大，進入昏迷。菲利浦也是因神仙水引發氣喘而致命的，陶比斯該不會也有隱疾吧？」傑瑞故意補了一句，直接把矛頭指向珍妮。

珍妮心一驚，但故作鎮定，臉上倒也沒露出幾分神色。

「我確實曾在羅伯的水裡下過ＧＨＢ，但菲利浦的死和陶比斯的溺水真的與我無關，我更不可能對自己的男友下毒手啊！」珍妮已知羅伯的發現，不想再辯解，直接認了在羅伯的水裡下手，但她在強調不可能對自己男友下毒手之時，卻不自主地心虛了起來，在還來不及釐清前因後果之前，她極力穩住內心的情緒，力求鎮定。

「那是誰要妳在羅伯的水裡下藥？」傑瑞逼問。

「是……卡爾！」珍妮從略顯發白的兩唇間慢慢吐出卡爾的名字。

「是卡爾！那妳跟約瑟夫又是什麼關係？」羅伯按捺不住，插了話進來。

「是一種……師徒關係！」珍妮好不容易找到了一個較貼切的詞。

「請進一步解釋！」傑瑞窮追猛打。

「約瑟夫是ＦＢＩ在ＡＸＡ的臥底資深探員，他知道我是卡爾的親信，幫他處理

大部分的藝術品捐贈案，他懷疑卡爾利用捐贈來洗錢和牟利，所以暗中吸收我協助調查。」珍妮故意道出約瑟夫的身分，用來取信傑瑞和羅伯。

「約瑟夫給了妳什麼好處，讓妳願意背叛卡爾？」傑瑞不買珍妮的帳。

「我沒背叛卡爾，只是向約瑟夫虛以委蛇，並沒提供他任何有價值的資料！」珍妮避重就輕。

「卡爾真的透過藝術品洗錢？」傑瑞知道珍妮絕不會給出答案，但還是要問。

「我之前經手的都是公司檯面上的捐贈，倒沒發現有任何異樣，來到東漢普敦後才開始處理卡爾的個人收藏。據我所知，那六張波洛克的作品是個設局，卡爾非常重視，所以要我組這個會，邀大家來共商大計。」說穿了，珍妮也不知那六張波洛克為什麼對卡爾那麼重要。

「既然卡爾需要陶比斯和菲利浦的配合，為何又對這兩人下毒手？」傑瑞仍覺得不合邏輯。

「卡爾只交代我對羅伯下藥，並沒針對菲利浦或陶比斯；菲利浦死於氣喘發作，而陶比斯的溺水，我一直認為是個意外，因為我清楚知道他不會自殺，也沒那個勇氣，更沒那個必要。再說，卡爾實在沒理由對陶比斯下手，我雖不清楚卡爾的全盤布局，但能肯定的是，在事成之前，陶比斯絕對安全，因為卡爾仍需要陶比斯的協助；再說，這已不是他們第一次合作了！」珍妮把下藥的主謀推給卡爾，是希望她還沒搞清約瑟夫的心

思前，先把事情單純化。再來，把卡爾推上火線，也能誤導傑瑞辦案。

「珍妮！我聽得出妳故意淡化跟約瑟夫的關係！」羅伯一直覺得約瑟夫不是個簡單的人物，在此事件中的角色絕對沒那麼單純。

「我只能就我所知道的陳述，不知道的事，我不便揣測。」珍妮驚惶中故意露出一臉無奈。

「妳第二次在我的咖啡裡下藥，絕不是卡爾的主意，應該是約瑟夫的指示，因為眾人之中只有他看到我杯裡的字條！」羅伯緊咬不放。

「沒錯！是約瑟夫的主意。但別忘了，約瑟夫是臥底，當然得跟卡爾同聲出氣，贏得他的信任，才能就近布局！」珍妮見招拆招。

「以一個保險公司的高層作掩護，在卡爾的這個局裡，並非舉足輕重，沒有約瑟夫，卡爾一樣能透過其他人達到他的目的啊！」傑瑞反問。

「你也太小看保險公司了！卡爾屋裡的所有藝術品，投保總值近三十億美元，在運作過程中，要是哪個環節出了差錯，如畫損毀了……或不見了，這些畫就等同賣出，因為保險公司就得照市價的八成賠償，只要事前作高估價，這種生意穩賺不賠！所以你說，約瑟夫的角色重不重要？」珍妮的專業似乎不容質疑。

「約瑟夫既然吸收了妳，妳到底是聽卡爾的還是約瑟夫？」傑瑞繼續追問。

「兩邊都得聽！」珍妮答得世故。

「那妳進菲利浦的房間，在他的噴霧器上動手腳，又是誰的主意？」傑瑞又試著挑動珍妮的神經。

「什麼證據讓你那麼肯定我在菲利浦的噴霧器上動了手腳？」珍妮覺得傑瑞不可能取得卡爾監視器的影像，但又無法了解傑瑞作此假設的動機。

珍妮接著說：「我知道你在噴霧器上發現了我的指紋，但我並沒有在菲利浦的噴霧器上動手腳，我只是把從他大衣掉出來的噴霧器撿起來放在茶几上！」珍妮乾脆主動攤牌。

「妳怎麼知道我的推論來自於噴霧器上的指紋？」傑瑞略顯驚訝。

「今天早上你到醫院找我問話，要我在筆錄上簽名，你卻刻意只用兩根手指握住筆蓋的上端遞筆給我，一般人不會這樣做，加上你又是個條子，不難讓人聯想是要藉機採集我留在筆上的指紋！」珍妮不甘示弱。

「那要我如何相信妳是無辜的？」傑瑞仍旁敲側擊。

「我沒做錯事，為何還得證明自己的清白？如果你不相信我說的，你大可舉證反駁我啊！」珍妮一貫地伶牙俐齒。

傑瑞見一時也得不出任何結論，想反問珍妮為他打探一些線索，正想開口，此時一個年輕醫生從病房裡開了門走出來，劈頭便問：「誰是陶比斯．邁爾的親屬？」

珍妮走上前去，「我是！」

「妳跟病人什麼關係？」

「我是他未婚妻！」珍妮知道唯有這樣說，醫生才能告知病患的情況。

「好的，那請妳平靜地聽我說……」珍妮開始有不祥的預感，「病人急救無效，已於下午一點十三分過世，死於心肺功能衰竭，但真正引發心肺功能衰竭的原因不明，需要解剖後才能釐清真正的死因。請妳節哀順變，如有需要幫忙的地方，請隨時聯繫院方。」醫生宣讀了陶比斯的死訊，珍妮整個人呆若木雞，久久無法反應，而傑瑞與羅伯整臉也寫滿了驚訝，無意識地看著醫生、護士又魚貫地從急救室退了出來。

•

珍妮雙手緊握著阿斯頓．馬丁的方向盤，以幾近兩百公里的時速疾馳在長島快速道路上。她一貫蒼白的臉色粉飾了她此刻的心情，右腳尖死踩著油門，任憑引擎的低吼聲充塞著她的雙耳。她離開醫院，前幾秒腦子還迴盪著陶比斯的死訊，但隨著逐漸加快的車速，這死訊似乎離她愈來愈遠。對她而言，陶比斯的死，倒不是一種失落，更像是一種解脫。前後不到一天的時間，她經歷了多次的生死離別，尤其昨晚當陶比斯溺水被急救時，她的內心已學會放下，早已做全了失去摯愛的心理準備，但一聽到陶比斯轉入普通病房，內心的糾葛反而取代了應有的喜悅！「是我不再愛他了嗎？」在這之前，珍

妮不曾有這種念頭，但陶比斯死了，她竟然感覺不到一絲傷痛，取而代之的卻是一股不安，隱隱地在心裡發酵。此刻，她的腦子再也沒浮現跟陶比斯過往的種種，她驚覺自己竟可以把一個人忘得這麼快，一個曾經想跟自己互許終身的人，一個自己曾極力保護免於受約瑟夫威脅的人，一個她無法依靠卻能信任的人。出乎自己意料的無情，隨著嘶吼的引擎聲，把思緒抽離得一乾二淨，她的冷漠凌駕了一切的理性和情感，她刻意試著再次回想跟陶比斯的種種，腦子卻是一片空白。她不自覺地冷笑了兩聲，再度踏緊油門，加速揚長而去。

她選擇從中城隧道進入曼哈頓，接著沿麥迪遜大道往上東城開。以往一進城，她總愛放慢速度沿街眺望麥迪遜大道上的櫥窗，但此刻她仍沒放鬆油門，在市區仍以近百公里的時速穿梭在車陣中。週六下午的交通雖沒上班日壅塞，但開車的人也不像平日井然有序，多半走走停停，還不少並排停車。只見珍妮的白色坐駕輕盈地穿梭在車陣中，只有遇到紅燈時才無奈地踩下煞車，不待綠燈亮起，又在一陣呼嘯聲中揚長而去，讓路旁的行人忍不住多看幾眼這輛炫目的超跑。她在麥迪遜大道近七十五街處把車速緩了下來，這裡平日是不允許停車的，加上緊鄰惠特尼美術館和精品購物區，人車雜沓，即使是開放停車的假日或周末，更是一位難求，雖然附近有地下停車場，但低底盤的跑車卻很難進得了陡峭的地下室車道。她平日很少自駕進城，都是搭火車再轉計程車，在火車上還能處理一些要事或雜事。她車一駛近，恰巧有輛車要離開，心裡暗自叫好：「連老

天爺都要幫我了！」她倒檔正要入停車格，突然踩了剎車又退了出來，心想著「這轉角第一個位置，停的又是這種超跑，也未免太過顯眼了！」她怕因小失大壞了事，又果決地往前開了一個路口，右轉進了七十六街，不出所料，整條街都停滿了車，她仍不假思索地把車開了進去，最後熟稔地把車停在這條街上唯一的空位——消防栓禁停區，她俐落地把車塞了進去，然後在車子的擋風玻璃處，擺上了「醫師執勤中」的牌子，這牌子能允許醫護人員在紐約市區任何地方短暫臨停，方便他們處理緊急醫療狀況或救人，這當然是神通廣大的約瑟夫幫忙取得的。珍妮鎖了車，頭也不回，快步離去。

她繞回到麥迪遜大道，左拐進了七十五街，在一處都鐸造型的公寓前站定，她抬頭往上瞧了一眼，迅速從自己的包包裡掏出了一張黑色門卡，開了大門閃了進去。這是此區罕見的獨棟公寓，五層樓高，沒有門房，一樓是玄關和梯廳，鋪著拼花大理石地板，映著天花板上的水晶吊燈，牆的四周以罕見的櫻桃木拼接出幾何圖形，一直延伸到鑲著鍍金把手的樓梯扶手，在挑高不算寬敞的樓層裡，顯得高雅有質感而不失氣派。珍妮一進門，刻意抬頭往牆角的監視器看了一眼，一個箭步進了電梯，梯間裡沒有任何按鍵，門自動關上後便開始往上升，沒幾秒，電梯微微頓了一下，門又開啟。珍妮尚未步出電梯，約瑟夫已站在她的面前，身子裹著一件白色大浴袍，稀疏的頭髮還沒全乾，應該剛從浴室出來不久。約瑟夫很自然地向珍妮展開雙臂，一副笑臉迎人，珍妮卻面無表情從梯間裡直接衝向約瑟夫，接著就是一陣拳打腳踢，約瑟夫被動地防衛，慢慢被逼到床

邊，他的腳撞到了床緣，一下子失去了重心，就在他跌落床上之際，他順勢抓住了珍妮的右肩，向下一扭，瞬間把珍妮給壓制在自己的身子下。

「妳瘋了嗎？」約瑟夫大聲對珍妮咆嘯，身子還是緊緊地壓住珍妮，深怕她來個反撲。

珍妮不發一語，想掙脫又動彈不得，發出陣陣急促的呼吸聲。

「住手！有話好好說！」約瑟夫在珍妮耳邊一面吆喝著，一面慢慢鬆開手，好讓珍妮能脫身。

珍妮脫身後側躺到一旁，仍狠狠地瞪著約瑟夫，氣到講不出話來。

「什麼事讓妳氣成這樣？」約瑟夫彈坐了起來，離得遠遠地，不時注意著珍妮的動靜，也試圖釐清事情的原委。

「你為什麼要騙我？」珍妮睜大眼睛直視著約瑟夫，沒好氣地質問。

約瑟夫丈二金剛摸不著頭緒，「我不懂妳在講什麼？」

「你是卡爾的人，為什麼從頭到尾我都被蒙在鼓裡？」珍妮悻悻然地直指約瑟夫對她刻意的隱瞞。

「怎麼說我是卡爾的人？」約瑟夫仍抓不到重點。

「你還真能裝！我為你賣命，幫你蒐集卡爾的犯罪證據，最初不外是為了自保，後來是為了保護陶比斯免於受到你的牽制或陷害，現在這些顧慮都沒了，我卻發現反過來

捅我一刀的人竟是你！」珍妮義憤填膺，咬牙切齒。

「等等！」約瑟夫做手勢要珍妮先住口聽他解釋，「妳有這樣的想法，應該是中了卡爾的反間！先不管妳聽到什麼，但我可以肯定的是，我沒有陷妳於不義，也不是卡爾的人！不然今天早上我從卡爾住處離開時，根本不需跟他劍拔弩張、互較高下！他一定識破了我跟妳的關係，接受不了他身旁的親信被我收買，才故意挑撥離間！他一旦知道我是ＦＢＩ的臥底，又沒法收買我，就會極盡所能地摧毀我！」

「是卡爾收買你，不是我被你收買，我是被迫與你合作！卡爾收買一個調查他的ＦＢＩ探員，天經地義，也符合他的行事風格！你只是利用我掀卡爾的底，再要脅他就範，好分一杯羹！你拿什麼好處，我不在乎！我氣的是，你利用我又出賣我，把我提供給你的文件又交給了他，以便取得他對你的信任，這不只出賣我，簡直就是置我於死地！」珍妮咄咄逼人。

「妳指調查卡爾的那些文件嗎？當然是我親手交給他的！」約瑟夫答得理所當然。

「是你親手交給他的！那你還不承認出賣我？」珍妮仍氣不過。

「你知道卡爾的為人，如果他知道妳背叛他，妳還能活著來見我？這些資料根本傷不了他，當然也傷不了妳。卡爾只是將計就計，故意饒妳不死，反間妳刺探敵情！」約瑟夫作勢要珍妮用自己腦子想想。

「說白了，你還是出賣我來取得他的信任啊！」珍妮仍無法接受約瑟夫的說辭。

「作為一個探員就必須有隨時被犧牲的準備，這是計謀！計謀有時要自己拆穿，才能取得敵人的信任，為了欺敵！但記住，當雙面諜就只有一個下場——死路一條！」約瑟夫點出了重點，終於讓珍妮靜了下來。

「當初我一接任ＡＸＡ的執行長，便主動接觸了卡爾，為了贏得他的信任，我故意全盤托出我的臥底身分，且親口警告他可是局裡首要的調查目標，但我表明會挺著他，並暗示只要他照著打點前任執行長傑森的方式打點我就行，讓他覺得我不過是個貪婪的人，沒什麼威脅性。這樣我不但可以查清傑森貪腐的證據，又可掌握卡爾犯罪的事實！他原本信任我，所以才要我昨晚到他住處參加閉門會議，直到他發現了我們的關係，才反間妳來刺探我！」約瑟夫一再解釋。

「那昨晚陶比斯的溺水跟你有關？不然，你報警看似為了救人，其實是想引來警察調查菲利浦的死！那你怎麼又知道菲利浦會死在自己的房裡，要不是你下的毒手，難道你真有神通？」約瑟夫給珍妮的刻版印象，很難讓珍妮對約瑟夫卸下心防。

「妳為何這麼肯定昨晚是我報的警？我不用猜也知道是卡爾告訴妳的。妳這麼容易輕信於人，為何就是不信我！」約瑟夫一直都扮演著珍妮導師的角色，從送她去受訓開始，他一直努力培養與珍妮的默契，但「信任」這堂課，看來他並沒教好。

約瑟夫接著說：「第一，昨晚不是我報的警，妳應該比我清楚手機在那鬼地方根本沒訊號；第二，陶比斯的溺水跟我無關，要不是過度情傷就是誤喝了妳的神仙水，心神

恍惚，加上大雨視線不良而失足落水；三，菲利浦的死也跟我無關，我昨晚回房後根本沒踏出房間一步。要解開菲利浦的死並不難，只要能拿到卡爾監視系統的錄影，就有答案。」

珍妮清楚約瑟夫的為人，順者昌，但逆他者尚不至於遭惹殺身之禍，如果只為了從卡爾身上取得好處，他不需下手殺人，更何況殺了菲利浦，他也沒好處，怎麼看他都不像是個無惡不作之徒。他每下指令，邏輯清楚；每有布局，手法細膩；一有狀況，應變神速；每有處置，不著痕跡。雖說菲利浦的死，不像約瑟夫的行徑，約瑟夫也沒有殺人的動機，但兩軍對峙，各有盤算，也很難剔除約瑟夫的嫌疑。再說，卡爾也非省油的燈，不無自編自導自演再嫁禍於他人的可能；至於陶比斯的溺水，其實珍妮自己心裡有數，也是她心生不安的原因。「難道約瑟夫真的像他自己所說的那樣，一切只是個手段，是我錯怪了他？還是我太相信卡爾所言了？」珍妮又陷入了天人交戰。

「妳把我想得太壞了，卻又這麼依賴我！珍妮，妳知道妳最大的毛病是什麼嗎？」此時約瑟夫的口吻倒像個長者，向珍妮釋出溫暖。珍妮兩眼出神，緊閉雙唇，沒有回應。

約瑟夫接著說，「就是不相信妳自己的直覺！其實妳的直覺已決定了妳的未來，但妳選擇不相信自己。」語畢，珍妮不禁想到昨晚陶比斯即將對自己求婚，但她寧可選擇相信陶比斯不是自己想要廝守終身的男人。想到此，她突然不能自己地啜泣了起來。

她仍自責，要是昨晚她給了陶比斯求婚的機會，她也願意重新考慮兩人的關係，也許所有的結局都會重寫。她不停啜泣著，放任眼淚恣意地從臉龐兩側滴下。這是約瑟夫第一次見到珍妮哭，一貫冷酷的她第一次哭得像個女人。他繞到珍妮的身旁，身手摟住她的腰，把她抱到自己的懷裡。珍妮身子微微顫抖了一下，沒反抗地哭倒在約瑟夫的肩上，決堤般的眼淚慢慢地滲入了約瑟夫的肩膀，他意識到珍妮眼淚背後的壓抑，用右手輕撫著她的背，這是他第一次感到與珍妮這麼貼近，內心五味雜陳，這個曾經讓他難以捉摸的女人，原來也有柔情似水的一面。約瑟夫輕吻著珍妮的額頭，右手溫柔地拭去珍妮臉頰上的淚水，珍妮淚眼矇矓地抬起頭看著約瑟夫，她的雙唇突然湊了上去，約瑟夫也自然迎了過去，就在兩舌交會之間，一雙冰冷的手突然伸進了約瑟夫的浴袍，沿著腰際滑到了他的雙臀。約瑟夫此刻感到自己的腎上腺素正急速激增，他激吻著珍妮，把她抱向床上，兩人已分不清是誰的主動讓約瑟夫的浴袍鬆了開來，一陣又一陣的喘息聲把兩人推像天堂和地獄的邊緣，直到約瑟夫用盡了力氣，兩人的身子糾結纏綿地蜷在被窩裡，珍妮理了理她的氣息，突然在約瑟夫的耳邊響起一句話，「陶比斯剛已經死了！」此話一出，把約瑟夫從無邊的天際又拉回了現實。

「陶比斯死了？」約瑟夫坐了起來，露出一副不可置信的表情，望著珍妮。

珍妮也坐了起來，順手拉了床單包住自己的身體，低頭不發一語。

「他今早不是還好好的嗎？怎麼死的？」約瑟夫略可猜到陶比斯並非死於溺水，但

對這突如其來的死訊仍感到不解。

珍妮仍不發一語地呆坐著，兩眼渙散無神。約瑟夫從沒看過珍妮這副失魂落魄的樣子，心想珍妮失去摯愛的傷慟竟讓他成了甜美的替代品，他雖有點不滿，仍不捨地伸手想把珍妮再次摟入懷中，卻硬生生地被珍妮推了開來。

「是我害死陶比斯的！」珍妮突然從嘴裡吐出了這幾個字。

「是我害死陶比斯的！」珍妮又講了一次。約瑟夫原想挨近身子安慰她，珍妮突然轉頭看著約瑟夫，「我不應該在他的咖啡裡下藥的！」語畢，約瑟夫瞠目結舌，反倒退了開來。

「妳是說陶比斯是被妳毒死的？」約瑟夫幾乎不敢置信。

「你要我在羅伯的咖啡裡下藥，我同時也在陶比斯的咖啡裡加了GHB，我不知神仙水會讓氣喘患者致命，我只是想要他昏睡，別再蹚這渾水，遠離這個是非圈，偏偏陶比斯和菲利浦都患氣喘，哪知昨晚擦槍走火，一發不可收拾！現在菲利浦死了，陶比斯也走了，我該怎麼辦？我到底該怎麼辦？」珍妮有點失心瘋地嚷著，而約瑟夫這次沒再挨近她，遠遠地打量著珍妮，若有所思。

「這麼說來，菲利浦的死也是妳下的手？」約瑟夫此話一出，馬上惹怒了珍妮，「你倒告訴我，我像個殺人兇手嗎？即使你下指令要我殺人，我還不至於笨到真去殺人，除非你布局讓我往裡跳！你竟然還敢問我菲利浦是不是我殺的？昨晚整間屋子裡，

難道就我最有可能對菲利浦下手？」剛剛棉被裡的溫存頓時化為一股怨氣和猜疑，珍妮開始搞不懂自己的心思，為什麼大老遠跑來在一個自己不信任的人身上找慰藉，是一種替代心理？還是一種補償作用？她很想哭，卻把噙在眼眶裡的淚水硬是收了回去。

「我沒說是妳幹的，只是推測！別忘了，我們可是站在同一陣線！」約瑟夫的話聽在珍妮的耳裡，特別諷刺。她背對著約瑟夫，迅速地把衣服穿好，不發一語，逕自往電梯門走去，按下了電梯鈕，靜靜地等著。

約瑟夫欲言又止，不敢直視珍妮，就在他正想挽留珍妮之際，電梯門開了，珍妮閃身進了電梯，抬頭看了約瑟夫最後一眼，冷不防地從嘴裡冒出：「誰跟你他媽的同一陣線啊！」直到電梯門關上，約瑟夫都沒能抬起頭來瞧上珍妮一眼。

他呆坐了幾分鐘，突然起身靠向窗邊，想彌補剛才沒能目送她最後一眼的遺憾。一如往常，他偷偷倚在窗邊，看著珍妮步出大門，再次品嘗她一貫的愉悅、憤怒，或是她剛剛強忍的淚水。他側身往下眺望，期待那熟悉的身影再次出現，然而他的視線卻停在對街一個似曾相識的身影上——卡爾的管家丹尼爾戴著墨鏡正從對街走過。約瑟夫知道這絕非偶然，一定是珍妮被跟蹤了！這處公寓只有珍妮知道，平常他都住在公司安排的飯店公寓裡，看來他的隱身處已敗露。他馬上側身躲在窗簾後，注視著街上的動態。

珍妮步出公寓大樓後，似乎沒注意到丹尼爾的存在，一出門便右轉朝麥迪遜大道的方向快步走去，丹尼爾一見珍妮出來，放慢了腳步，遠遠地從對街望著珍妮的背影。

突然，丹尼爾抬頭望向約瑟夫，直接打量著公寓的三樓。約瑟夫心想，丹尼爾應該不只一次跟到這來，否則不可能如此熟門熟路。看來，卡爾現在是衝著他來，他不能坐以待斃，該是出手的時候了。

•

珍妮上了車，繼續往東開，然後在約克大道右轉，一路上盡是二次大戰前的磚牆公寓大樓，大部分是所謂的合作公寓（co-op apartment），屋主沒有產權，產權歸管委會，買賣皆須經過管委會開會決議，一般自住的多，投資客少。但車子一過了七十四街，右側卻出現了兩棟現代公寓大樓，每棟大樓前各擁一座噴水池，這在寸土寸金的紐約市上東城，不只少見，簡直是奇景。珍妮把車直接開進了大樓前的車道，車還沒停穩，一位穿制服的門房便已從大樓內快步走了出來，靜候在珍妮的車旁，車一停穩，便馬上趨前幫珍妮開了車門。

「珍妮小姐您好，好久不見！」門房殷勤地問候著。

「荷西，你好！好久不見！」珍妮頓時變得笑容可掬地，一面不疾不徐地從皮包裡掏出了五塊錢塞在荷西的手裡，荷西笑得合不攏嘴，一直稱謝。紐約市的高級公寓大樓裡盡是這些認命的拉丁裔管家，能在這種高級公寓裡當管家，算是好命，那些英文不

行的，就只能送外賣、打雜工、做苦力，紐約能與時俱進、躋身國際之都，一半都來自於這些「Amigo」的任勞任怨。這棟公寓上上下下的住戶都知道，只要跟這些拉丁裔的Amigo處得好，略施小惠，凡事有求必應。

「這次要停多久？」荷西這一問，珍妮啞口無言。她一路開過來，也沒想太多，就好像回家一樣，一切是這麼的自然，這麼的理所當然。這裡是陶比斯的住處，租來的，從他倆認識以來，這地方就成了他們的窩，珍妮雖不住這兒，但這裡就像自己家一樣，熟悉且充滿回憶，更重要的是，這裡曾經住著一位深愛著她的人。這念頭一閃，她才驚覺，陶比斯已不再是此處的主人了，她的到來似乎顯得突兀，甚至多餘。她原本想掉頭回車裡，但荷西的聲音再次響起。

「不好意思！請問今天會停得久嗎？」荷西再次有禮貌地詢問。

「我待一會就走！」珍妮此時也只能找到這些字眼。

「好的，那我就把您的車停外面一點，待會方便您取車！」

「謝謝你，荷西！」不待珍妮講完，荷西已經鑽進了珍妮的車子。

珍妮一踏進陶比斯的公寓，就站在玄關處，瀏覽著屋裡的一景一物，所有過往的回憶湧上心頭，她再次強忍著淚水，突然一陣鼻酸，禁不住地放聲大哭了起來，她整個人跌坐在地上，任性地讓自己的壓抑肆無忌憚地發洩出來。她的雙肩不停地抽搐著，地板

上已堆出了厚厚一疊沾滿眼淚鼻涕的衛生紙，她還是無法自拔，哭得天昏地暗。她慢慢地抬起頭來，濕透的臉頰和凌亂的頭髮讓她顯得狼狽，她望向窗外，然後慢慢站起走向陽台，她扶著欄杆向下望，入夜後第一波下班的人群，熙來攘往地穿梭在街上，她雙眼緊盯著每個從七十一街蘇富比總部大樓走出來的人，五分鐘、十分鐘、十五分鐘……直到眼角的淚水都吹乾了，她才意識到再也沒機會像以前一樣站在這裡等著陶比斯出現在人潮裡，感受抬頭與她四目交接的那種悸動。夏夜的微風輕拂著她的臉龐，她不禁閉上雙眼，任由呼呼的風聲在耳際旁嘲笑她的愚蠢，現在的她只能站在這裡枯等一輩子的遺憾，或是從這裡縱身而下，了結此生的糾葛？風愈來愈烈，嘶嘶的風聲把屋內的沙簾吹得滿是飛舞，像是祭幡哀悼著主人的離去。

她走回屋內，不想開燈，窗外的月光隱約地映照著屋內每個熟悉的輪廓，她用手指輕輕滑過那張她常坐著冥想的椅子，是陶比斯送她的生日禮物；還有那棵半枯萎的馬拉巴栗樹，常因主人忘了澆水，永遠在跟自己的生命拔河；書架上的每本書，藏著他們無厘頭的歡笑和犀利的辯論；凌亂的床鋪，嘎嘎作響的床墊，訴說著無限的溫存與思念；她試著拼湊每段回憶的片段，卻反而編織成難以抹去的遺憾！她最後癱坐在陶比斯書桌前的椅子上，無意識地看著眼前待機的電腦屏幕，突然千言萬語湧上心頭。她敲了一下鍵盤，屏幕醒了過來，本想發封電郵，訴說她來不及跟陶比斯講的話，但眼前的一幕卻吸引了她的目光——

卡爾家裡的那六件波洛克畫作的細部圖檔分布在十幾個不同的視窗裡，其他還有一些報告資料，最令珍妮好奇的是一封未寫完的電郵，收信人是亞歷克斯．梅特。她清楚知道亞歷克斯轟動業界的波洛克畫作真偽訴訟案，但好奇亞歷克斯從人間蒸發後，黑白兩道無人知道他的下落，陶比斯竟能聯繫上他。珍妮發現陶比斯跟亞歷克斯往來的電郵多達五十四封，好奇心的驅使，她從第一封開始展讀，發信日期已是一年半前，她快速瀏覽，急於解開心中的第一個疑問，「到底陶比斯是如何找到已銷聲匿跡多年的亞歷克斯？」

親愛的亞歷克斯：

也許你現在已不叫亞歷克斯，但我還是習慣稱呼你這個名字！先恕我冒昧寫這封信給你，但別驚訝為何我能取得你的聯繫方式，待你看完這封信後，你自然會找到答案。

你之前的豐功偉業不需我贅述，容我直接切入正題。我有一位客戶，想必你也認識，他手裡握有六件你賣出的作品（如附件），多年來一直想跟你探討解決的方案，卻苦尋不著你的蹤跡。當你收到我這封電郵，你應該明白你已不再隱形，你的一舉一動分分秒秒都會受到監視。我的客戶之前布下天羅地網找你，主要是為了討回公道，但今天我找你的目的，主要是想跟你談另一樁買賣。這樁買賣的成功與

否，攸關你的性命！你也許有機會重回主流社會，下半輩子過著榮華富貴的生活；你也有可能下一分鐘死於非命；但唯一不可能的是，你再也沒有隱姓埋名逍遙度日的機會。你今天回到家後，會發現放在浴室鏡櫃裡的那瓶藥空了，如果這是個事實，我相信我應該會很快收到你的回應。

祝好

陶比斯・邁爾

Ps. 附上的六張畫，已經換了主人，一個你更招惹不起的主人。

珍妮點開了郵件的附件，並不驚訝眼前出現的就是卡爾展廳裡的那六件波洛克滴畫。「所以是陶比斯引介大衛或卡爾收購了瘋眼手上的波洛克作品？既然這些作品已被鑑定是偽作，為何大衛或卡爾還願意花重金收購？甚至大肆布局將這六件作品送入MoMA 館藏？這其中必有玄機。」珍妮暗自揣度著。

她突然靈光一閃，把附件中的六張畫先轉寄給自己，再回到寄件備份把轉寄給自己的郵件刪掉。怕夜長夢多，日後尾大不掉。她接著繼續往下看，不出所料，隔天亞歷克斯馬上有了回應：

邁爾先生您好：

也容我直接切入正題。我選擇遠避是非，只是想圖個清靜，既然法律判決不需我回購賣出的作品，為何您的客戶這幾年還窮追不捨？現在要錢我沒有，全賠在股市了，要命就爛命一條，我體內現在裝滿了支架，你們把我瓶子裡的藥倒光，不就是要我命嗎？既然你們已知道了我的藏身之處，我隨時等候諸位的大駕光臨！

A.M.

珍妮握著手中的滑鼠繼續往下滑，發現開始的幾封電郵幾乎是天天一來一往打口水仗，看來亞歷克斯早已落魄潦倒、身無分文，心臟又有毛病，來日無多，加上形單影隻，所以才能這麼灑脫。但其中有兩封電郵前後相距了三天，前一封陶比斯不再咄咄逼人，轉而提出了合作的條件：

……這六張畫的新主人想跟你談項合作，不知何時方便見面談？……

隔了三天，亞歷克斯回覆了：

……我目前的身體狀況實在不適合做長途旅行，但卡爾先生的提議確實讓我心動。現在我手裡除了剩餘的幾張水彩、素描、手稿之類不值錢的作品外，如果卡爾

先生喜歡，我還願意割愛一批從未問世的稀世珍品。另外，你前信中提到家父生前留下的畫畫工具和顏料，我記得當初賣掉曼哈頓的 Tudor 畫室時，都打包丟到東漢普敦的老家了，之後那房子也賣給了家父的好友，也是著名的波洛克夫婦作品藏家——阿方索，阿方索死後，後人一直住在那裡，其實離卡爾先生的家不遠……

珍妮腦中開始拼湊她所能掌握的片段——卡爾手裡的這六張波洛克滴畫，既然來自於亞歷克斯那批具爭議的畫作，為什麼卡爾交到我手裡的材料隻字未提，反而記載的是阿方索的舊藏？難道這整件事，是梅特家族和阿方索聯手的把戲？卡爾為什麼要積極運作這六張有問題的畫進 MoMA？又是誰幫卡爾找到了亞歷克斯？而瘋眼手裡的那六張波洛克為什麼又會落到卡爾的手裡？亞歷克斯提到的稀世珍品，指的又是什麼？

珍妮百思不得其解。她正準備繼續往下爬文，心想著：「陶比斯即使待在拍賣界多年，熟知藝術圈的買家和賣家，但光憑他的人脈和本事應該不及瘋眼的天羅地網，瘋眼都找不到的人，他更不可能找到，背後一定有高人協助！而卡爾願意接手蹚這渾水，背後一定有更大宗的利益，不然他絕不會貿然行事！在電郵裡，陶比斯提到瘋眼是他客戶，這不無可能，即使瘋眼藉畫洗錢，也需要有買賣的平台，而這些高單價的精品更是拍賣公司覬覦的對象。但想不透的是，既然卡爾接手了瘋眼的燙手山芋，瘋眼自然不需繼續追殺亞歷克斯，那卡爾為何還大費周章把亞歷克斯給找出來？甚至連亞歷克斯父親

畫室裡的顏料都不放過，卡爾的壺裡到底在賣什麼藥？要是陶比斯還在，她就可以來個嚴刑拷打，但現在……」珍妮內心又是一陣唏噓。「這傢伙，竟然在我們交往的這段時間，從沒透露有關亞歷克斯的丁點訊息，難道我不也是幫自己的舅舅做事嗎？」同受僱於卡爾，卻被排除在外，珍妮有點不是滋味。

珍妮突然靈機一動，她複製了亞歷克斯的電郵地址，然後把地址貼在gmail的搜尋欄裡，按下搜尋鍵，屏幕上跳出了五十五封搜到的電郵，她快速地瀏覽過每封電郵的發送、收受人和主題，幾乎就是陶比斯和亞歷克斯一來一往的電郵。她再回到陶比斯和亞歷克斯電郵群的視窗，視窗上顯示五十四封電郵，她驚覺搜尋到的電郵比原本的多了一封，表示在陶比斯和亞歷克斯的五十四封電郵之外，一定還有一封電郵跟亞歷克斯的電郵地址有關連，也許就是幕後的藏鏡人告知陶比斯關於亞歷克斯行蹤的關鍵電郵。珍妮把搜到的電郵重新依日期排列，果不其然，在陶比斯寫給亞歷克斯的第一封電郵之前還有一封電郵。她迫不急待打開，是封密件，沒有文件內容，也沒有主題，只有一個附件。珍妮馬上下載附件，屏幕卻跳出輸入密碼的要求。珍妮見狀，回頭尋找寄件人，卻是隱藏，她思考了幾秒，按下了直接回覆鍵，收件人的地址這下子跳了出來，她驚訝地看著收件人的地址，久久講不出話來，js1015@gmail.com，這個她再熟悉不過的電郵地址，js就是約瑟夫姓名的縮寫 Joseph Schwarz。

「原來陶比斯在跟我交往之前，就已經認識了約瑟夫！我還深怕約瑟夫對他不利，處處護著他，看來所有人之中我也是個局外人！」珍妮覺得自己只是別人的一顆棋子，說賣命為卡爾辦事，倒也沒有，但她對卡爾的忠誠卻換來如此的不堪！她又為了捍衛自身的清白，竟中了約瑟夫的圈套，雖交給了約瑟夫無關痛癢的資料，卻喪失了卡爾對她的信任。現在羅伯懷疑她，菲利浦無妄冤死，她又失手害死了陶比斯！她不敢再繼續往下想，「也許自己已走到窮途末路，任誰也救不了自己了！」

她兩眼盯著屏幕，一邊想著，「也許自救的唯一方法，就是搞清楚這件事的來龍去脈！」她繼續握著滑鼠往下滑，腦裡試著拼湊事情的始末。「約瑟夫把亞歷克斯的行蹤透露給了陶比斯，陶比斯為卡爾處理那六張波洛克的滴畫，大衛可能是出手向瘋眼購得這六張作品的人，再交由卡爾運作，之後如再收買羅伯和菲利浦，便能順利把這六張滴畫送進 MoMA。但是他們如何處理這六張具爭議性的畫，即使權威如羅伯，也很難扭轉乾坤。況且羅伯非睜眼說瞎話之人，所以約瑟夫才要我下藥洗腦，一旦腦子裡有了這樣的記憶，加上陶比斯補足無中生有的證據，便能說服一大票人，只要能在拍場上高價成交，摩根大通一買單，作品進了 MoMA，皆大歡喜！」珍妮自認這樣的推論合乎邏輯，但不解如果這六張波洛克是來自梅特家族的收藏，將來如何逃過之前鑑定機構的追查，畢竟顏料的使用已不能改變，把收藏歷史改成阿方索的舊藏，更沒有加分效果；即使有大衛這位波洛克大藏家的加持，也難逃其他專家的質疑。再說，這幾張畫能賣多少

錢？這對貪得無厭的卡爾而言，應該滿足不了他的胃口，這樁買賣應該只是個試金石，背後一定還有更大的利益！

珍妮一次點選了這五十五封電郵，想轉寄給自己，當她按下傳送鍵時，五十五封電郵一下子全不見了。她驚訝之餘，發現屏幕上方的攝像頭竟是開著的，她意識到有人監視，瞬間彈開了身子，二話不說揹起自己的包包，迅速閃出了陶比斯的公寓。她一下電梯，直奔大門，荷西一見她出現，馬上迎了上來，一臉不解。

「珍妮小姐！妳今晚不是住這兒嗎？」疑惑全寫在荷西的臉上。

「我來時不是告訴你，我待一會就走嗎？」珍妮答得斬釘截鐵。

「我以為您知道陶比斯先生已把車開走了？」

「陶比斯！你是說陶比斯？」珍妮結結巴巴，一臉不可思議。

「是的！他不久前下樓把您的車開走了……」

珍妮雙耳轟轟作響，她看著荷西的雙唇仍滔滔不絕地說著，但她卻聽不到荷西說話的聲音。

傑瑞垂頭喪氣地回到警局，苦惱著膠著的案情，即使他一路上反覆推敲菲利浦和陶比斯死亡的真正原因，卻仍掌握不了任何具體的線索。他一股腦往椅子躺了進去，椅子似乎懂得主人的心情，嘎一聲便止住了呻吟。傑瑞無意識地望著桌上的電腦屏幕發呆，不自覺地左右來回扭著旋轉椅，每轉到某個位置時，椅子總會嘎地一聲響。他偶爾停住，不久又扭了起來，這重複的動作倒也填滿了他現在的思考空白，但時間一久，他開始顯得焦躁，隨意翻著桌上那本字跡潦草的記事本，左手不經意地轉起早已斷了芯的鉛筆。就在他逐漸喪失耐性之際，他的目光盯住了桌上一件不曾存在的東西，一個他不曾見過的信封袋，靜靜地躺在桌上那疊厚厚的資料上。他小心翼翼地拿起信封袋，端詳著寄件人和收信人的資訊，他眼睛為之一亮，整個人從椅子上跳了起來，他回頭尋找寄件日期，不敢置信——這竟是陶比斯今天早上才寄出的即時快遞！

「今天早上陶比斯不是還躺在醫院裡嗎？」傑瑞直覺事有蹊蹺。

他捏了捏郵件，感覺像是有個硬盒子，便迫不及待地把紙袋給撕了開來，一個CD盒從裡面掉了出來，透明的盒子裡，卡著一片光碟。傑瑞熟稔地從抽屜裡掏出了雙白手套，戴上後再把光碟從盒子裡取了出來。他正反面各看了一眼，突然朝光碟的正面呵了一口氣，一層霧氣結了又散了開來，他又翻到背面，重複了剛剛的動作，光碟上沒殘留任何指紋！他隨之將光碟放進了電腦的光碟機裡，屏幕先是一片黑，然後跳出一串計時

數字，緊接著出現的影像，著實讓他看得出神。

黑白的影像裡，清楚記錄著珍妮於十一點二十四分五十四秒從約瑟夫的房間走了出來，下個畫面跳到十一點二十五分十三秒，珍妮推門進了菲利浦的房間，十一點二十九分零七秒，她又匆忙地閃出菲利浦的房間。但在菲利浦房裡的這三分多鐘，卻沒有任何鏡頭。傑瑞迅速地敲了下鍵盤讓畫面停格，接著抓起了桌上的記事本，尋找他記憶中的關鍵數字，「十一點三十分」，這是法醫推測菲利普的死亡時間。

「珍妮一直強調菲利浦的死與她無關，那她在菲利浦房裡的這三分多鐘到底在幹什麼？」傑瑞仍百思不得其解。

傑瑞再次按下撥放鍵，又跳到了不同監視器錄到的另一個畫面：珍妮行經一個房間，才擦身而過，房門突然在她背後打開，珍妮硬是被一個黑影從身後給架了進去，因為鏡頭偏高有死角，無法看清黑影的面孔。傑瑞又按下停格鍵，記下錄影的時間：十一點三十分四十一秒。然後再次翻閱記事本，找到各賓客房間位置圖，計算從菲利浦房裡走到這間房的時間，三十四秒的腳程裡也只有陶比斯的房間最靠近。

「那陶比斯把珍妮架到房裡，為的又是什麼？調情？還是陶比斯事先知道了什麼？」傑瑞覺得疑點重重。

十一點三十二分十一秒，珍妮又鑽出了陶比斯的房間，上了階梯，開了門消失在鏡頭外；但在十一點三十二分五十二秒時，陶比斯也戴上帽子出了自己的房間，一樣上了

階梯、開了門。

「為什麼陶比斯沒在珍妮離開時馬上尾隨出門，而是相隔了四十一秒才一前一後走了出來，是故意掩人耳目？還是……」傑瑞愈看愈糊塗。

他又順手拿起信封袋，端詳了幾秒，「今早因溺水還躺在醫院裡的陶比斯竟署名寄出這封快遞？是怕自己遭殺身之禍，事先填好信封託人在自己出事後寄出？還是有人冒名寄來這光碟，想提點我什麼？或只是想誤導我辦案？」傑瑞翻轉著手上的信封袋，若有所思。他先把光碟給退了出來，然後在電腦屏幕上又開了另一個新視窗，直接上了聯邦快遞（Fedex）的官網，輸入了收件地點的編碼，竟然是離警察局三個街口外的聯邦快遞收件中心。傑瑞二話不說，拿起信封袋衝出辦公室，直奔近在咫尺的收件中心。

傑瑞一進到收件中心，馬上表明身分，要店裡的經理協助調查。他要經理先確認這裡是否就是信封袋的發信處？經理拿著信封袋走回工作檯，掃描了袋子上的條碼，他盯著電腦屏幕，半晌不語，作勢要傑瑞過來一起瞧瞧。傑瑞看著屏幕上的資料，寄件人的姓名欄和地址竟是空白！

「這怎麼回事？既然能印出信封袋上的寄件單，電腦裡怎麼可能沒資料？」傑瑞不解地問著經理。

「通常只有兩種可能，那就是承辦人員印出寄件單後，忘了按 SAVE 鍵儲存資

料，就跳到下個頁面；或者是有人刻意在信件寄出後刪除電腦裡的資料。我去問承辦人員。」經理調頭往辦公室裡走去，不一會兒，一位身材略胖的年輕人尾隨他走了出來。

「今天早上來寄這郵件的人，你有印象嗎？」傑瑞劈頭就問。

小胖子捎了老半天頭，沒能吐出一個字來。

傑瑞迫不急待又問向經理：「店裡有設監視器嗎？」

「有有有！有支正對著客人呢！」經理一面指著監視器的方向，一面示意傑瑞進辦公室。

經理領著傑瑞走進一間小房間，房間裡有五個監視屏幕，其中一個正對著來辦理郵遞的顧客。

「當天送達的即時快遞需要在早上十點前寄出，我們的快遞中心是八點開始營業，所以讓我先把今天早上八點到十點的監視影像找出來！」經理喃喃自語，一面操作著電腦。

傑瑞從門縫裡剛好瞥見承辦那郵件的小胖子，他一個箭步趨前，劈頭又問：「你是否記得那封郵件的寄件人是什麼時候進來的？」

小胖子又捎了老半天頭，才從嘴裡冒出這麼幾句話，「好像是快接近最後收件時間，記得他一再確認當天是否能送達？」

「所以是接近十點左右？」傑瑞追問。

小胖子又愣了一下，傑瑞沒等他回答，轉身又進了小房間。

「先從九點五十分的錄影查起！」傑瑞半命令著經理。

經理點頭示意但沒答腔，便迅速把錄影時間往前倒到傑瑞要的時間點，然後客氣地丟下一句話，「我還有事要忙，接下來，請自便！」便轉身出了房間，獨留傑瑞一人。

傑瑞拉了張椅子坐下，兩眼死盯著屏幕，時間一分一秒過去，他開始耐不住性子，索性快轉了起來，他更聚精會神，邊看邊找，突然一個畫面閃過，他迅速按下暫停鍵，瞄了一眼停格的時間，九點五十七分四十四秒，然後仔細地端詳畫面中那位戴著棒球帽的男子，身形確實像極了陶比斯，但鏡頭的俯角加上棒球帽沿的遮蔽，確實很難看清楚男子的容貌。傑瑞一格一格地往前移動，仔細地觀察男子的每個動作，希望從中找到蛛絲馬跡，就在男子伸手遞出郵件時，在他的右手腕處依稀可見一個圓形的印子。為能更清楚辨認，傑瑞再往前細看，這次停在男子舉起雙手調正棒球帽之際，鏡頭剛好對著他的手，原來右手腕上的印子是個圓形刺青，裡面好像有個S字母！

傑瑞馬上從口袋裡掏出了手機，撥了通電話。電話響了幾聲後進入語音信箱，他掛斷，又再撥了一通電話。

「羅伯，是我—傑瑞！想請教你個問題，記得陶比斯的右手腕上有個圓形刺青嗎？」沒等羅伯答腔，傑瑞劈頭便問。

「倒沒印象！問這個幹嘛？有新的線索嗎？」羅伯語氣帶點困惑，突然提高音調，

「問問珍妮應該最清楚不過了！」

「剛給她打電話沒接！」傑瑞見無著落，便急著掛電話，「等我搞清楚了，再跟你說！」羅伯還來不及接話，電話已被掛斷。

傑瑞一個箭步衝出房間，找到經理，「幫我把九點五十七分到十點的那段錄影燒錄出來給我！」一面從皮夾裡掏出一張名片塞到經理的手裡，「燒好了，馬上通知我！」連個謝字都沒講，人已步出了收件中心的大門。

珍妮帶著滿臉的錯愕，到街上攔了輛計程車。

「小姐！去哪兒？」司機問著，連頭都沒回。

珍妮一時答不上來，「先往前開吧！」只好隨便先給個指示。

珍妮此時的心情五味雜陳，短短兩天不到的時間，竟要她經歷多次的生離死別！她好不容易讓自己接受了陶比斯的死，如今，生死卻成了她揮之不去的夢魘。

「還是繼續往前開嗎？」司機有點沒好氣地問。

珍妮本就心不在焉，加上車內前後座隔層塑膠玻璃，一時沒聽懂是司機在問她話，於是沒答腔。

「小姐！小姐！妳要我繼續往前開嗎？」司機這回提高了音量，還回過頭來敲敲玻璃隔層。

珍妮抬起頭來，倒也沒急著回話，她先往窗外望去，想知道自己到了哪？她正抬頭望向街口的路牌，突然街旁一個熟悉的影子吸引了她的目光。「天啊！那不是我那輛白色馬丁嗎？」她錯愕的語調，驚動了司機。

「司機！掉頭，跟著那輛白色的馬丁！」珍妮指令下得又急又快。

「什麼馬丁？在哪裡？」司機一頭霧水，被珍妮這麼一催促，也急了起來。

「你馬上掉頭，它剛轉進後面的那條街……五十九街……好像就是五十九街……」

珍妮扯著喉嚨喊著。

「這裡是雙黃線，不能掉頭！」

「你現在、馬上就給我掉頭……聽到沒有？」珍妮再次扯開喉嚨，正伸手準備拍打玻璃隔層，車子一個急轉彎，把她重重摔回座位上。

「你是說最前頭那輛低矮的白色跑車？」

珍妮索性搖下窗戶，伸出頭往前瞧，「就是那輛！」她大聲嚷著，引起路人的側目，但她根本沒心思理會。

「是妳的車？被偷了？要不要幫妳報警？」司機一副樂於參與，雞婆了起來。

「是我的車沒錯，但沒被偷！」珍妮懶得跟他囉嗦，想一語帶過。

「那誰把妳的車開走啦？」司機追問著。

珍妮忍住脾氣，只好再敷衍幾句，「是我男朋友！」

珍妮語罷，換來司機一陣訕笑，「是不是妳男朋友開著妳的跑車載著別的馬子兜風去啦？」

珍妮下意識地翻了個白眼，懶得再搭理司機。司機見珍妮沒回應，自討沒趣，也就止住他的嘴，往前猛超車，想擠到白色車的前面，珍妮見狀，連忙制止。

「你不用超到它前面，在它後面跟著就行！」其實珍妮根本沒勇氣面對這突如其來的狀況，也還沒準備好如何接受陶比斯萬一還存在的事實。

白色的馬丁過了第一大道後，右轉上了皇后大橋（Queensboro Bridge），過了這座橋，可通往皇后區（Queens）和長島（Long Island）。

珍妮見馬丁上了橋，內心不禁忐忑了起來，到底接下來會發生什麼事？她心裡一點也沒譜。

待車子轉進了長島快速道，珍妮似乎猜到了白車的去處。

「司機！開快些，看看能不能隔個車道跟它並行？」珍妮再也憋不住了，她想確認開車的到底是誰？

司機沒囉嗦，馬上提速超前靠左，直到兩車隔個車道並排。

珍妮深深地吸了一口氣，再用一兩秒的時間理了理自己的情緒後，慢慢地轉頭望向右邊的馬丁，但天色昏暗，加上馬丁偏暗的玻璃，看不清駕駛的容貌，只有隱約可見一位男士的身影，頭上戴頂棒球帽。突然馬丁車裡的駕駛轉頭望向珍妮，把她嚇得縮退了身子，車子突然向左甩了出去，一陣尖銳的剎車聲，珍妮尖叫了一聲，整個身子跌向左側，還來不急反應，車子又拉了回來。

「他媽的！王八蛋！竟然敢逼我車！」司機咒罵著。

珍妮聽到計程車引擎的加速聲，她好奇地又抬起頭來望向右方，只見白色馬丁已揚長而去，十二缸 6000cc，510 匹的馬力，計程車絕不是它的對手。

珍妮突然靈機一動，她想撥通電話給陶比斯，看看有沒有人接聽？也想知道白色馬丁裡的駕駛到底是不是陶比斯？她伸手往自己的包包裡掏，沒摸到手機，她索性把包包裡的東西全倒出來，還是不見手機的蹤影。「糟了！該不會把手機掉在陶比斯的公寓吧？」

計程車刺耳的引擎聲再度讓她把視線投向車外，「你追不上它的，算了吧！」珍妮要司機別逞強了，畢竟實力懸殊，即使要追，也是心有餘而力不足！

「待會下個出口出去吧！調頭回城裡！」

「妳就這麼輕易放棄！我雖追不上它，也要給它些顏色瞧瞧！」司機仍死命地催著

油門，雖偶爾能見遠方白色的身影，但困獸猶鬥的引擎聲，早已分出了勝負。

沒一會兒，前頭的車速都慢了下來，竟塞起車來了。

「剛剛車流都還算正常啊！再說這個時間段很少會塞車，怎麼搞的！」司機開始嘟囔了起來。

所有車子都龜速前進，計程車司機也慢慢地把車靠到右車道，準備下個出口出去。但發現右車道全堵住了，一動也不動，它又硬向左車道鑽了過去，走走停停還不忘左右穿梭，忙著變換車道，再怎麼塞，也要想辦法擠到出口。他一面狂按喇叭，完全不理會別人回敬以更長的喇叭聲或探頭的怒罵聲，他仍死命地在車陣中我行我素。

珍妮最受不了塞在車陣裡，加上外面的喇叭和叫囂聲，她乾脆低下身子，把整個人塞在椅子裡。

「小姐！小姐！」一陣急促的呼叫聲從前座傳了過來，珍妮坐了起來。

「這是剛剛那輛車嗎？」司機的聲音顫抖不安。

珍妮望向窗外，驚訝地用雙手捂住了嘴巴，不敢相信眼前看到的景象。白色的馬丁四輪朝天橫躺在離出口不遠的外車道上，車頭幾乎全毀，整個車身斷成兩截，車頭旁的隔音牆有道長達十幾米的撞痕，有個輪胎甚至飛到了出口外的輔路，撞擊力道之大，連四個車道外的對面車道都有車子的殘骸。

行走至此，車子再也前進不了，再說司機似乎也嚇傻了，嘴巴一直微張著。這時只

聽到後座的門被打開了，後照鏡裡看到珍妮匆忙下了車，往地上猛吐了起來。司機見狀也馬上下了車，來到珍妮身旁，「妳還好嗎？」司機手足無措，不知如何是好。

珍妮吐完後，用手掌朝自己的嘴抹了抹，定神望向前半段車頭，沒看到駕駛，只有一頂洋基隊的棒球帽靜靜地躺在路中央。

•

傑瑞從寄件中心回到了警局，坐定後又把那張光碟塞入電腦裡。他順手翻著記事本，看了一眼記事本裡記載的時間點，十一點三十分四十一秒，是珍妮被一個黑影架進陶比斯房裡的畫面。傑瑞再往前倒了幾秒，然後停格在黑影男子伸手架住珍妮脖子的畫面。「賓果！」傑瑞雀躍地跳了起來，果不其然，黑影男子的右手腕上也有個圓形的刺青，可以肯定的是，昨晚的這位黑影男子就是寄給他光碟的人。傑瑞把光碟的畫面倒到最前面，再一次從珍妮步出約瑟夫的房間看起，這次他一格一格地看，想從中找出更多的漏網之魚。

珍妮步出約瑟夫房間後，手裡拿著一份卷宗，步伐似乎有點急促，但神情卻泰若自然，不像下手行凶前的反應；幾秒後，屏幕跳到了下一個畫面，珍妮開門正要進入

菲利浦的房間，傑瑞把畫面停格，然後前前後後來回看這幾格的動作，她注視著珍妮的手，本想也許會有造成菲利浦死亡的證據，卻意外發現珍妮原來握在手裡的卷宗不見了！他又刻意往前檢視兩個畫面的時間點，兩個不同鏡頭的畫面卻銜接得天衣無縫，衣著一樣、頭髮挽起來的方式也一樣，但在手裡的卷宗不見了！

傑瑞接著往自己的抽屜裡翻箱倒櫃了起來，費了些勁，終於從裡面找出了另一片光碟，這是昨晚事發時在卡爾家查扣的監視器內容。他打開桌上的手提電腦，放入了光碟，然後把兩台電腦的監視器影像都調到十一點二十四分五十四秒處，原來的桌機屏幕便跳回珍妮步出約瑟夫房間的畫面，但同一時間，另一片查扣的光碟，卻是丹尼爾出現在客廳通往客房的走廊。傑瑞再次查閱記事本裡卡爾屋內房間的位置圖，發現丹尼爾與珍妮同一時間都往菲利浦的房間方向前進，如照時間推算，兩人本應在走廊相遇，但兩片光碟卻記錄了不同的場景，「這其中一定大有文章！」傑瑞推敲著。

「會不會珍妮步入菲利浦房間的時間點被變造了，用來掩飾和頂替真正行凶者的畫面？」傑瑞猜測著各種可能性。他繼續往下檢視光碟裡的畫面，卻發現別的鏡頭裡都不見丹尼爾的身影！

傑瑞突然靈光一現，馬上抓起電話，撥給了醫院。

「請幫我轉接停屍間的甘比主任，我是東漢普敦警局的傑瑞警官！」

「好的，請您稍待！」接線生轉接時，傑瑞把桌機的畫面快轉到黑影男子架住珍妮的畫面，刻意停格在男子手腕上的刺青。

「我是甘比，哪位？」

「甘比，我是傑瑞！可否幫我個忙？」甘比是傑瑞以前在法醫室工作時的同事，加上業務關係，兩人非常熟絡。

「今天下午十點十三分，有位叫陶比斯．邁爾的男子在醫院被宣告死亡，我想他應該被送到你那兒了？」傑瑞眼睛盯著記事本上所載的陶比斯死亡時間。

「你等等，我查一下！」甘比把電話擱在一旁，翻起了桌上的名冊。他一面翻著，嘴裡還不停地念著陶比斯．邁爾的名字，最後他拿著名冊走向電話。

「我翻遍了死亡名單，沒有陶比斯．邁爾這個人啊！你確定這人真死了，而且是死在這醫院？」甘比一語中的這個發現，讓傑瑞再次陷入苦思。

傑瑞的來電讓羅伯百思不得其解，「為何傑瑞急著想知道陶比斯手上的刺青？難道這刺青會跟陶比斯的驟逝有關？也許傑瑞發現了什麼線索？」他一面收拾行李，卻難掩內心的哀慟，一天不到的時間，兩個他熟識的朋友突然撒手人寰，尤其是陶比斯，才剛重逢，幾年前的心結未解，卻又匆匆離去。他計畫搭明早第一班高速火車回波士頓，這是他生平第一次想逃離這個他又愛又恨的城市。突然，他的手機響起，他迅速瞧了一眼

來電顯示，竟是MoMA董事會的主席詹姆士・席恩，他心裡一個念頭閃過，已猜到此通電話的來意。

「羅伯！是你吧？還沒離開紐約吧？」急性子的詹姆士劈頭便問。

羅伯也乾脆省了寒暄，直接切入話題，「想必卡爾已告訴你菲利浦的消息！」

「不！剛才大衛打電話給我，說菲利浦昨晚在卡爾家氣喘發作，走了！」詹姆士省了鋪陳，單刀直入，毫不帶感情。

羅伯心想，昨晚菲利浦走時，大衛根本不在場，為何卡爾不親自通知詹姆士？大衛昨晚在事發前就已離開，是早已預知死亡紀事，先行離開避嫌？還是純屬巧合？或者另有隱情？這些事不管背後真正的主謀是誰，一定與卡爾或大衛脫離不了關係，不然發生這麼大的事，卡爾為什麼不親上火線主動向詹姆士說明，卻由大衛代勞？

「昨晚出事時我在，事發突然，我覺得事情並不……」沒等羅伯把話講完，詹姆士打斷了他。

「我想菲利浦突然辭世，大家都難過，但身為董事主席，我不能讓館務空轉，我決定明天招開臨時董事會，除了宣布菲利浦的死訊外，更需由執行董事盡快決定下一任館長的人選，所以請你務必留步，明天早上十點準時參加會議。就這樣，先不打擾了，明天見！」羅伯還來不及反應，電話的另一端已經掛上。他望著剛打包好的衣物，本想再從包裡拿出來掛回衣櫃，但一開完會就回波士頓的計畫不變，於是他順手把行李包的拉

鍊拉上，但想到明天要與卡爾再次交鋒，今晚又要輾側難眠了。

才要開始煩惱，羅伯的手機突然連續收到了幾則簡訊，他急忙打開，傑瑞傳來了幾張監視器影像的截圖，他一張張仔細看過，畫面中的男子像極了陶比斯，但畫面的角度和模糊不清的影像讓他無法確認男子的容貌，然而其中幾個畫面倒挑起了他的興致，

「難道這就是剛剛傑瑞提到的刺青？」

羅伯反覆看著這個男子手腕上的刺青圖案，但畫面過於模糊，只能隱約辨識是個圓形，中間好像被某種符號一分為二。他馬上打開他的手提電腦，輸入「圓形刺青」，一下跳出了二百多個搜尋結果。羅伯很快瀏覽過每個圖案，卻沒有一個類似的。他又把搜尋的關鍵字改成「圓形刺青＋手腕」，因為有些刺青的圖案只刺在特殊的部位上，用以凸顯它的意涵或用以標幟其身分或組織，尤其刺在手腕上，這是一個極為顯眼的部位，但可以靠帶手表、手鍊或長袖衣物來遮掩，又可在必要時機移動這些遮蔽物使其露出。果不然，屏幕跳出了四十七個符合搜尋的圖案。羅伯又一一檢視，還是沒有任何線索。他不死心，又輸入「蘇富比＋陶比斯」，畢竟陶比斯也算是業內的名人，也許在一些場合的照片裡，會不經意地露出手腕上的刺青。羅伯再次按下搜尋鍵，這次跳出了一百多筆跟陶比斯相關的照片。羅伯從第一張開始，緊盯著陶比斯的手腕，照片一張張地從眼前溜過，仍無斬獲，但網路搜尋最耐人尋味的是，往往讓人有意想不到的結果。其中就有張照片可能連陶比斯都不敢相信它的存在，且成為公開的祕密——陶比斯與一群年紀

相仿的年輕人在一處看似地窖裡的合照，每個照片中的人都伸直他們的右手、握拳，手背朝外，一字排開，每個人的右手腕上都刺著一個黑色圓形圖案，圓形被一隻鑰匙從中一分為二，鑰匙由下往上盤繞著一隻蛇，蛇頭兩眼泛紅光，吐著蛇信。

「賓果！」羅伯樂得從椅子上跳了起來。

「這就是傳說中的『墮落天堂之鑰』！」對專精符號學的羅伯而言，這一點也難不倒他。

「墮落天堂之鑰」是一個耳聞已久的地下組織，在二次大戰時，由一群逃離納粹迫害的猶太人所組成，成員不乏各行各業的菁英，而這圖案據說是由一位藝術史學家設計而成，採圓形外框來表現離經叛道之意。自古以來，圓形的圖騰代表著太陽，是為宇宙，但到了文藝復興，教皇為了鞏固領導勢力，強調萬物以天主為依歸，極力剷除一切科學思想，固然不能承認宇宙的存在，圓形便成了異教的代表，在此暗示對極權的反叛、反納粹。而圓形中間的這把鑰匙，就是當年耶穌交給門徒彼得的那把能開啟天國之門的鑰匙，擁有這把鑰匙，便有權力決定人是否可以進天堂。二次大戰時，德國納粹從猶太人的手裡大肆掠奪了近六十五萬件藝術品，藏在奧地利阿爾陶塞市（Altaussee）與德國梅爾克爾斯（Merkers）的地下鹽礦中。因此，這把鑰匙暗示著能開啟文化寶藏之門，直搗被納粹掠奪的藝術寶庫。有趣的是盤繞在鑰匙上的那隻蛇，隱射伊甸園裡那隻誘惑著亞當和夏娃初嘗禁果的邪惡之源，害亞當、夏娃背判了天主，被逐出園外，而能

用此把鑰匙開啟寶藏，又有幾人能禁得起這批寶藏的誘惑？

這批被納粹掠奪的藝術品，後來由 Monuments、Fine Arts 和 Archives program（合稱 MFAA）發現並歸還作品所屬人，但目前仍有十至二十萬件作品下落不明，據說是由「墮落天堂之鑰」的成員所把持。時至今日，這些成員已背叛了捍衛人類文化遺產的初衷，成員背景日趨複雜，也全非猶太人，誘惑和貪婪恰巧呼應了刺青圖案上那條蛇的象徵意義，極盡諷刺。

「莫非卡爾屋裡那些我記憶中不曾見過的經典之作與『墮落天堂之鑰』有關？那陶比斯跟這些作品一定脫不了干係，也許正因為利益糾葛或分贓不均，遭卡爾設局陷害？」羅伯揣測著其中的可能。

他把搜尋到的這張照片儲存了起來，然後發到了傑瑞的手機。

「這次傑瑞得甘拜下風了！」羅伯一轉身，卻發現房門下有封信。

他俯身拾起信封，瞧了一眼，是旅館的信封，心想可能是帳單。

「還怕我事先跑掉不成！」羅伯嘀咕著，一面打開信封，卻被裡面的內容震懾住了。

「如相信我，明晚十點半於 River Café 見！陶比斯」。

羅伯久久不能言語，心想：「這到底是怎麼回事？」

珍妮一回到陶比斯的公寓大樓，一下車見門房便問，「荷西人在哪？」

只見門房畢恭畢敬地回答：「荷西下班了。有事能為您效勞嗎？珍妮小姐！」

「你有沒有荷西的手機號碼？」珍妮焦急的語調似乎把門房給嚇著了，只見他趕忙從口袋裡掏出手機東按西按，「就是這個！」門房一面應著，一面拿著手機湊近珍妮。

珍妮冷不防地從門房手裡搶過電話，直接撥了號，門房先是愣了一下，然後悶不吭聲，靜靜地退到一旁。

「荷西！是你嗎？」對方一接起電話，珍妮忙搶著出聲。

「小屁胡！是你嗎？怎麼今天學起波絲貓叫了！」電話的另一端充滿訕笑和抬槓的語氣。

「我不是什麼小屁胡，我是珍妮小姐！」這時珍妮才想起借用了門房的電話，轉身向門房比畫了兩下，門房作勢ＯＫ，珍妮便不再理會他，逕自講了起來。

「荷西！你仔細聽我說，剛剛是你親自把我的車交給陶比斯的嗎？」珍妮真的急了，語調充滿高亢的氣音。

「喔！喔！我現在才聽出來您是珍妮小姐，不好意思！」荷西一副狀況外。

「快回答我的問題！」珍妮耐不住性子，突然吼了起來，把門房嚇得又退了幾步。

「不好意思！珍妮小姐！您的車出了什麼問題嗎？」荷西的語氣明顯在顫抖。

「荷西！你最好仔細再聽一次我的問題，剛剛到底是不是你親自把我的車交給陶比斯的？」珍妮吼著，聲音大到連大樓裡的門房都探出頭來。

「我沒有！陶比斯先生來電要我把妳的車停到車道口，不要熄火，說要馬上走，他什麼時候開走的，我真的不清楚！」荷西嚇到連英文都講不成句。

珍妮聽完立在原地，不發一語，腦子裡亂轟轟的。

「珍妮小姐！您還好吧？」門房站得遠遠的，仍關心地問著。

這一問讓珍妮回了神，她一個箭步迎向門房，把手機往門房的手裡塞去，沒忘丟下一句「謝謝」，便逕自往大樓裡走去。

進了陶比斯的公寓，珍妮沒開燈，怕被電腦屏幕上的鏡頭瞧見，索性映著月光，搜索記憶中稍早來到這房裡時停留過的每一處。她的目光迅速地掃過房裡每處可能的角落，但仍不見她手機的蹤影。

「會不會掉在陽台上了？」只見她技巧地避開桌上的電腦，躡手躡腳地往陽台走去。

陽台就這麼點大，一覽無遺，還是不見手機的蹤影。就在珍妮疑惑之際，突然聽到一陣悶悶的嗡嗡聲，這聲音有點熟悉。珍妮隨著聲音尋去，發現書桌上的一張紙微微

透出亮光，珍妮馬上想到這是手機震動的聲音。她連忙把紙掀了開來，果然是自己的手機，不時發出嗡嗡的聲音。她伸手抓起電話，猛地一瞧，差點沒把手機又給摔回桌上。「是陶比斯來電！我該不該接？」珍妮掙扎了起來，一時天人交戰，不知如何是好？「不管是真是假，接了電話不就知道了！」她鼓起勇氣，接了電話，把手機放到了耳邊，她還來不及出聲，但對方卻剛好把電話給掛了。她愣了半想，決定回撥，好把事情弄個明白。就在她按下撥號鍵的同時，突然收到了一封簡訊：「明晚十點半，妳最愛的老地方見！」是從陶比斯的手機傳來。她的兩耳開始嗡嗡作響，過了幾秒，又是一通簡訊。她連忙打開，跳出了一個「See you!」的貼圖，這是他們倆約會前陶比斯習慣傳來的貼圖。

「是他沒錯！」珍妮突然破涕為笑，一副不可置信！但一股莫名卻馬上鋪天蓋地襲來，「死在馬丁車裡的又是誰？為什麼他要帶著她送給陶比斯的棒球帽？幾個小時前才被醫生宣布死亡的又是誰？」她二話不說把手機塞進了包包，頭也不回地馬上離開了陶比斯的公寓。

傑瑞兩眼緊盯著電視屏幕，即時新聞正撥放著長島高速路上的死亡車禍。

「今晚七點多，長島高速路由西往東靠近三十二號出口處，發生一樁死亡車禍。根據拍到的監視器畫面顯示，這輛白色阿斯頓．馬丁在靠近三十二號出口時，以近

一百五十英哩（約二百四十公里）的時速連續向右變換車道，突然失速撞上護欄，由於衝擊力道過大，車身斷成兩截，車體零件散落車禍現場達〇．五英哩，爆裂的輪胎甚至衝撞對向車道，造成十二輛車連環追撞。阿斯頓．馬丁的駕駛當場死亡，這場車禍總共造成一人死亡，十六個人輕重傷……」這時電視畫面一直停在警消救護的現場，突然一個鏡頭閃過，鏡頭上出現車禍現場的地面上有頂洋基隊的棒球帽，傑瑞瞪大了眼睛，「該不會這麼巧吧？」他心裡嘀咕著，馬上拿起話筒，撥了通電話。

「我是東漢普敦第三分局的傑瑞警官，請問今晚長島快速道的車禍是哪位警官負責？」

「請您稍等一下，我馬上幫您轉接。」九一一勤務中心的接線生今晚似乎特別忙。

「我是史丹利．道生警官，哪位？」對方扯著喉嚨嘶喊，聲音明顯來自戶外，還不時摻雜著救護車的嗚笛聲。

「我是東漢普敦第三分局的傑瑞警官，我懷疑今晚的車禍與我調查的一宗謀殺案有關，可否很快請教您幾個問題？」傑瑞廢話不多說，馬上切入正題。

「我在現場忙得焦頭爛額，稍後再打來！」電話被掛斷，速度之快，讓傑瑞有點措手不及，整個人仍緊貼著話筒杵在座位上。

他回過神又迅速撥了通電話。「我是東漢普敦第三分局的傑瑞警官，請轉接小頸鎮第一分局交通隊的勤務員。」長島快速道的第三十二出口是小頸鎮（Little Neck）第一

分局的管轄地，今晚交通隊的執勤警員應該足以回答他的問題。

「我是交通隊執勤員警喬治・庫柏，請問有什麼能為您效勞的？」

「我是東漢普敦第三分局的傑瑞警官，想請問您幾個問題！」

「好的，長官！請說。」對方仍是客客氣氣地。

「剛在長島快速道三十二出口處發生的車禍，撞毀的那輛馬丁駕駛身分是否確認了？」傑瑞一口氣講完，內心竟忐忑了起來，深怕答案就在自己的預料之中。

「駕駛頭部受重創，血肉模糊，目前還無法辨識身分！但查出該肇事車輛是登記在布萊姆投資顧問公司名下，公司的負責人是卡爾・蕭，也是摩根大通現任的資深副總裁，已通知車主了！」

「車主有告知駕駛的身分嗎？」

「車主只提到肇事車輛今早由一位叫珍妮的女子開走的，是他的外甥女兼私人助理。但肇事現場發現的駕駛屍體確認是一位男性！」

「駕駛的五官或身體有任何明顯的特徵嗎？」

「身高約六呎，五官無法辨識，但右手腕上有個圓形圖樣的刺青。」

「可以把刺青的照片傳給我嗎？直接傳到我手機，646-752-7137。」

「好的，長官！馬上處理。還有什麼可以為您服務的嗎？」

「就這樣，謝謝你！」傑瑞一掛上電話，馬上收到了封簡訊，「這麼有效率，才掛

上電話，照片就傳到了！」但當他仔細一看，是羅伯傳來的簡訊，一打開，一張幾個年輕人的合照，陶比斯站在最右側，各個伸出右手臂一字排開，手腕朝外，清楚可見手腕上一致的刺青。就在傑瑞端詳這張照片之際，又一個簡訊傳了進來，是剛剛那位員警傳來的肇事駕駛手腕上的刺青圖案。

「一模一樣的刺青！現在已被宣判死亡的陶比斯無故失蹤了，今早又有個手腕上有著相同刺青的人寄來這片CD，跟剛才死於車禍的難道是同一人？如果這個人不是陶比斯，那又會是誰？」傑瑞陷入苦思，卻不得其解。

•

羅伯十點不到就已來到了 MoMA，他手裡拎著行李，似乎打算開完會後馬上回波士頓。美術館以往週一休館，但擴建後，適逢經濟蕭條，政府補助減縮，募款不易，館方為廣闢財源，一周七日無休，週五更延長營業時間至晚上八點。今天早上十點半開館，但館方人員九點半就上班。羅伯從沒這麼早到過 MoMA，他一如往常由五十三街的正門進入，他試著推動旋轉門，門不動如山，他貼著玻璃往內望，館內的員工指著牆上的時鐘，示意還沒到營業時間。他馬上意識到這時得從員工的專用通道才能進入，於是繞了一圈來到五十四街的後門，還沒走近，遠遠便看到卡爾那輛黑色的賓士邁巴赫正

好靠邊停下，卡爾下了車，逕自往員工入口處走去。當卡爾的坐駕與羅伯擦身而過之際，羅伯不經意地往車裡望了一眼，這一望，可把羅伯給望傻了，一個貌似陶比斯的中年男子臉色極其蒼白，像是剛從停屍間裡「走」出來的死屍，蓬首垢面、目光呆滯地坐在後座，剛好跟他四目交接，但男子面無表情，眼神空洞，卻也沒刻意迴避羅伯的目光，車子沒幾秒便揚長而去，轉了個彎，一下子便消失在羅伯的視線裡。

羅伯進到會議室，已有半數以上的董事早已到達，他一一握手寒暄，卻不見卡爾的蹤影。他選了一個左右皆無人的位子坐下，想省點口舌，圖個安靜。董事一個接著一個進來，想圖個安靜看似很難，羅伯只好起身一一握手致意。十點鐘一到，就缺董事主席詹姆士和卡爾、大衛三人，羅伯內心不禁忐忑了起來。就在他腦中開始浮現幾種假設之時，缺席的三人一同步入了會議室。羅伯心裡明白，卡爾和大衛都提早到，應該一同找詹姆士協商去了，是去告知詹姆士有關菲利浦驟逝的細節？還是聯手捏造菲利浦死亡的真正原因？或是三人一同密謀策畫下任館長的人選？

麥克風的尖銳聲把羅伯給拉回了現場，他望向主席台，詹姆士正對著他點頭示意，而大衛和卡爾分坐詹姆士的兩側，也都分別向羅伯點頭示意，羅伯也一一回禮，但內心難掩面對殺人嫌疑犯的悸動。

「首先感謝各位執行董事在這麼短的時間內能排除萬難，趕來參與這場臨時董事會。我就直接講明今天招集各位來此的目的。我們的菲利浦館長前晚因氣喘發作辭

世……」一陣騷動加上此起彼落的嘆息聲，每位董事臉上寫著不可置信的表情，硬生生地打斷了詹姆士的談話。「……我知道這是一個難以令人接受的事實，但今天招集各位的最終目的，是想盡快推舉接任館長的人選，現在可否請各位董事用五分鐘的時間思考推薦的人選和理由，然後就最多人推薦的人選進行討論。待會兒就由我開始，然後以左右交叉的順序進行發言。」

詹姆士語畢，討論聲四起，只見眾人交頭接耳，唯獨羅伯一人呆坐不語。他突然將目光投向主席台，詹姆士、大衛和卡爾竟毫無互動，「這無疑是掩耳盜鈴，自欺欺人啊！」對菲利浦的死，羅伯的內心確實難以平復。

「各位！現在時間到，容我先發言，推舉我心目中的館長人選。我認為業界應該無人比他更熟悉我們的館務，以他的資歷、學識、人脈當無人能及！這位我敬重且要大力推薦的人其實就是在座的其中一位……」羅伯很想掉頭就走，不願為這場骯髒的內定人選背書，他知道詹姆士下一秒從嘴裡吐出的名字，不是大衛就是卡爾，那股不屑全寫在臉上……「那就是羅伯．霍頓教授！」此話一出，在場的所有目光全投向羅伯，他的表情馬上轉為驚訝，再變成不可置信的驚恐，畫面有如希區考克驚悚片裡常跳出的臉部特寫，停格再配上刺耳短促的背景音效，原本黑白的畫面，羅伯一下子脹紅了臉。

坐在詹姆士右手邊的大衛緊接著發言，「我附議主席的推薦，理由就不再贅述！」

「我也附議！」卡爾接著說，且把目光拋向羅伯，羅伯也回眼以對，想搞清楚他

們壺蘆裡到底賣著什麼藥？緊接著附議聲此起彼落，但羅伯卻沒把目光從卡爾的身上移開，他明白這絕對是個設局，但對方下的這步棋卻在他的預料之外。

「既然大家一致推舉羅伯．霍頓教授成為本館的下任館長，可否當面請問受推舉人的意見！」詹姆士語畢，眾人的目光再次投向羅伯。羅伯欲言又止，頓時腦袋一片空白。

詹姆士見狀，馬上接著說，「現在讓我們以熱烈的掌聲歡迎羅伯．霍頓教授到前面來跟我們講幾句話！」接著如雷貫耳的掌聲響起，羅伯半推半就上了主席台。

「首先感謝各位對我的賞識和支持，但我目前仍是哈佛的全職教授，很難接手如此重責大任……」羅伯話沒講完，詹姆士從背後閃到羅伯面前搶了一步說話，「要不請羅伯．霍頓教授先接下代理館長一職，等暑假過後，我們再次開會決議？」就在詹姆士拿起另一支麥克風搶話之際，羅伯臉色一驚，讓他幾乎說不出話來，因為他看到詹姆士的右手腕上就有一個「墮落天堂之鑰」的刺青，隨著袖口的擺動，若隱若現。

•

珍妮一醒來，兩眼直視著天花板，她馬上環顧四周，眼前卻一片陌生。她極力回想昨晚的種種，卻不敵陣陣暈眩，頂著撕裂般的頭痛，她緊張地伸手探了探身旁床鋪的

餘溫，一陣冰涼讓她寬心不少，她又看著自己的穿著，與出門時無異，至少確認昨晚睡著時身旁無人。她看著房間的擺設，知道自己身處旅館，但完全記不得是哪家旅館。一個念頭閃過，她開始東翻西找，「我的包呢？」床上、床頭櫃、書桌、沙發都搜過了一遍，仍不見包包的蹤影，「有可能丟在浴室嗎？」她馬上起身從床上一躍而下，正要衝向浴室，卻差點被絆倒，她定神一看，腳正好被包包的肩帶給纏住了。她馬上往自己的包裡翻了起來，費了一番勁才把手機給掏出來，兩通留言、一則簡訊，她先開了簡訊，「知道妳不在車裡，看到簡訊立即回電！」是卡爾傳來的。她接著進入留言信箱，第一通來電在進入留言前便掛斷了，來電號碼也未顯示；第二通留言的聲音竟是如此熟悉又遙遠，「珍妮，我是媽媽！聽到留言請盡速回電……還有，我知道妳不在東漢普敦……希望妳平安沒事……儘快回電……」珍妮聽得出媽媽的擔心，但話裡似乎有所保留。她看了一眼來電時間，竟是昨夜兩點多，兩通未接來電竟相隔不到一分鐘，「這麼晚來電肯定有急事！也許是昨晚的車禍新聞把她給嚇著了？那前一通會是誰打來的？」她內心糾結了一下，回頭望向床頭櫃上的時鐘，已近十點，「我的媽呀！我該不會已經昏睡了一整天吧！」她把手機迅速丟回包裡，把包往床上一扔，馬上衝進浴室。她擰開水龍頭，手都還沒碰到水，突然大叫一聲，「慘了！十點半……陶比斯……」她突然想起陶比斯的簡訊，「明晚十點半，妳最愛的老地方見！」。她連自己身處何處都不知道，哪有可能半個小時內趕到布魯克林橋下的 River Café 餐廳？她又沖出浴室，往窗簾的方向

奔去，抓起窗簾往右邊一扯，一陣強光突然射了進來，她本能地側過臉、舉起手來遮擋，眼淚還是不自主地從眼眶裡飆了出來。雖一時睜不開眼，但珍妮卻暗自竊笑了起來，「還好！是早上十點！」她揉了揉眼睛，退到窗簾後，再往窗外望去，聯合廣場人群雜遝，這裡唯一的一家旅館，就只有 W Hotel。她又走回浴室，水龍頭的水還繼續流著，她伸出雙手捧著水，朝臉潑了兩下，腦子裡漸漸浮現昨晚的一些情景。

她離開陶比斯的公寓後，驚魂未定，攔了輛計程車往聯合廣場的方向走，本想去Strand書店逛逛，翻翻書、理理情緒，這是她每每進城最愛幹的事，躲在二手書堆裡，翻著無奇不有的各類書籍，把煩惱拋到九霄雲外。但車子經過 W Hotel 時，一想到一樓的 Irvington 酒吧，馬上改變主意要司機停車，畢竟這裡充滿了太多的回憶！本以為陶比斯所提的老地方就是這裡，後來記得每次吃完飯，陶比斯就問：「待會去哪逛逛？」珍妮便答：「去老地方囉！」她老愛來 River Cafe 旁的布魯克林霜淇淋工廠（Brooklyn Ice Cream Factory），買兩球霜淇淋，倚在東河的欄杆上，望著夜色中曼哈頓的天際線，兩人不發一語，默默地吃著霜淇淋，任晚風吹拂，沉浸在紐約鬧中取靜的夜色中。但昨晚走進酒吧時，原本就她一人，她點了些輕食，外加一杯 absolute tonic，「今晚有家歸不得，也只能混這酒吧了！」後來有位蓄著鬍子的男士走了進來，一屁股往珍妮身旁的位子坐下，沒有寒暄，琴酒一杯接著一杯往肚子裡吞。珍妮不擅長跟陌生人搭訕，

也就靜默不語，喝起她熱愛的單一純麥蘇格蘭威士卡，「格蘭利威十八年單一純麥先來兩杯！」

「加冰塊？」酒保問著。

「不加！」珍妮答得豪邁。

珍妮就這樣一杯接著一杯，巾幗不讓鬚眉，臉不紅氣不喘地一個人獨飲至其他賓客散盡，待她離開座位時，身旁的男子早已不見蹤影。昨晚買單了嗎？怎麼入住旅館的？她毫無印象。

她又朝臉潑了潑水，接著把頭整個埋到水龍頭下。「昨晚那個男的也愛喝琴酒，一整晚也沒見他點過別的酒！無獨有偶，陶比斯也非琴酒不喝！幾次坐得靠近他些，馬上聞到他身上那股熟悉的氣味，但沒敢多瞧他幾眼，或許對一個人太過思念所產生的移情作用，看什麼人都像陶比斯！但才短短兩天，也長不出那麼長的鬍子……應是自己喝多了！」珍妮試著說服自己。「如果是陶比斯，為何他要喬裝？為何他不直接表明身分？一定是他沒錯，如果是別人，沒有一個男的能整晚忍住不跟我搭訕！他不跟我講話，愈是欲蓋彌彰，愈是露出破綻！」珍妮愈想愈往自己的心裡去，她任由冷水在髮際中穿梭，從後腦勺繞過耳朵湧向她的口鼻，她頓時感到窒息，猛地把頭從水裡拔了出來，水滴灑落在她的衣服上，她順手抓來一條毛巾，把頭髮給紮了起來。她走回房間，一股腦摔在床上，伸手從包裡掏出手機，撥了通電話。對方電話沒開機，直接進到語音信箱，

她猶豫了一下，仍決定留言，「媽！我是珍妮，我沒事……希望妳不要擔心……我再打給妳好了！愛妳，bye！」

離中午十二點最後退房時限還有一刻，珍妮來到了大廳櫃檯，遞出了房卡，把皮夾從包裡取出握在手上準備退房結帳，「三一五號房，退房！」

只見櫃檯小姐忙著從電腦裡叫出資料，「小姐！妳的房費已經結清了！」

「我的房費結清了？」珍妮一臉不解。「妳是說有人付了我的房費？」珍妮再次確認。

「小姐！是訂房的先生付了他的房費，妳只是使用了他訂的房間。」櫃檯小姐細心地解釋著。

「訂房的先生？」珍妮一時反應不過來，追問：「這房間是哪位先生訂的？」珍妮這一問，卻換來櫃檯小姐異樣的眼光。

「電腦裡顯示的是陶比斯．邁爾先生。」櫃檯小姐答得直接，臉上卻寫滿了疑惑。

「是陶比斯！昨晚真的是他！」珍妮向後退了一步，把手裡的皮夾塞進了包，不發一語，轉身快步朝大門走去。

不入虎穴，焉得虎子！羅伯打鴨子上架，作夢都沒想到會被推舉為代理館長，也許這是老天要給他機會查出菲利浦真正的死因。他坐在菲利浦的辦公室裡，毫無頭緒，他隨手翻閱著桌上的資料，盡是些公關書信。他打開桌上的電腦，點選館長的檔案夾，只見一些待處理事項，「看來所有的資料都在這一兩天被重新整理過了！」羅伯並不驚訝眼前的一切，但他相信一定可以找到一些蛛絲馬跡。他拿起桌上的電話，本想要菲利浦的助理潔西卡進來聊聊，但他又把電話掛了回去，心想：「菲利浦一死，所有的資料都被帶走了，但跟了菲利浦七年的潔西卡卻沒被換掉！資料可以輕易被刪掉，但潔西卡的腦子卻是最清楚的資料庫啊！」羅伯不想打草驚蛇，但他倒想探探潔西卡的反應。他起身開了辦公室的門走出去，坐在門外的潔西卡立刻起身，羅伯刻意看了她一眼，潔西卡馬上把目光移開，嘴裡仍應著：「有什麼吩咐嗎？」

「沒事！我只是去洗手間！」羅伯故作輕鬆狀，沒多作停留，逕自往洗手間方向走去。突然他聽到潔西卡的聲音在身後響起，「有事隨時電話我，黃色按鍵！」潔西卡一開口，立刻引起其他幾位工作同仁的觀望，羅伯頭也沒回，只比了個OK手勢，但心裡聯想著珍妮的電話也是黃色按鍵，「這絕不是巧合！」他暗自揣度著。

羅伯心裡有數，所有的疑問在潔西卡的身上也許都可以找到解答。菲利浦在位七年，羅伯認識潔西卡也有七年之久，看著她從一個生澀木訥的新手變成八面玲瓏的公關高手，連菲利浦的大小生活事，她都瞭若指掌且能妥善安排，館裡盛傳，她是菲利浦

的地下夫人。有時羅伯跟菲利浦相約吃飯，菲利浦也會帶著她一起出現，但在羅伯的眼裡，潔西卡與菲利浦倒像一對父女，沒有小三或情婦的那種曖昧互動，菲利浦也從沒特別解釋過他倆的關係，自從菲利浦跟老婆分居後，羅伯從沒過問他的感情世界。

待羅伯又走回辦公室，從這個角度，他發現有支攝影機正對著潔西卡的座位。經過時，潔西卡沒再起身，坐在位子上朝羅伯微微點頭示意。

羅伯回到座位上，桌上多了份卷宗夾，他翻了開來，裡頭只貼了一張便條紙，「今晚十點半 @River Cafe 的通關密語是：Matthew 16:19。」

羅伯悶了，原以為今晚與陶比斯的約會是個祕密，現在看起來似乎與他的想法有出入。他馬上拿起電話按了黃色鍵，「潔西卡！這是妳剛送來的卷宗嗎？」羅伯劈頭就問。

「是的！以後由我負責幫您安排所有行程，請問今晚需要幫您準備什麼嗎？」潔西卡答得俐落，話中聽不出任何暗示。

羅伯不動聲色，接著問：「是我的私人行程？」

「不！今晚是年中『跨夜聚會』（Overnight Gathering）的第一個活動，由特定贊助機構發起，透過聚會對 MoMA 提贊助案，與會名單由贊助方擬定，館方除了館長外，董事會成員也受邀參加！」潔西卡不疾不徐地陳述。

「那為什麼還要通關密語？」羅伯不明白。

「通關密語是由贊助方提供的，主要是為了保護與會者的隱私。潔西卡耐心解釋著。

「通關密語有什麼特別意涵嗎？」羅伯好奇。

「這我不清楚，但應跟贊助方有關！」潔西卡接著又問：「今晚需要我幫您準備什麼嗎？」

「那請妳於十點派車到旅館接我，順便把我的行李包給送過來。今晚妳一起去嗎？」羅伯希望能製造機會單獨接近潔西卡，好趁機探探菲利浦的事。

「我今晚會一起出席，會後也會備車送您回旅館！」潔西卡的語調像極了機器的放送聲。

傑瑞一大早便趕到南漢普敦醫院，直奔停屍間找上他的老朋友甘比。

「你確定陶比斯·邁爾真沒在你的名單上？」傑瑞仍不死心。

「送進來我這兒的，很難再走出去，這點我是確定的！」甘比的幽默並沒有得到傑

瑞的共鳴。

「有沒有可能名單漏了，但人其實已躺在冰櫃裡？」傑瑞推敲著。

「每個送進來的人，我都得親自打招呼，且在名單上注記我對他的第一印象，再幫他找個歇腳處，還得幫他做個名牌貼在櫃子上，躺在這裡的沒有我不認識的！」甘比邊說邊咬著他手裡的胡蘿蔔。

傑瑞早已耐不住性子，東張西望了起來。他快速瀏覽了一遍最靠近他的一排冰櫃，毫無所獲，正要走向後排冰櫃時，甘比突然出現在他身後，「需要我幫你導覽一下嗎？」

「還記得昨天有幾個人送到這嗎？」傑瑞轉身追問甘比。

「一般週日生意較冷清，就兩個人！一個是氣喘發作，另一個是溺水！」甘比把最後一口胡蘿蔔塞進了嘴巴。

「死於氣喘發作的是菲利浦，那個溺水死的不就是陶比斯？」傑瑞急得抓住了甘比的衣袖求證。

「氣喘的那位叫菲利浦沒錯，前晚就住進來了！但溺水的那個可不叫陶比斯，叫亞歷克斯．梅特，昨天下午一點多送進來的！」甘比腦袋清楚得很。

「亞歷克斯．梅特？你確定他叫亞歷克斯．梅特？」傑瑞再次確認。

「就像我確定你叫傑瑞一樣！你叫傑瑞沒錯吧？」甘比故意挖苦。

「那亞歷克斯．梅特在哪個櫃子裡？」傑瑞根本無心理會甘比的揶揄。

甘比領著傑瑞走到後排的一個冰櫃前，「他暫時就歇這兒！」甘比打趣地說，一面把冰櫃給拉了開來，順手掀開蓋在死者臉上的白布。

「你找的就是這個嗎？」甘比向傑瑞使了個眼色。

傑瑞看了一眼，當然知道這不是陶比斯，但他不確定這是否就是那位被瘋眼追殺的亞歷克斯．梅特，「那為什麼要用它來頂替陶比斯？是誰的主意？陶比斯又去了哪？」傑瑞百思不得其解。他突然一個念頭閃過，伸手把蓋在死者身上的布也掀了開來，一個「墮落天堂之鑰」的刺青清楚地烙在死者的右手腕上。

甘比注視著傑瑞的眼神，笑著說：「這刺青最近還挺流行的！」

「怎麼說？」傑瑞一臉好奇。

「昨天氣喘發作的那位，手上也有著相同的刺青，只是被雷射除掉了！」甘比這次倒沒賣關子。

「你是說菲利浦右手腕上也有相同的刺青？他住哪？」傑瑞一副不可思議。

「你這小子一點就通！他倆就住隔壁！」甘比說著一面把緊鄰右邊的冰櫃也拉了開來。

傑瑞迫不急待地掀開了蓋在菲利浦右手臂上的白布，淺淺的藍色印子仍依稀可辨，雖動過了雷射手術，仍不難看出是相同的刺青。「手上有這刺青的人，一下子死了三

位，躺在這兒的兩位，加上昨晚車禍喪生的那位，短短兩天，竟然三個手上有相同刺青的人先後死於非命！」

傑瑞巴眼盯著菲利浦的右手臂，「這刺青到底有何特別意涵？」他心裡明白只有羅伯能給他答案。他從口袋掏出了手機，迅速撥出了一通電話。

羅伯回到旅館，累到沒胃口用餐，直接上了房間。在電梯間裡，他一直思索著晚會的通關密語：「Matthew 16:19」。他知道這密語並不難解開，只要有工具就行。他一進房間，馬上把房裡的抽屜一個個打開，直到找到擱在抽屜裡的聖經，他知道旅館房間裡一般都備有《聖經》。他翻開《聖經》，找到〈馬太福音〉（Matthew）第16章第19節：「……我還告訴你，你是彼得，我要把我的教會建造在這磐石上……我要把天國的鑰匙給你，凡你在地上所捆綁的，在天上也要捆綁；凡你在地上所釋放的，在天上……」羅伯唸到此，幾乎啞口無言，「原來今晚是『墮落天堂之鑰』成員的聚會！」

此時，羅伯的手機響起，一看是傑瑞來電，他立馬把《聖經》擱在一旁，接起電話。

「羅伯！告訴我那刺青有何意涵？」傑瑞一開口便切入主題。

「其實那是個地下組織……」羅伯一五一十地向傑瑞娓娓道來。

「這麼說來，最近這組織的成員一一死於非命，莫非起內鬨，有人大開殺戒？」傑

瑞故弄玄虛。

「這話怎麼說？」羅伯一時沒聽明白。

「目前我發現不只陶比斯是其中一員，頂替他躺在停屍間冰櫃裡的那位也是該組織的成員，你的館長好友手上也有個雷射後留下的刺青疤痕，昨晚開著卡爾家那輛馬丁撞死在長島快速道上的駕駛也有著相同的刺青！而剛剛我一一提到的人都先後死於非命，就除了陶比斯？」傑瑞解釋著。

「你的意思是……陶比斯沒死？」羅伯刻意反問。

「因為躺在停屍間的不是他！」傑瑞突然激動了起來。

「那是誰？」羅伯追問。

「是亞歷克斯．梅特！」傑瑞語氣肯定又有點閃爍不安。

「亞歷克斯．梅特？被瘋眼追殺的那個亞歷克斯．梅特？」羅伯瞪大了眼睛，不敢相信耳朵聽到的竟是亞歷克斯．梅特這個謎樣的名字。

「你確定是亞歷克斯．梅特？」羅伯再次確認，因為連他也沒親眼見過亞歷克斯．梅特，更別提傑瑞了。

「至少停屍間的死亡名冊上是這樣記載的！一下死了這麼多人，一會是陶比斯，現在又變成了亞歷克斯．梅特，到底躺在這裡的是誰？我也說不準，得回局裡翻翻口卡，才能確認！」

「陶比斯沒死，我並不驚訝，因為我不但收到他的簡訊，今天早上還看見他就在卡爾的車裡！另外，我也發現 MoMA 的董事主席詹姆士也是該組織的一員，現在他聯合卡爾和大衛拱我出任代理館長，這背後一定大有文章！」羅伯話鋒一轉，「剛才你提到卡爾家那輛馬丁的駕駛昨晚死於車禍，你指的是珍妮？」

「不是！死者是位男性，車撞爛了，駕駛的臉部無法辨識，正等著指紋和DNA的比對結果！」傑瑞進一步解釋。

「今晚十點半你應該去一趟 River Café，也許會找到一些答案！」羅伯直覺今晚既是「墮落天堂之鑰」的聚會，他在此時被拱上了館長的位子，陶比斯又相約在同一地方見面，哪有那麼多巧合，擺明就是場設局，如傑瑞也能到場，他心裡會覺得踏實些。

「『墮落天堂之鑰』以贊助 MoMA 為名，今晚在 River Café 辦了一場『跨夜聚會』，陶比斯在這之前也曾傳簡訊約我同時間在 River Café 碰面，這絕非巧合，因為他也是該組織的一員。也許他約我碰面是想要傳遞些什麼訊息？或……」

「或設局陷害你？」沒等羅伯把話講完，傑瑞冷不防接了一句。

「不會！如果他是卡爾的人，那卡爾倒不必大費周章把我拱上代理館長，又要陶比斯設局陷害我！」羅伯雖答得肯定，卻難掩臉上的心虛。

「看來今晚我不得安眠，得親自跑一趟 River Café 了！你剛剛說……等等……」傑瑞話說到一半，一通簡訊傳了進來，他快速看了一眼，接著說：「昨晚死於車禍的駕駛

確認是卡爾的管家丹尼爾。」

「丹尼爾開著珍妮的車，高速撞死在長島快速道上，是什麼原因讓他失速撞車？昨天陶比斯被宣告死亡後，我們從醫院離開時，明明看到珍妮的馬丁還停在醫院外，怎麼又換成了丹尼爾開著車？珍妮和丹尼爾是什麼時候碰的面？碰面後又發生了什麼事？死的是丹尼爾，那珍妮現在又在哪？」羅伯反覆推敲著。

「這有趣了！我現在把一張照片傳過來給你瞧瞧！」傑瑞好像有新發現。

話一說完，羅伯的手機震了一下，他打開簡訊，看到一張熟悉的照片，陶比斯與一群年輕人秀出右手腕「墮落天堂之鑰」刺青的照片。

「收到沒？」傑瑞在另一端追問。

「這不是我傳給你的那張照片嗎？」羅伯馬上回嗆傑瑞。

「你再仔細看清楚一點！這可是張升級版！」傑瑞沒好氣地頂了回去。

沒一會，羅伯突然叫出聲來，他發現傑瑞提供的照片竟然還有後面的場景，他先前在網路上找到的版本明顯被裁切過了。「除了前排的陶比斯外，站在後排的年輕人，竟還有丹尼爾！」

「沒錯！但不只這兩個短命鬼……」傑瑞正要往下說，羅伯驚訝的發現再次打斷了傑瑞，「我真不敢相信，照片左後方遠處交頭接耳的四個人，竟是卡爾、大衛、菲利浦和詹姆士，MoMA 的四巨頭！」

「不！是五巨頭，你忘了把自己也算進來了！」傑瑞冷冷地提醒，「要五巨頭都到齊，這齣戲才能演得下去，生、旦、淨、末、丑，缺一不可啊！」

羅伯終於恍然大悟，自己也成了這齣戲的主角之一，但演的卻是別人的劇本，也許今夜將會是這齣戲的另一波高潮。

約瑟夫放下手裡的報紙，腦子裡浮現昨晚的新聞畫面，「看來有人殺紅眼了！」他不禁焦慮了起來，深知這場車禍的原因並不單純。

正當他低頭沉思之際，門鈴突然響起，他望向監視器，一個熟悉且略帶不悅的臉龐正望向大廳的攝影機，「是珍妮！」約瑟夫口中喃喃自語，神情略帶驚訝。他遲疑了一下，還是按了鍵，把電梯送到了樓下。這次他學乖，不再電梯口相迎，怕又是一陣拳打腳踢。他選了房間角落的一張椅子坐下，靜待即將開啟的電梯門。

不消幾秒，珍妮便出現在電梯裡。約瑟夫遠遠地凝視著珍妮，故作鎮定，但珍妮卻站在電梯口，臉色暗沉，不發一語，連頭都沒抬起來看約瑟夫一眼。約瑟夫覺得事有蹊翹，卻不敢貿然靠近，他從椅子上慢慢坐起，視線連一秒都不敢離開珍妮。

「這是怎麼回事？」珍妮冷冷地從嘴裡吐出幾個字。

「珍！妳還好吧？」約瑟夫故作體貼，在沒搞清楚狀況之前，想先緩和珍妮的情緒。

「告訴我，陶比斯還活著嗎？」話畢，珍妮抬頭看著約瑟夫，兩眼看似空洞無神卻又咄咄逼人。

「妳不是在醫院親自聽到他被宣告死亡？難道妳是在暗示我陶比斯沒死？」

「如果陶比斯早死在醫院，那戴著我送的洋基棒球帽，開走我的車，昨晚撞死在長島快速道路上的是誰？傳簡訊給我，約我今晚在老地方碰面的又是誰？」珍妮顯得有點激動。

「就我得到的消息，昨晚撞死的那個不是陶比斯，是卡爾的管家丹尼爾！」約瑟夫堅定的語氣透著十足的掌握。

「那丹尼爾為何假扮陶比斯，開走我的車？」

「卡爾這老賊心裡想什麼，妳應該比我清楚！他要丹尼爾假扮陶比斯開走妳的車，自是有他的安排。但卡爾倒不至於趕著除掉丹尼爾這個心腹，畢竟他仰賴丹尼爾之處比妳多……」約瑟夫故意停頓了一下，想探探珍妮的反應，他知道丹尼爾與珍妮一向不合，說爭寵，倒不如說兩人暗地較勁，各有千秋，但在卡爾的眼裡，珍妮確實略遜一籌，因為凡是卡爾運籌帷幄的事，都沒珍妮參與的份，尤其在卡爾知道珍妮與約瑟夫聯手之後，珍妮的處境就變得更為尷尬了。約瑟夫故意挑起這心結，是想刺探珍妮對丹尼爾的死到底知道多少？是珍妮受命於卡爾，故意裝傻隱匿不報？還是真的毫不知情？他看珍妮板著臉，無動於衷，便接著說：「丹尼爾不是死於車禍意外，而是遭人追殺致

死！至於……」沒等約瑟夫把話講完，珍妮突然激動了起來，扯開了嗓門，「你胡扯！昨晚我一路緊追著那輛馬丁，是我親眼看著他出事的，並沒有人在追殺他……」語畢，珍妮一個箭步朝約瑟夫奔去，約瑟夫見狀，反射性地急著往後退了幾步，順勢把雙手架在自己的胸前，這本能的反應，反倒讓珍妮放緩了腳步，駐足在床的另一頭；她深深地吸了一口氣，一面往床上坐下，「你繼續說吧！」

約瑟夫為自己的過度反應，難掩一陣尷尬，他慢慢放下雙手，又退回先前的椅子。

「這事說來話長！」約瑟夫正要賣關子，「那就長話短說！」珍妮的反應急如閃電，啪一聲斷了約瑟夫的念頭。

「其實昨晚丹尼爾是死於瘋眼手下的追殺；而在醫院被宣判死亡的確實是陶比斯，但躺在醫院停屍間的卻是亞歷克斯．梅特！」

珍妮抬起頭，她聽明白了約瑟夫的第二句話，「你是說，陶比斯沒死，躺在醫院停屍間的換成了亞歷克斯．梅特！就是那個當年販賣波洛克爭議畫作的亞歷克斯．梅特？」珍妮想再次確認。

「沒錯！就是那個亞歷克斯！」約瑟夫斬釘截鐵地回答。

「那麼陶比斯真的還活著？」珍妮睜大了雙眼逼問著約瑟夫。

「妳不是說陶比斯約妳今晚碰面嗎？」約瑟夫不改本性，轉個彎刻意挖苦珍妮。

此時珍妮突然想起陶比斯電腦裡的資料，試著把這幾天發生的事給前後兜上。

「把亞歷克斯的行蹤透露給陶比斯的，就是你！就是你把他拖下水的……你倒說說，你布的是什麼棋？陶比斯在你的棋局裡又扮演著什麼角色？」珍妮覺得陶比斯傻，老是被利用，一下靠向卡爾，又要應付瘋眼的威脅，還被約瑟夫掐著喉嚨，處處受制於人，才會落到如此淒慘的境地

「是陶比斯自己跳進來的！」約瑟夫知道珍妮遲早會從陶比斯的電腦上掌握到跟亞歷克斯有關的資訊，所以乾脆單刀直入。

「這話怎麼說？」珍妮倒想聽聽約瑟夫還能怎麼說。

「我當年為了追捕波士頓的黑手黨頭子——瘋眼，找上了幫瘋眼買賣藝術品的背後操盤手—陶比斯。當時瘋眼為了手裡那六張備受爭議的波洛克作品，重金懸賞賣主亞歷克斯的人頭，但賞金雖重，卻無人能尋得亞歷克斯的下落，最後隨著逐日加碼的賞金，搞得道上人人覬覦，都想來分杯羹。後來我費盡心力，透過聯調局裡的尋人系統，在全國布下天羅地網，好不容易才找到已改名換姓的亞歷克斯．梅特。我本想利用陶比斯把亞歷克斯的下落洩漏給瘋眼，藉此誘捕他，哪知陶比斯暗地裡通風報信，讓瘋眼躲得無影無蹤。我警告陶比斯，幫犯罪集團洗錢，可是十年以上的重罪……」

「你也用過相同的手法對我啊！」珍妮的切身之痛，讓她很難忍住不揶揄約瑟夫。

約瑟夫不理會珍妮的挖苦，繼續說下去，「但令人匪夷所思的是，陶比斯找到亞歷克斯後，竟把亞歷克斯介紹了給大衛和卡爾，據說後來大衛和卡爾幫亞歷克斯解決了跟

瘋眼的糾紛……」

「你是說他們把錢賠給了瘋眼？」珍妮忍不住又打斷了約瑟夫。

「妳覺得以卡爾的為人，可能嗎？明知這六件作品有問題，誰會笨到再出錢買下？這其中絕對有某種對價關係，不然現在躺在醫院停屍間的就不會是亞歷克斯！如果當時錢還給了瘋眼，也就不會有現在的追殺令了！」約瑟夫即使有聯調局撐腰，但情報取得後也得要有正確的分析，才能顯現情報的價值，然而對這其間錯綜複雜的糾葛，有時約瑟夫也很難完全掌握狀況。

「追殺令？你肯定這是瘋眼下的追殺令？那為什麼只追殺丹尼爾？」珍妮短短這幾天，經歷了生死、猜忌和背叛，即使是理所當然的論證，也都成了一連串的問號。

「我有情報，馬丁的左後輪有個子彈孔，加上監視器拍到出事前，馬丁的右後方有輛黑色 Corvette 的跑車一直緊跟著，出事時，所有車輛都緊急剎車減速，唯有那輛 Corvette 從旁閃過迅速離開現場，追查車牌，果然是登記在瘋眼的手下！」

「我還是不懂為什麼瘋眼要追殺丹尼爾？」珍妮仍兜不上這之間的邏輯。

「瘋眼不只追殺丹尼爾，而是布下天羅地網追殺『墮落天堂之鑰』的成員。」約瑟夫言之鑿鑿。

「墮落天堂之鑰？」珍妮愈聽愈糊塗了。

約瑟夫悶不吭聲，逕自走向床邊的小矮櫃，拿起平板電腦把玩著，不一會，他把平

板往床的另一頭丟去，示意珍妮自己瞧瞧。

珍妮一拿起平板，兩眼盯著螢幕，突然驚呼了出來，「陶比斯的手腕上也有一個一模一樣的刺青！」

「沒錯！正是。」

「我問過他這刺青的意思，他只輕描淡寫，說是以前一群研究生哥們組了個兄弟會，鬧著玩的！他講話老不正經，當時也沒特別費心思聽他胡謅！難道這刺青就是你說的『墮落天堂之鑰』？」

約瑟夫點了點頭。

「這麼說來，陶比斯也是瘋眼追殺的目標？」珍妮一副不可置信。

「其實這個組織在二次大戰時便已存在，最初是由一群逃離納粹迫害的猶太人組成，為保護他們的收藏免於流入納粹之手，便透過這個組織把那些畫作藏在奧地利和德國的地下鹽礦裡；戰後，大部分的作品都歸還給原來的主人，但仍有數十萬件未能物歸原主，而這數十萬件就是關鍵所在……」約瑟夫又賣個關子，同時示意珍妮把平板遞給他。他接過平板，滑動了兩下，又遞回給珍妮。

珍妮看著平板上的一張照片，手指不自覺地指向最右側一個熟悉的身影，「這可不是陶比斯嗎？」話沒講完，她接著一陣驚呼，「丹尼爾也是他們一員……不會吧！菲利浦、大衛、詹姆士……」隨著珍妮的指認，她不可置信的表情全寫滿了臉上。

「我相信陶比斯是經由大衛或卡爾的引介成了『墮落天堂之鑰』的成員，無疑地，卡爾也把自己的心腹丹尼爾給拉了進去，再結合美術館的菲利浦和詹姆士，這樣就形成了一個完美無瑕的共犯結構。只是我還不明白，瘋眼追殺他們的真正理由。」約瑟夫即使掌握了一些線索，畢竟置身事外，很難沒有盲點，這也是為什麼當時他要珍妮配合一起滲透卡爾的原因。

「你剛提到，還有數十萬件的納粹掠奪品尚未物歸原主，而卡爾廊道上掛的那些作品不也是掠奪品，也許這之間有什麼關聯，才是瘋眼追殺這些人的真正原因？」珍妮的猜測也不無道理，瘋眼一向看大不看小，不可能僅為那區區六張波洛克的作品大開殺戒，卡爾廊道上的那些作品，哪張不是現代藝術史的經典之作，價值連城，瘋眼可有不覬覦的道理？

「所以陶比斯是聽你的？還是聽卡爾的？」珍妮突然轉個話題繼續追問。

「那妳聽我的？還是聽卡爾的？」約瑟夫不愧薑是老得辣。

「既然你已吸收了陶比斯，幹嘛還來找我麻煩？」珍妮不明白。

「多個內應多些機會，更何況妳是卡爾的外甥女，血濃於水，總會比較信任自己人，但現在看來似乎不是這樣！」約瑟夫不忘來記回馬槍。

●

十點不到，羅伯下了樓，潔西卡已在車裡等著。

羅伯一出現，司機急忙下車開了後座門，他一坐定，才發現潔西卡坐在前座，潔西卡跟羅伯問候了一聲，轉頭跟司機說，「那我們走吧！」卻馬上被羅伯制止，「先等一下！潔西卡，妳坐到後面來，我有事跟妳商量。」潔西卡先是頓了一下，沒多問，便下車鑽進了後座。

羅伯正想開口，潔西卡向他使了個眼色，暗示他隔牆有耳，羅伯自是轉了話題，「待會有什麼要注意的？」

「待會抵達餐廳時，外邀賓客憑通關密語入場，所有人都得繳交手機，免得照片外流，所有與會者也都不別名牌，遇人打招呼不喊名字，晚宴會有專人帶位，十二點時會移到戶外露台，開始進行募款贊助活動，您得代表美術館講幾句話，今晚您的身分代號是『伯爵』。」潔西卡鉅細靡遺地陳述著。

「伯爵？該不會是德古拉伯爵吧？」羅伯忍不住自我調侃一番。

潔西卡微笑，「您今晚是代表美術館去募款，倒像個不折不扣的吸血鬼！」

羅伯忍不住扮起老學究，又賣弄起了知識。「一八九七年，愛爾蘭作家伯蘭·史杜克寫了一本《德古拉》的小說，小說中的德古拉伯爵是個嗜血、專挑美女下手的吸

血鬼；二〇〇五年，美國作家伊麗莎白．科斯托娃發表了長篇小說《歷史學家》，更是掀起了另一波吸血鬼熱潮。還好我不嗜血，對《歷史學家》小說裡的無字天書也不感興趣，更不愛在夜裡活動，我要真是德古拉伯爵，今晚不吸血，我要的是那把能開啟天堂之門的鑰匙！」羅伯意有所指，但潔西卡卻一頭霧水，不知如何答腔。

傑瑞放下了電話，呆坐在椅子上，剛剛甘比的那通電話，讓他陷入了沉思。

「解剖後，確認亞歷克斯是死於心肌梗塞，死亡時間比陶比斯被宣告死亡的時間早三個多小時，合理推論，亞歷克斯的屍體應該早就進了醫院，等陶比斯被宣告死亡送進停屍間時，屍體被掉包了。但誰能在神不知鬼不覺下主導這一切？羅伯曾提到貌似陶比斯的人坐在卡爾的車子裡，難道陶比斯真的還活著？那故布疑陣為的又是什麼？」傑瑞自言自語推敲著，「這其中卡爾搞鬼的成分很大！」

他馬上敲起了鍵盤，在網路上搜尋了一陣，「賓果！原來醫院曾經向大通銀行融資擴建，擴建後，卡爾還曾出任醫院的董事，可見融資案卡爾幫了不少忙！但卡爾為什麼要大費周章讓陶比斯假死？陶比斯又為何要配合卡爾演戲？」正百思不得其解，一個報告聲打斷了傑瑞的思緒。

「報告長官！昨晚的車禍鑑識報告出來了。」

傑瑞翻開報告，「這車禍可不是意外，是謀殺！」

他向遞上報告的屬下喊了一聲，「有找到那輛 Corvette 的車主嗎？」
「說是ＦＢＩ已經接手調查了，不能透露更多細節。」
「ＦＢＩ接手了，那案情肯定不單純！」傑瑞自行揣度著。
他撥了通電話，「小老弟，我是傑瑞！想跟你打聽一件事。」
電話那頭馬上親切回答，「老哥，是你啊！有何貴幹啊？」
「聽說你們接手了昨晚那件長島快速道路上的車禍意外？」傑瑞先來個旁敲側擊。
「老哥，你等等啊！我換個地方跟你說！」對方的音調突然降了下來。「……是這樣的！昨晚那車禍不是意外，是謀殺案！左後輪是被子彈射破的，車主是瘋眼的手下，有情報說瘋眼準備今晚大幹一場，地點就在布魯克林橋下的餐廳。」
「是橋下的那間 River Cafe？」傑瑞再次確認。
「是啊！就是那間，我們的人已經就地部署了！」
傑瑞看了一下手表，「糟了！已經十點過一刻了，羅伯應該在路上了！」
「誰？你說……」對方來不及問完，傑瑞就掛斷了電話，馬上又撥出了一通。電話響了一陣，進入語音信箱，「該死！竟沒接電話！」他掛斷，再重撥了一次，還是沒接。傑瑞二話不說，抓起椅背上的夾克，趕了出去。
羅伯依原定計畫說了通關密語進了餐廳，繳交自己的手機，便四下尋找詹姆士、大

衛和卡爾的身影，他一轉身剛好見詹姆士走了進來，便趨步向前。

詹姆士等羅伯一靠近，便把羅伯拉到一旁說話，「大衛和卡爾今晚不會出席，他們臨時有事。」羅伯聽罷，才要開口，硬被詹姆士打斷。

「美術館的擴建計畫，希望你多費心，尤其融資的部分更需要大通的協助，所以你得對卡爾多下點功夫！」羅伯聽得出詹姆士的言外之意，這次倒也沒急著打斷，就靜靜聽著。

「另外，有件要事需要你能接續促成，這是菲利浦在位時就一直推動的案子。我想你應該聽他談過那批二戰時被納粹掠奪的藝術品……」這時羅伯可按捺不住了，「不就是卡爾家裡的那批嗎？」

詹姆士刻意忽略羅伯的提問，「我指的是還有近二十萬件下落不明的掠奪品！這些作品的主人，大都死於二戰，其後代家屬也難舉證所有權，未來不會有棘手的訴訟問題。如能找到這些藝術品，我打算挑些好點的作品透過大通做抵押貸款，好回饋大通在擴建計畫上的幫忙，到時候得要你的鼎力協助。」

「我的鼎力協助？你們該不會要我去找這批作品吧？既然這批掠奪品都還下落不明，又何必急著現在運籌帷幄？」羅伯故意試探。

「我想不用我多說，你應該知道今晚聚會的成員背景吧？」詹姆士拐個彎，提點了一下羅伯。

羅伯乾笑了兩聲，清楚知道詹姆士只是大衛和卡爾的傳話人。「『墮落天堂之鑰』，可不是嗎？你自己也是一員，菲利浦、大衛、卡爾……都是！你們葫蘆裡賣什麼藥，本來我還有點糊塗，當你一提納粹的掠奪品，我全明白了！」詹姆士的提點，再笨的人，都能聯想。

「你老實說，菲利浦的死是不是你們下的手？」羅伯再也忍不住，刻意在詹姆士的耳旁壓低了音調。

「菲利浦不長眼，不但幹不了大事，又礙事，是他自找的！」詹姆士面不改色，一點也沒被羅伯的語氣威脅到。

「所以真是你們下的手？」羅伯繼續進逼。

「他只是在被嫌棄的時刻，剛好氣喘發作走了！還好老天有眼，讓他盡快脫離苦海，免得害了大家！」詹姆士一副事不關己的樣子。

此時，服務員上前示意兩位入座，羅伯與詹姆士互看了一眼，一個神情輕蔑，一個恨意難消，一前一後入座，但羅伯的眼角餘光仍沒放棄搜尋陶比斯的身影。「如相信我，明晚十點半於 River Café 見！」陶比斯昨晚留下的信息，在羅伯的腦海裡再次盤旋著。

珍妮下了計程車，直奔布魯克林橋下的冰淇淋工廠，工廠就緊挨著 River Café 餐廳。她快步穿過衣冠鬢影、魚貫入場的賓客，心想今晚一定又是包場派對，但她無心駐足一探究竟，心裡一直惦著今晚的目的，不自覺地加快了腳步。

一走進冰淇淋工廠的河濱步道，珍妮遠遠就看到一個熟悉的背影，倚著河邊的欄杆，眺望著東河對岸的曼哈頓天際線。這是他們以前最喜歡做的事，吃完晚飯，「待會去哪逛逛？」「去老地方囉！」往事歷歷，一切盡在不言中。珍妮遠遠地望著，不急著靠近，幾次的生離死別，現在連她都開始懷疑眼前這個熟悉的背影，會不會又是過度思念的一種投射？她內心不斷糾結，如果陶比斯還活著，她要用什麼心情去面對這個事實，畢竟在這段時間裡，她已學會把思念掏空，把這個男人徹底從自己的生活中刪除，但看著眼前略顯削瘦的身影，此時珍妮的腦海裡再也塞不下陶比斯以外的記憶，醫院令她傷心欲絕的場景，昨晚在吧台靜靜地陪著她的那股熟悉的氣味，還有令她再次手足無措的簡訊，如今站在「老地方」，她卻沒有久別重逢的喜悅，倒慶幸陶比斯沒死在自己的手裡，也慶幸自己此生仍有機會卸下內心滿盈的壓抑。她遠遠地看著，看著這個曾經令她心碎的身影、曾經令她自責的舊愛，幾度在內心拋棄又割捨不下，即使眼前的事實讓她的心碎和自責得到解脫，她知道此刻她仍缺乏接受真相的勇氣。

傑瑞深知飛車也難在午夜前從東漢普頓趕到布魯克林的 River Café，便套點老交情，乘著朋友的直升機降落在曼哈頓中城三十四街的機坪，跳上事先安排好的禮車，直奔 River Café，反正在東漢普敦，這種後院停著自家直升機的朋友倒有幾個，真需要，應急都不是問題。

午夜十二時一到，River Café 裡的「跨夜聚會」進行到最後的重頭戲，所有人在司儀的引導下起身移駕到河邊的戶外露台上。

待所有人站定，司儀宣布：「今晚的盛會來到最後的高潮，各位與會諸公都是各行各業的翹楚，有幸相聚於此，得拜現代美術館之賜。適值美術館擴建之際，亟需經費，希望各位諸公，高抬貴手，慷慨解囊，協助高築藝術之塔，不忘熱愛藝術的初衷，更期待早日尋獲通往天堂之鑰！讓我們舉杯歡迎今晚的『伯爵』為我們即將到來的勝利祝禱！」「吼嘿！吼嘿……」陣陣的簇擁聲投向了羅伯，羅伯對剛剛司儀所提的祝禱仍沒搞明白，躊躇之際，突然遠方河面上傳來多艘快艇的引擎聲，吸引了大夥的目光，紛紛朝著快艇行進的方向望去，緊接著噠噠的機槍聲在遠處響起，子彈沒長眼地朝著露台的人群飛竄，一時火光四射，映著殘月，竟照亮了整段東河；大部分人還沒搞清楚狀況，還引頸遠盼，直到有人濺血倒下，才意會到身處殺戮之所。一時哀號聲四起，場面

混亂，前排中彈的紛紛倒下，不時有屍體落入東河，後排急於逃命，失魂落魄、東躲西藏，到處尋找掩護。隨著快艇的接近，槍聲大作，連對岸的曼哈頓岸邊景點也掀起了一陣逃命潮，以為恐攻再起，人人抱頭鼠竄。在恐慌、絕望、與死神搏鬥之際，整個餐廳的露台有如人間煉獄，那把通天之鑰一時掉到了撒旦的手裡，天堂瞬間崩壞、瓦解而墮落，將這批自命不凡的成員帶進了地獄，在最後的審判結束，個個只剩一只臭皮囊了！混亂中，有隻手拉了羅伯一把，總有人在審判後得了救贖，他一個重心不穩跌坐在地上，說時遲那時快，一排子彈就從頭頂上飛過，「噠噠噠噠……」緊接著一票人紛紛倒向羅伯的四周，壓得羅伯動彈不得。不消幾秒，有幾個人從室內衝了出來，以欄杆作掩護，不時向快艇開槍還擊，還一面吆喝著，「把頭低下！把頭低下！……」

珍妮一開始隱約聽到從河面上傳來的鞭炮聲，以為是今晚包場派對的高潮戲，但伴著愈來愈近的連續槍聲，驚覺大事不妙，馬上快步趕向陶比斯，嘴裡還不忘急喊著：「陶比斯！趕快離開河邊！低下身子……」陶比斯轉過身，望向珍妮，還來不及開口，身體便隨著一陣槍聲應聲倒下。

「不！不要……」珍妮趴下身子，就地掩護，眼睜睜地看著陶比斯在她的面前一動也不動地躺在血泊中。

槍聲一過，頓時恢復寂靜，珍妮死命地往陶比斯的方向爬去，她雙手托著陶比斯的

頭，讓他靠向自己，陶比斯看了珍妮最後一眼，在珍妮的懷裡斷了氣。珍妮明白，這次面對的死亡已是任何假設都改變不了的事實，在她的呼吸裡都嗅得到死亡的氣味，剛剛望著陶比斯背影時，才確認他死而復生，還來不及呼喚他的名字，一下子又被死神喚了回去，也許是劫躲不過，裝死也難掩死神的耳目。「我滿懷著一絲的希望，難道就是為了等待擁抱你離去的這一刻？」她再也擠不出一滴眼淚，抬頭望著天邊的殘月，張著嘴卻哭喊不出聲來，河邊的風帶著一股血腥，輕輕地從臉上拂過，吹亂了她的髮梢；珍妮生平第一次感到生命可以這麼容易從她的指間溜過，不曾停頓，頭也不回，任憑那股微風在黑夜裡泣訴著陶比斯的名字，把過往的記憶吹散地無影無蹤……

一時警笛聲四起，急促閃爍的警示燈照亮了詭譎的夜空。羅伯心有餘悸，還來不及反應，就被拉了出來。他望向身旁的屍體，潔西卡就硬生生地躺在他的腳邊，她零亂的頭髮逐漸消逝在他的視線裡，噙著淚，不知是驚嚇過度，是對潔西卡的捨身護己感激涕零？還是哀悼生命的瞬間流逝？

傑瑞趕到現場，這輩子第一次看到這種景象，四處布滿彈孔，橫屍遍野，讓他倒嚥了幾口口水！他東尋西找，認出羅伯呆坐在餐廳大門外的台階上，便趨步向前。

「羅伯！你還好吧？」傑瑞挨著羅伯坐下。

羅伯抬頭看了傑瑞一眼，原本不發一語，不是不想開口，是說不出話來，最後才勉強從嘴裡吐出：「活著就是一種希望吧！」他示意傑瑞將他撐起，他站起後停了幾秒，「我們走吧！離開這個人間煉獄，天堂離這裡愈來愈遠了！」嘴裡還不忘叨嚷著。

步出餐廳，往車道走了幾步，羅伯仍不忘尋找陶比斯的身影。

「有陶比斯的消息嗎？」羅伯問向傑瑞，傑瑞搖頭示意，羅伯突然停下步伐，望向冰淇淋工廠旁的河濱步道，另一個熟悉的身影，癱坐在地上，倚著欄杆，任風吹拂。傑瑞也順著羅伯的視線望去，「那不是珍妮嗎？」有了傑瑞的背書，羅伯緩步走向坐在地上的珍妮，這才看清楚有名男子躺在珍妮的懷裡，羅伯心裡馬上閃過不祥的預感。

「這不是陶比斯嗎？」傑瑞一眼便認出來。

羅伯默默無語，望著躺在血泊裡的陶比斯，這個曾經讓他又愛又恨的學生，「約了我十點半見面，終於讓我見到你了！」羅伯話一講完，珍妮強忍的悲傷隨之潰堤，眼淚奪眶而出。但她內心的哀嚎，卻淹沒在尖銳的警笛聲中，隨著一閃一滅的警示燈，引導著今晚的冤魂走向無邊的天際。

傑瑞走近血泊中的陶比斯，他的目光突然凝視著地面，他意外的發現馬上打破了夜的寂靜，「陶比斯的右手有灘血漬，好像寫了什麼東西？」

珍妮兩眼朦朧地挪了挪身子，望向傑瑞手指的方向，羅伯也湊了過來。

「好像是 lost 什麼……後面看似還有兩個字母！」傑瑞來回端詳著，試著拼湊各種

可能。

珍妮拭去臉頰上的眼淚，突然用沙啞的聲音吐出了兩個字：「應該是 JP—JP Morgan 大通銀行，『消失的大通銀行』！但這是什麼意思？莫非陶比斯暗示這跟卡爾有關？」

羅伯在驚嚇過度之後，神情略顯恍惚，聽了珍妮的推測，也勉為其難地思索了一番，他看著地上的血漬，抬起頭又看著珍妮，似乎從珍妮的推測裡意識到了什麼，才慢慢從嘴裡吐出了他的看法。「JP 也許是 Jackson Pollock 的縮寫，lost JP 意指『消失的波洛克』！」羅伯說罷，三人不再言語，任憑黑夜裡的晚風在耳邊呼呼作響。

•

珍妮拖著落寞、疲憊的身子先回到陶比斯的住處。一進門，只見滿地狼藉，陽台的落地窗半開著，白色的紗簾有如祭幡隨風飛舞，在黑暗中張牙舞爪，把散落一地的文件、書籍吹得啪啪作響。每個衣櫃大開，衣物撒滿了各個角落，整個房間好像被人開腸破肚，慘不忍睹。入侵者來勢洶洶，大剌剌地留下所有的足跡，鞋印布滿了地板，甚至床單，根本沒心思要湮滅證據。

「只來一個人！」珍妮看著相同的鞋印，馬上做出了判斷。

她本想下樓追問門房，查詢任何可疑的訪客，但決定先按兵不動，想知道來者要尋找的目標，也許就能解開侵門踏戶之謎。

她一眼發現書桌上的手提電腦不見了，接著到處打量被移動過的每寸地方。這公寓雖是陶比斯的住處，但房裡的每個角落、一花一草、不同空間裡的氣味，甚至陶比斯每件穿過的衣物，她都瞭若指掌，只要放在眼睛看得到的地方，都難不倒她。她不愛窺人隱私，從沒打開過陶比斯的衣櫃、抽屜，或翻找過房裡的垃圾桶，更別談偷看他的手機。畢竟交往之初，她就體認到兩人是獨立的個體，有各自的生活空間和習慣，熟悉陶比斯住處的擺設，只是讓她來到這裡時，有份特別的安全感。珍妮並不想破壞現場，她發現除了電腦外，大部分的擺設都還在，就連陶比斯心愛的那尊賈克梅第（Alberto Giacometti）的人物雕塑原型，都還直挺挺地站在桌旁的矮櫃上。心想這可不是一般闖空門的竊賊，不偷東西，只為尋找特定的目標。她越過一堆抖落在地上的衣物，仔細地檢查衣櫃裡的物品，每個抽屜都開著，但不清楚陶比斯抽屜裡放些什麼，她逐一檢視散落的物品，並沒什麼發現，突然瞥見衣架上有件類似軍裝的卡其褲，印象中不曾見陶比斯穿過這件長褲。她伸手把它從衣架上取了下來，褲子已繫上了皮帶，皮帶扣上竟蝕刻著跟陶比斯手腕上一模一樣的刺青圖案，兩個口袋都被往外翻出，看來也難逃一劫。就在珍妮把褲子吊回衣架之際，皮帶扣應聲鬆了開來。珍妮定神細視，皮帶扣的旁邊還黏著黑色立體的防竊標籤，「這種皮帶鐵定是訂製的，不可能在一般百貨店裡買得到，怎

會有這種店裡常用的防竊標籤？」她用指甲摳了摳，竟把標籤給摳了下來，放在手裡一看，不禁莞爾，「難道他們要找的就是這個東西！」一個迷你的ＳＤ卡，珍妮小心翼翼地把它放進了她包包的夾層裡。

羅伯回到酒店，在椅子上呆坐了半晌，對今晚發生的一切仍心有餘悸，生平第一遭在鬼門關外徘徊了一圈，即使劫後餘生，身體的每個細胞仍驚慌地吶喊著，一闔上眼，便是一幕幕的殺戮，睜開眼，就見自己懸在地獄的邊緣。連續幾天，好友一個個走了，一時無法確認自己是否還真實地活著，也許經歷這場殺戮，不得不懷疑自己是否患上了創傷症候群？情緒雖低落，恍惚之外的心思，仍被陶比斯最後留下的線索牽引著，到底「消失的波洛克」暗喻著什麼？也許從卡爾的那六張波洛克作品著手，能找出蛛絲馬跡？他撥了通電話，知道接電話的人應該也還沒入睡。

就在珍妮放妥ＳＤ卡之際，突然響起的手機鈴聲，著實把她嚇了一跳，這麼晚了還有人來電且知道她未入睡，不消說也猜到是誰。她眼也不瞧來電顯示，接起電話劈頭便假以辭色：「你倒想起我啦？是來確認我是否還活著？」

「珍妮！是我——羅伯。妳還好吧？」羅伯對珍妮突如其來的反應倒沒在意，心想也許不只他一人患有創傷症候群，仍勉強打起精神問候珍妮。

珍妮一聽到羅伯的聲音，尷尬地立即轉換了心情和語調：「我在陶比斯的公寓裡，他的地方遭竊了！」

「妳還好吧？有什麼東西被竊了嗎？」羅伯想稍稍提高音調以示對珍妮的關心，但驚嚇過度後，連這麼丁點的情緒表現，也力不從心。

「是我來這裡後，才發現公寓被闖了空門！還不知被拿走了什麼？看起來不像一般的小偷，貴重的東西都還在。」珍妮點到為止，就怕隔牆有耳。

「陶比斯剛出事，家裡又有不速之客闖入，鐵定不單純！妳要特別小心，別久待，先找家酒店歇著。」講著講著，羅伯竟一時忘了來電的真正用意。

「這麼晚，找我有事？」珍妮適時提點了羅伯此通電話的來意。

「我整晚腦子裡都繞著陶比斯最後留下的線索打轉，直覺『消失的波洛克』應該與卡爾家裡那六張波洛克的作品有關！當初卡爾布局要妳請我來參與討論，事到如今，可否告訴我妳所知道的內幕？」

珍妮故意不對陶比斯留下的線索發表意見，她猜測答案也許就在她找到的ＳＤ卡裡，「我真不知道你所說的內幕，我當時只是奉命行事；不過，回東漢普敦後，我知道該怎麼做！」珍妮確實也不明白那六張波洛克的畫作到底扮演了什麼角色？但她同意羅伯的看法，認為陶比斯留下的線索，一定跟那六張畫脫離不了關係。

掛了羅伯的電話，手機再次響起，沒來電顯示，珍妮不假思索，馬上接起電話，這

次她倒沒先吭聲。「珍！妳還好嗎？」電話那端傳來熟悉的聲音，但珍妮仍保持靜默不語。

「我知道妳在，沒事就好！早點回酒店休息，別在那久待！」語畢，約瑟夫正要掛斷電話，珍妮忍不住出了聲，「你都幹啥去了？難道你的情報沒告訴你今晚的殺戮？你明知陶比斯在那約了我，你為一己之私，只想利用我探究你要的答案，竟不顧我的死活，連個警告都不提，現在貓哭耗子，還有臉來問我好不好！」珍妮吐完怨氣，掛斷電話前，她又補了一句：「離我遠一點，別老是跟蹤我！」她理了理情緒，整了一下儀容，開門走了出去，她知道這一走，也許再也沒機會踏進這個門了。

羅伯睜開眼睛時，已近中午時分，原以為沒能睡著，身子還是耐不住整晚的煎熬和疲憊。他一下床便瞧見門縫下有封信，原以為又是酒店急著送帳單；他拆開信封，一片迷你ＳＤ卡從裡面掉了出來，一張紙條寫著：「在陶比斯房裡找到的，希望有助於解開謎底。」羅伯知道這是珍妮送來的。

羅伯迫不及待把ＳＤ卡塞入手提電腦的讀卡槽裡，發現要輸入密碼才能進入。羅伯自知非此專業，不假思索把卡退了出來，馬上撥了通電話給傑瑞。

「是你嗎？羅伯！」電話那端的傑瑞聲音仍帶點倦意。

「老兄，你還沒醒來？打擾你了！」

「我昨晚回到東漢普敦時已近清晨，怪折騰的！又出了什麼事嗎？」傑瑞的聲音一下子轉為清醒。

「需要你協助破解一個密碼。」羅伯沒多解釋，傑瑞也沒多問，兩人心照不宣。

「那得把那玩意帶到我這來，我好讓專家處裡。」傑瑞點到為止。

「下午我親自送過去。」羅伯也沒囉嗦。

•

珍妮坐在通往東漢普敦的通勤火車上，因為是週六，沒有上下班的人潮，整個車廂顯得冷清，伴著車輪飛奔的節奏，她兩眼無神地望著窗外，景物依舊，但此刻的心情卻恍如隔世；當年來到東漢普敦，純粹是為了幫舅舅的忙，不小心把自己給捲入了漩渦，一下子死了一票人，現在連陶比斯都走了，突然覺得自己無依無靠，卡爾又對她心生猜忌，讓她進退兩難，依著他、逆著他，都不是最好的選擇，雖說自己也沒什麼要顧忌的，大可一走了之，但事情總得要有個了結。昨晚陶比斯真的走了，就在自己的懷裡斷了氣，但她想從卡爾的嘴裡聽到，為什麼之前陶比斯要裝死？為什麼陶比斯緊挨著她卻不認她？為什麼陶比斯要約她在老地方見？為什麼？千萬個為什麼，即使連卡爾都可能回答不了，也許就連老天爺也沒有答案。

珍妮走進客廳，只見卡爾一人枯坐在沙發上，見她進來，頭也沒抬，偌大的空間，只有珍妮的呼吸聲和腳步聲，而剛剛內心所有的糾結，千百個疑問，都凍凝在這冷空氣中；珍妮停頓了幾秒，發現自己開不了口，想調頭就走；突然，一個低沉、宏亮的聲音劃破了這道冷空氣，「很高興妳活著回來！」卡爾一出聲，瞬間把冷空氣凝成了冰。

她杵在原地，不知該如何接腔。她知道丹尼爾和陶比斯的死，讓卡爾的布局全亂了套，現在人去樓空，見他一個人孤零零地坐在那，像是風燭殘年的老人，差點挑動了珍妮的惻隱之心，但隨之而來的那句話，又把珍妮打回現實。

「昨晚陶比斯臨死前跟妳講了什麼？」卡爾維持冰冷的語調，只要他一開口，空氣中便增添一股寒意。

「我趕到時，他已斷了氣！」珍妮毋需掩飾，也就答得直接，她心裡清楚，卡爾該知道的都已經知道了，還不知道的，從她嘴裡也問不出所以然來。

「我費盡心思，想保他一條命，之前還煞費苦心將他跟亞歷克斯的屍體掉了包，就是為了幫他躲避瘋眼的追殺；他背著我，冒著危險偷偷去見妳，鐵定有什麼話跟妳說，現在連個屁都沒吭，就趕著去見閻王！」卡爾冷笑了一聲，就見他臉頰抽搐了一下，接著說，「知道瘋眼為什麼要對那些人下手嗎？」卡爾還是沒瞧珍妮一眼。

「聽說與『墮落天堂之鑰』有關！」珍妮只要在卡爾面前，有時就乖得像綿羊，總是有問必答。

「聽誰說？」卡爾把這三個字壓得不能再低。

「約瑟夫！」卡爾問得短，珍妮也答得簡潔。

「之前丹尼爾被追殺，死於車禍，我已損失一員大將，但他一死，菲利浦的死因也跟著石沉大海；現在陶比斯又掛了，把這局全給打亂了，唯一的線索也斷了！他死前可曾跟妳提過納粹掠奪品的事？」

「你是指掛在廊道上的那些畫嗎？」珍妮裝糊塗。「等等！我剛剛沒聽明白，你說丹尼爾一死，菲利浦的死因也跟著石沉大海？這什麼意思？」

卡爾再次乾笑了兩聲，「妳是聰明人，知道我講什麼！我也明白，即使陶比斯死前說了些什麼，妳也不會告訴我，因為妳早已不當我是老闆了！」卡爾心裡明白，珍妮不至於出賣他，但也不會站在他這邊。

珍妮聽著卡爾發牢騷，她悶不作聲。

「看來我們的緣分已盡，既然妳還活著，我也好跟妳媽交代！妳整理一下，待會就離開這裡，別再回來了！」珍妮不敢相信，卡爾就這樣放過了她，這種不尋常，反而讓她感到不寒而慄。

她正想開口，還不知自己要說些什麼，就被卡爾的手勢制止。「妳下去吧！我待會兒要出門，就不送妳了！」卡爾揮著手，當然不是道別，而是暗示珍妮趕快從他眼前消失。

珍妮也省了道別，不動聲色地離開了客廳，臨走前，卡爾還是沒抬過頭來正面看她一眼。她沿著廊道往自己的房間走去，發現原本掛在廊道上的那些畫都被包了起來，她開始擔心展廳裡那六件波洛克是否也被取了下來？她加快腳步，開了通往游泳池的門，上了台階，遠遠便看見那六張波洛克依然掛在牆上；她鬆了口氣，心裡盤算著接下來的計畫。

羅伯把ＳＤ卡揣進了上衣口袋，趕忙搭上開往長島的通勤火車，直奔東漢普敦。一下車，傑瑞的貨卡已等在外頭；車上，兩人話不多，車子飛馳著，比傑瑞平常的速度快了許多，心裡都急著想要解開陶比斯留下的謎底。

一到局裡，傑瑞領著羅伯直往科技組辦公室奔去，一面大聲吆喝：「叫那印度阿三過來一下！」一面把羅伯帶來的ＳＤ卡給塞入電腦的讀卡槽裡。

不久，裡面出來了一位高挑、黝黑，但五官乾淨、眼神黠慧的年輕人。

「阿吉，這碟子設了密碼，麻煩你看能不能解開？」傑瑞有所請求，語氣一下變得

柔和。

三個人緊盯著電腦螢幕，在靜止的空氣裡，除了鍵盤的聲音外，就只剩傑瑞和羅伯的呼吸聲，壓得阿吉喘不過氣來。

「可以請兩位先到旁邊歇一會嗎？」阿吉實在忍不住，表達雖客氣，但語調卻沒好氣。

傑瑞和羅伯不情願地各自找了張椅子坐下，兩人沒交談，一副心不在焉，但眼神都盯著阿吉的電腦。

阿吉突然比了個手勢，伸了個懶腰，傑瑞和羅伯兩人都不約而同地跳了起來，以為有解了。

「解開了嗎？」傑瑞迫不及待地問向阿吉。

「還沒！還沒！我剛剛只是伸展一下手指而已！」說完便不再搭理，逕自忙了起來。

就在此時，傑瑞的手機響起，尖銳的鈴聲讓羅伯內心的糾結纏得更緊。

「哪位？」傑瑞沒好氣，接起電話劈頭就問。

「我是……珍妮！方便……話……嗎？」珍妮的聲音斷斷續續，帶有雜訊，還嚴重延遲。

「妳在哪？訊號不好，有干擾！」傑瑞直覺珍妮可能被竊聽，或處在一個密閉空

間，或地下訊號不好的地方。

「我……在卡爾……的……處！待……會能……來……我……」訊號實在太差，但這是珍妮在卡爾的房子裡，唯一能與外聯繫的訊號點了，她慶幸當時用鉛筆做下了記號，終於有派上用場的時候。

「訊號太差了！我實在聽不清楚妳講話……」傑瑞話沒講完，對方的訊號就斷了。

沒待羅伯追問，傑瑞自己倒先急了起來，「珍妮好像已回到卡爾的住處，但聽不清楚她說的，會不會發生了什麼危險？」傑瑞向羅伯使了個眼色，二話不說，兩人很有默契地衝出了警局。出門前，傑瑞不忘向阿吉交代一聲：「解開後馬上通知我！」只見阿吉兩眼死盯著螢幕，沒功夫理會傑瑞。

珍妮急著重撥電話給傑瑞，但這次連一格訊號都沒。她擱下手機，心裡重新盤算著如何把那六張波洛克的畫作帶離卡爾的住處，本想要傑瑞開車來接她，他的貨卡恰好能派上用場，尤其在這節骨眼，也管不了監視器的監控，就是硬幹也得把那六張畫給運出去，難得卡爾又剛好不在，機不可失！

珍妮迅速衝出房間，爭取時間把畫從展廳牆上取下，管不了是否有人監看，反正到時見招拆招。突然她聞到一股燒焦味，轉頭一看，主樓正冒出陣陣濃煙，她心裡一驚，「失火了？」逕往展廳外跑去。

不一會兒，火苗竟從主樓的門縫裡竄了出來，她看火勢愈來愈大，也不知是否有人報了警。她二話不說，又衝回展廳，一手各抱起三張畫，一口氣衝到外面的停車場，把畫給擱在地上，又準備衝回去自己的房間把包包和手機拿出來，但才到泳池旁，她就被濃煙嗆得前進不得。就在她退回停車場之際，突然聽到陣陣急促的喇叭聲，回頭一看，竟是傑瑞的貨卡，她一鼓作氣，雙手再度抱起地上的畫，一路往大門方向快跑，人還沒到，就見傑瑞和羅伯已翻牆過來接應。

三人先把畫給放到車的貨架上，蓋上了帆布，再轉身看著整棟建物被大火慢慢吞噬。三人互看了一眼，無言以對，傑瑞撥了通電話給消防局，一面示意大夥上車，烈火濃煙近在咫尺，三人束手無策，只好速速駛離現場。

回到警局，傑瑞快步直往科技組辦公室奔去，看到阿吉眉頭深鎖，兩眼仍緊盯著螢幕，十隻手指不停地在鍵盤上敲來敲去。傑瑞心裡一沉，知道大勢不妙，看來還得等上好一陣子，才有好消息。

「妳打開過陶比斯的ＳＤ卡沒？」傑瑞轉身問珍妮。

「沒有！我在陶比斯公寓找到那張卡後，就直接送去了羅伯的酒店。有什麼問題嗎？」

「設了密碼，解不開！」傑瑞一臉無奈。

「不是解不開，是文字迷宮上少了一行關鍵字，兜不起來！」阿吉不服輸，遠遠聽到傑瑞這麼一講，連忙辯解。

「什麼關鍵字？」傑瑞問。

「消失的什麼？」阿吉話才出口，傑瑞、珍妮、羅伯三人竟一口同聲說出：「消失的波洛克！」聲音大到把阿吉手裡的滑鼠嚇得摔到地上。

「什麼波洛克？我就只需要兩個字！」阿吉一頭霧水，搞不明白為什麼這房裡就他一個人狀況外。

「你就打ＪＰ兩個字就行！」傑瑞說得快又簡潔。

不出兩秒，阿吉高興地從椅子上跳了起來，雙手高舉，手舞足蹈，「解開了！解開了！」

「你有什麼好樂的？又不是你解出來的！」傑瑞挖苦他。

「我可是花了大半天的時間推敲，你們也才貢獻兩個字而已！」阿吉還是不服氣，嘴裡嘟囔著，拖著不情願的步伐，步出了辦公室。

傑瑞、羅伯、珍妮又不約而同地擠到阿吉的電腦前，三人緊盯著螢幕，屏氣凝神，由珍妮把一個個檔案打開。

「看來亞歷克斯死前曾與卡爾達成協議，要卡爾先收購瘋眼那六張波洛克的滴畫，確保他死後，分居的妻兒不會受到瘋眼的追殺，他就願意透露那批納粹掠奪品的藏身處

作為交換；卡爾於是利用了陶比斯居中媒合，騙得與瘋眼合作尋找那批納粹掠奪品，所以瘋眼給了畫；但亞歷克斯死前，並沒把那批掠奪品的藏身處告訴卡爾，但把線索給了陶比斯；卡爾接手了瘋眼那六張波洛克的畫，陶比斯本以為給自己解了套，但卡爾沒付錢，掠奪品的藏身處又沒著落，最後他被夾在卡爾與瘋眼之間，進退兩難，為了自保和保護我免於陷入險境，意外落水後配合卡爾的安排假裝溺斃，一來避開瘋眼的追殺，卡爾也能保全掠奪品藏身處的唯一線索！」珍妮試著整理來龍去脈。

「所以亞歷克斯一死，便以亞歷克斯的屍體替代了在醫院被宣告死亡的陶比斯；後來瘋眼知道被騙，賠了夫人又折兵，便大開殺戒，要手下在布魯克林瘋狂掃射『墮落天堂之鑰』的成員，結果陰錯陽差，把陶比斯也給殺了！」傑瑞進一步補充。

「一開始，陶比斯並沒把波洛克和掠奪品的關聯告訴卡爾，所以卡爾才會想著把那六張波洛克循以往大通捐贈的模式，送進美術館；之後，陶比斯在卡爾和約瑟夫的威脅下，才吐露了一些線索！」羅伯也發表了意見。

「而卡爾家裡廊道上那批藝術品，則是向亞歷克斯買的！亞歷克斯知道自己行將就木，與卡爾談了交換條件後，把手裡那批納粹的掠奪品也賣給了大衛或卡爾，除了安頓妻小，又能向卡爾他們證明，他確實知道那批尚未曝光的掠奪品下落！」珍妮補充。

「亞歷克斯是如何找到那批納粹掠奪品的？」傑瑞不解。

「亞歷克斯的父親赫伯特·梅特二戰時曾加入納粹，參與掃蕩『墮落藝術』

（degenerare art）的工作。納粹主義在種族議題上標榜所謂的亞利安美感，意圖建立一個純亞利安基因的超人國度，而德國表現主義中的原始意象，恰恰呼應了納粹回歸亞利安血統的呼聲。一九三七年，在慕尼黑舉辦的『墮落藝術展』，更把種族問題藉藝術加以仇視化，藉此掀起了大規模的屠殺和迫害猶太人，所以『墮落藝術』，顧名思義就是腐敗文明下所製造的藝術，也包括那些猶太人收藏的藝術品。赫伯特參與其事，當然清楚知道那些掠奪品的下落。」羅伯侃侃而談，頓時把警察局當成了他的講堂。

羅伯突然皺起眉頭，接著說：「但我還是不明白，波洛克的畫跟那批納粹的掠奪品有什麼關聯？波洛克是二戰後美國抽象表現畫派的代表，其表現形式是一種個人自由意志的極致，美國跟蘇聯冷戰時期，波洛克、德·庫寧（Willem de Kooning）、羅思科（Mark Rothko）等抽象表現藝術家的作品，甚至被美國用來作為統戰的工具，對比蘇聯社會寫實主義作品僵化且傳統的形式和內容，美國抽象表現的畫風更能凸顯民主國家的自由精神，所以我真不明白，那六張波洛克的畫到底暗藏著什麼線索，能與那些納粹的掠奪品扯上關係？」

「連你這位大師中的大師都想不透，我們更沒輒了！」傑瑞雙手一攤，一臉無奈。

「除非那六張波洛克的畫被刻意加上了線索！」羅伯補充。

「也許我們可以先從亞歷克斯那批波洛克的畫著手，當初在他父親的倉庫裡發現的三十二件作品中，有二十二件滴畫，如果我們能湊齊這些滴畫，也許就能找出蛛絲馬

跡。」珍妮建議。

「那我先來聯繫當年鑑識亞歷克斯所藏波洛克作品的機構和幾個主導研究的專家，看看有什麼線索？」羅伯贊同珍妮的建議。

•

約瑟夫在AXA保險公司的紐約總部大樓裡認真地聽著簡報，總部的會議室少見如此的大陣仗，擠滿了媒體記者和電視台的攝影機，理賠部的經理肯特正回答著媒體記者的發問。

「火災的鑑識報告已經出爐了嗎？」記者甲提問。

「還沒！」看得出肯特有點緊張，整個人油光滿面，緊張到擠不出皺紋，但眉頭鎖得深，粗短的濃眉把眼睛壓得更小。

「這場火警是意外？還是人為縱火？」記者乙提問。

「火災的鑑識報告出爐前，我不便做任何假設性的推論。」肯特四兩撥千斤，還算鎮定。

「屋主是否就是大通銀行的副總裁？這房子的產物保險保額有多高？」記者丙提問。

「是的，登記的屋主是大通銀行北美區的資深副總裁；房子的保額近三十億美元。」肯特語畢，全場發出驚嘆聲。

「最高的保額是什麼項目？」記者丁提問。

「藝術品。」肯特答得簡潔有力。

記者丙突然搶著提問：「那光是藝術品的保額有多少？」

「近二十七億。」又是一陣驚呼。

「當時是委由哪個機構做鑑定、鑑價？」記者丙窮追猛打。

約瑟夫特別轉頭看了記者丙一眼，好奇是哪家媒體的記者？原來是《華爾街先鋒報》。約瑟夫知道這場大火絕對是卡爾斷尾求生的詭計，但卡爾留下的狐狸尾巴可能讓他尾大不掉，約瑟夫握此良機，打蛇隨棍上，特意安排這場記者會，讓媒體順勢明查暗訪，把焦點轉向卡爾身上。看來，這場火已引起《華爾街先鋒報》的關注，接下來一定會延燒出保險理賠和衝擊保險業生態的議題，甚至開始追查大通銀行對現代美術館的捐贈案，連卡爾的個人資產可能都會被媒體放大檢視。《華爾街先鋒報》過去幾年揭發了不少華爾街的內線交易和不當炒股的內幕，約瑟夫知道，只要借力使力，不難把卡爾給逼上檯面。

「鑑定、鑑價是委由三個專業機構共同完成，一家畫廊、一家拍賣公司和AAA美國鑑定協會。」肯特對答如流。

「被燒掉的作品都是卡爾副總裁的個人收藏嗎？」記者丙接著問。

「是不是個人收藏，我無從得知！」肯特保持一貫的簡潔。

「都是什麼時期？哪些藝術家的作品？」隱身後排的記者突然提問。

「我只能透露都是一些重要藝術家的作品。」肯特分寸掌握得宜。

「二〇〇六年以一億四千萬美元成交的那件波洛克的《Number 5》，在此場大火中也燒掉了嗎？」後排的記者又發聲，引起前排記者轉頭關注，因為所問的問題顯得專業，且對卡爾的收藏似乎有所掌握。

這問題把原本穩如泰山、有問必答的肯特給問急了，他忍不住向台下的約瑟夫使了個眼色，只見約瑟夫輕輕搖了搖頭。但肯特不明白約瑟夫搖頭的意思，只好硬著頭皮這麼說：「對於在這場大火中燒掉的藝術品，必須經過嚴謹的火場鑑識調查，才能確認哪些作品已全部燒毀，哪些還能修護，才能做出理賠的結論。」語畢，肯特又把目光投向約瑟夫，約瑟夫獰笑不語。

「據說副總裁的家裡藏有一批當年二戰納粹掠奪的藝術品，也都燒掉了嗎？」後排的記者仍窮追猛打，一時會場交頭接耳，議論聲四起。

「保險公司只針對具保的產物做鑑定、鑑價和損壞理賠，無權過問產物的取得過程或來源。」肯特已蛇引出洞，見好就收。

「今天的記者會就到此結束，待火場鑑識報告出爐後，將再另行招開說明會。」留

下議論紛紛且錯愕的媒體。

會後，肯特遠遠地向後排的那位記者微微點頭示意，一切盡在不言中。

羅伯回到旅館後，發了幾封電郵給當年鑑識亞歷克斯所藏波洛克作品的機構和幾個主導研究的專家，想確認有無卡爾那六張波洛克作品的資料，也聯繫了當年幫亞歷克斯販賣藏品的蘭朵畫廊，探詢買家的下落。其中，哈佛的史特勞斯保護技術研究中心的主任李察・紐曼率先回了信，提到當年的研究團隊只被要求再次確認顏料的成分，也證實了畫布上的亮橘色顏料是波洛克死後才有的顏料，主導的研究機構便推論那批作品是偽作，但他認為這種推論偏頗且證據薄弱，也許有人在波洛克死後，刻意在這些畫布上加上亮橘色，用以掩人耳目，避免被波洛克遺孀李・克萊斯納所成立的基金會追討。羅伯覺得理查的假設不無道理，唯有把那些畫布上有亮橘色顏料的作品重新找來檢視一遍，也許就能找出癥結所在。現在手裡已經有了卡爾那六張畫作，他得盡快找到另外那十六張滴畫作品才行。

珍妮也忙著尋找相關的線索，她在《紐約人》雜誌上剛好找到一篇有關波洛克畫作鑑識的文章。加拿大蒙特婁有位備受業界推崇的鑑識專家——彼得・皮洛，自行發明了一種鑑識儀器，可以拍下畫布上找到的指紋、頭髮等畫家作畫時遺留的生物證據，再把這些找到的證據跟美術館所藏該畫家同時期同風格作品上採集到的生物證據做比對，透

過這種研究方法，彼得讓不少原本被斷定為偽作的藝術品重生。珍妮馬上發了封電郵給彼得，詢問他是否願意幫忙？就在此時，電視新聞正放著卡爾豪宅大火的消息，珍妮馬上放下手邊的工作，轉身凝視著電視螢幕。

「昨天下午紐約沙佛克郡的東漢普敦市一處豪宅發生大火，幾棟建築物短短一、兩個小時被夷為平地，屋主是大通銀行北美區的資深副總裁卡爾・蕭，火災發生原因還在調查，目前無人傷亡，但屋內總值近三十億的資產全部付諸一炬。」接著畫面切到了記者會的現場。鏡頭剛好掃到約瑟夫的表情，珍妮知道約瑟夫已正式對卡爾宣戰，而卡爾不啻想利用這場大火獲得高額的火險理賠，兩大天王似乎已到了水火不容、貼身肉搏的時刻；但珍妮清楚知道卡爾不會讓那批作品白白被燒毀，在火災前所有作品都已打包，明顯是一場精心策畫的詐保，又可把ＡＸＡ保險公司逼上破產之路。

突然，珍妮的手機響起，一看是傑瑞來電。

「珍妮！妳正在看電視新聞嗎？」傑瑞劈頭便問。

「是的！正在看卡爾房子火災的報導。」珍妮一面回答，眼睛仍沒移開電視螢幕。

「記者會是在約瑟夫的辦公室召開的，看來是約瑟夫故意把火災的消息發給媒體！」傑瑞似乎有點大驚小怪。

「前戲才剛上場，重頭戲還在後頭呢！昨天我經過卡爾房子大廳旁的廊道時，發現原本掛在牆上的畫作都已打包，我到房間後不久，主樓就著火了，我見狀趕忙將展廳裡

那六張波洛克往外搬，一到外面草坪時，你們剛好趕到！」珍妮回想著昨天的情景，仍觸目驚心。

「妳是說昨天那場火是人為縱火，不是意外？」傑瑞覺得不可思議。

「當然是人為縱火，為了詐保！」珍妮說得斬釘截鐵。

「我想即使是人為縱火，卡爾也不會笨到被抓到把柄！」傑瑞合理猜測。

「至少我還算是個目擊證人吧！」珍妮早已想好了對策，需要時，她絕對會挺身而出。她話鋒一轉，接著說：「對了！加拿大蒙特婁有個鑑識專家叫彼得．皮洛，專門比對藝術家遺留在畫作上的生物證據來鑑定作品的真偽，你聽過這號人物嗎？」

「聽過！名聞遐邇！用尋得的生物證據作為畫作鑑定的依據，應該比專家的經驗法則來得可靠吧！」傑瑞從不相信經驗法則，認為人的經驗誤差值大，一旦經驗的養成過程有偏差，用經驗作為一種判斷的標準將會失準，必須輔以科學工具，才能得到客觀的證據。

「人的指紋能被複製嗎？」珍妮好奇。

「只要取得的指紋夠清楚，就有可能被複製！但指紋停留的時間並無法被複製！」傑瑞畢竟是個刑警，基本鑑識知識是有的。

「你是說一枚指紋停留在畫布上的時間不可能被複製？」珍妮追問。

「正是此意！」

「這麼說來，如果我們可以證實卡爾那六張波洛克畫作上的指紋與美術館裡被專家認定為波洛克真跡上採得的指紋吻合，再進一步確認指紋停留在畫布上的時間是否與該畫作被創作的時間一致，輔以藝術史家的經驗法則，應該不難認定那是一件真跡，你同意這種說法嗎？」珍妮是個聰明人，一點就通。

傑瑞沉思了一下，又推敲了一會，「聽起來似乎沒什麼邏輯上的問題！」畢竟畫作的鑑識不是他的專業。

「如果依此方法確認那六件畫作皆為真跡，那當初被專家質疑波洛克死後才有的亮橘色，應該有可能是之後被刻意加上去的，線索也許就在這亮橘色上？」珍妮的推論似乎與羅伯的看法一致。

「我來問問羅伯那邊找到了什麼線索？」傑瑞不是個神探，但至少也是個警探，只要有助釐清案情，他都樂於居間穿梭。

羅伯收到了蘭朵畫廊的回覆，確認當年確實經手亞歷克斯那批波洛克滴畫的買賣，也證實了蘇富比的陶比斯代客戶買了其中六張，畫廊也提供了其餘十六張畫的買家名單，共有八位買家，都住在美國，其中有五位買家為買入的十張畫聯名提告，因為那十張畫都被認定是偽作，也就是說當年只有那十張畫送機構鑑定。羅伯仔細比對畫廊附上的畫作照片，發現被鑑定為假的那十張畫確實都使用了亮橘色的顏料，而剩下的十二

張，包括瘋眼的那六張也都用了亮橘色。羅伯心想，只要能把這二十二張畫湊在一起來作比對，也許就能從中找到線索。他根據畫廊提供的資料，一一發了電郵給那八位買家，說明自己的身分和目的，至少讓他們在訴訟追討無門的絕望下，存有一絲翻案的希望，才願意配合調查。羅伯也同意珍妮的推論，認為亮橘色的顏料有可能是波洛克死後有人刻意加上的，因為他重新研究了波洛克一九四六年後所創作的滴畫，發現橘色系顏料的使用都出現在底層，很少像瘋眼買入的那些畫，亮橘色漂浮在畫面的最上層，甩動的韻律不像波洛克慣用的技法，且亮橘之所以亮，是因為加上去的時間遠晚於實際的創作時間；他又把其他用了亮橘色顏料的畫作圖片放大檢視，但從圖片上很難看出線條的層次感，亮橘色反而遁入別的顏色堆裡，與其它線條盤根錯節，這就是波洛克滴畫的絕妙之處！他決定照珍妮的提議，先把瘋眼那六張畫送去加拿大作生物特徵的鑑識，一面等待其他買家的回覆。

位於曼哈頓四十四街賓州大學校友俱樂部二樓的包廂裡，卡爾叼著雪茄正和大衛、

詹姆士磋商下一步棋，他們都是賓大華頓商學院前後期的校友，也是校董，這個包廂幾乎是為校董客制的。三個人眉頭深鎖，面面相覷，不發一語，自顧自抽著嘴裡的雪茄，整個包廂煙雲嫋繞，氣氛有點詭譎。

「你們倆明知瘋眼那晚會採取行動，竟沒事先警告我，還把我推上火線，是想趁機除掉我？」詹姆士率先打破沉默。

卡爾和大衛仍靜默不語，眼神也無交集，仍顧自抽著嘴裡的雪茄。

「有沒有法子把那批東西放到黑市裡？」卡爾若有所思，手撐著下巴望向大衛，完全把詹姆士晾在一旁。

「才剛出事，怕動作快了，引起關注！」大衛老謀深算，縱橫商場這麼久，當然深知欲速則不達的道理。

「現在約瑟夫那小子把矛頭指向我，瘋眼又緊追不放，原來的布局全亂了，看來只能拚個你死我活！」卡爾雖面無懼色，但看得出這次他被逼急了。

「先把那批東西給送出境，留在身邊恐有後患！理賠調查也要一年半載，萬一露了餡兒可不好！」大衛建議。

卡爾沒回應，顧自咬著雪茄，心裡似乎有所盤算。

大衛趁吐口煙的空檔，見縫插針：「那六張波洛克為什麼沒一起帶走？」

「哈哈哈！」卡爾乾笑了三聲，只見他身旁的煙霧瞬間被笑聲震了開來。「做事情

得用腦袋，要懂得放長線，要借力使力啊！」卡爾當然不是省油的燈。

「這麼說來是欲擒故縱？」大衛咬著雪茄的嘴角也微微泛出邪佞的笑容。

「亞歷克斯死了，陶比斯也掛了，線索全斷了，現在得將計就計，藉別人的腦袋才能成事！」卡爾能在金融界打下一片江山，靠的是靈活的手腕和他的老謀深算，性格成就他的行事風格，天不轉自轉，總能殺出一條血路；說畢，他神情自若地又吸了兩口雪茄。

詹姆士見自己被孤立在外，忍不住插了嘴，「看起來，這事好像沒我的份？」

卡爾本想充耳不聞，忙著彈落雪茄上的煙灰，頭沒抬，也沒見他動過嘴角，不知哪來的聲音鬼魅般地從煙霧裡傳了出來，「你應該知道菲利浦是怎麼死的吧？」

詹姆士立即起身，沒吭半聲，頭也不回地逕自出了房間。包廂內又恢復了原來的安靜，只見滿室生煙。

珍妮依照羅伯的指示，把瘋眼那六張有亮橘色的畫作裝了箱，找專人押送給彼得，彼得也很快回覆了他的發現：他從那六張畫上找到了十二枚指紋，清晰可辨識的有五枚，幾乎都在畫布上，只有一枚是在畫布背後的框上；他把那五枚清晰的指紋與從各大美術館、基金會所藏波洛克的真跡上採到的指紋作比對，卻沒有吻合的，但指紋留在畫布的時間與顏料留在畫布的時間是一致的，說明指紋不是後加的；雖沒比對出吻合的指

紋，也許只是指紋的取樣不夠多。瘋眼那六張畫所採得的指紋都是左手大拇指和中指，而真跡上的指紋大都是手肘皮紋和腳趾紋，因為那些真跡都是大尺幅的作品，波洛克作畫時是光著腳站在畫布上，讓油漆隨著身體的擺動滴灑到畫布上，不像瘋眼這六幅小作品，作畫時可能是用左手拇指和中指撐著畫布，以便藝術家在滴灑油漆時找到平衡；他也發現在光譜儀檢測下，透過光不同的波長，藉由紅外線和紫外線的掃描，那些亮橘色顏料留在畫布上的時間遠新於其他的顏料，應該是後加的；此外，六個畫框應該都是原框，因為畫布釘在框上，布的經緯在釘子的擠壓下硬是被扯斷黏在框上，混著有點銹蝕的釘子，形成了不可複製的生物特徵，也就是說釘子壓住畫布卡到畫框上，經過時間的浸潤，三者連成了一體，密不可分。彼得建議，如果能提供更多張同時期或同一批滴畫作檢測，就能採得更多的指紋作比對，也許會有出人意表的結果。總之，彼得的鑑識結果印證了亮橘色顏料確實是後加的，如照珍妮的推論，只要能確認這批有亮橘色顏料的作品是真跡，那就能把焦點放在這批當時被視為偽作的畫作上，因為沒人會故意在真跡上作偽，一定有特殊目的，這絕對是條強而有力的線索。

珍妮、傑瑞與羅伯相約在現代美術館見面，羅伯領著他們來到中庭的戶外雕塑公園，各找了張椅子坐下，映著秋陽和幾葉楓紅，三人被緊緊包圍在羅丹的《巴爾扎克》、賈克梅第《行走的人》、羅丹的《月之鳥》……等大師的雕塑中，頗有坐擁世界

級收藏的豪氣，再透過落地玻璃對映著室內那張大到可以把人吞噬的波洛克滴畫《One: Number 31》，也許在這種氛圍下，更能激發三人按圖索驥的動力。

羅伯在自己的地盤上率先發言：「目前我收到了一些回饋。當初那十件送鑑定的畫作，五位原買主都願意出借作品供我進一步研究，而其它三位買主，有兩位握有當初沒送鑑定的五張畫，也願意提供作品，但還有一張沒送鑑定的，買主尚未回應，住佛羅里達州，可能得親自去一趟邁阿密。只要所有的畫都到齊了，這謎底才有解，也許陶比斯暗示，『消失的波洛克』指的就是那些還沒湊齊的畫作？」

珍妮突然想起在陶比斯與亞歷克斯的電郵中，曾提到亞歷克斯父親的工作室。「我記得陶比斯刻意問了亞歷克斯有關他父親的作畫工具和顏料，這一定有關聯，因為亞歷克斯提到，那些工具和顏料在他父親死後，都打包丟到東漢普敦的老家，之後那房子賣給了阿方索，阿方索死後，他的後人一直住在那。」

「當時展廳裡那六張波洛克的畫作，妳的資料記載的是阿方索的舊藏，沒提到亞歷克斯的名字，那資料是妳準備的？」羅伯一聽到阿方索的名字，自然聯想到之前看到的那些資料。

「是約瑟夫給我的，要我故意放在展廳裡讓你看到！」

「約瑟夫哪來這些資料？他非此專業，也非這六張畫作的擁有者，何必做一堆假資料來取信我或誤導我？」羅伯滿臉疑惑。

「瘋眼那六張畫不是透過陶比斯買的嗎？陶比斯又把畫轉介給了大衛和卡爾，我猜資料是陶比斯做的，後來給了約瑟夫。」珍妮推測。

「也只有陶比斯有能力做出那樣的資料，他故意避開亞歷克斯，只提阿方索，一定有其道理，看來我們得安排去一趟東漢普敦拜訪阿方索的後人。傑瑞！可以麻煩你幫這個忙嗎？」

一直被冷落在旁、插不上嘴的傑瑞，一聽到有事幹，眼睛馬上亮了起來，「找人可是我的專長，更何況在我的地盤上！」

傑瑞的熱忱一下被點燃，一張口似乎就閉不上，「剛才珍妮提到，加拿大那邊沒對上指紋，除了樣本不足的因素外，與比對的方法也有關。如果把指紋放大，會發現它如同山谷一樣高低起伏，高者為波鋒即為隆起線，低者為波谷，再加上彎曲的特性，每個人都不相同，形成個人獨特的生物特徵。所謂指紋特徵，指的是指紋隆起線的分布狀況，每條隆起線都會有斷裂處亦即端點。除了端點外，還有稱為分岔點的分岔處，端點與分岔點皆為特徵點，這就是比對指紋時的關鍵。如果藝術家只是不經意地碰觸畫布，而不是一種常態性的習慣，留在畫布上的指紋很難完整，比對就難了！」

「你是說只要是一種常態性的習慣，指紋的採集就更容易、更完整？」珍妮抓住了傑瑞的重點。

羅伯接著補充，「波洛克習慣手握小罐家用油漆，用筆沾著油漆在半空中滴灑，如

果能找到他握過的油漆罐或漆筆，應該可以採到多枚完整的指紋，因為要完成一張畫，他得長時間握著油漆罐和漆筆。」

「難怪陶比斯要那些亞歷克斯父親工作室裡的作畫工具和顏料，因為當年波洛克偶爾進城，都會借用亞歷克斯父親在曼哈頓的畫室工作。也許在那些工具上就能採到波洛克的指紋？或者也能找到被加上去的亮橘色顏料？」珍妮再次推測。

「妳意思是說，那些亮橘色顏料是梅特父子加上去的？」傑瑞一臉狐疑。

「珍妮的推測自有道理，但即使找到赫伯特．梅特畫室裡的作畫工具和顏料，也不見得從油漆罐或畫筆上採到的指紋就是波洛克的，因為兩人偶爾共用一個畫室，留在器具上的指紋應該常有交集。但如果能從畫室留下的顏料裡找到那些亮橘色的顏料，不難推論被加上去的這亮橘色顏料，應該與梅特父子有關，可能就是陶比斯暗示的線索，依此線索，也許就能找出那批下落不明的納粹掠奪品？」羅伯又扮起了偵探。

「反正我們遲早要去拜訪阿方索的後人，到時答案就可揭曉了！但話說回來，目前那幾張畫比對不出指紋，哪裡才能找到更多且完整的波洛克指紋？」珍妮絞盡腦汁，反覆推敲。

「有個地方也許就是你們要找的地方……」傑瑞賣起了關子。

「哪裡？」羅伯和珍妮不約而同問向傑瑞。

「波洛克在東漢普敦的故居啊！現在已變成了一處博物館，對外開放，供人參

觀。」傑瑞為自己提供了一條有價值的線索而沾沾自喜。

「沒錯！我去過，記憶中當年波洛克作畫的倉庫還擺著一些油漆罐和畫筆，地板上也都灑滿了油漆，油漆罐和畫筆都是當時留下來的，都成了波洛克—克萊斯納基金會的資產，所以假不了；地板上的油漆也是當時留下的，如從那裡也找不到那些具爭議的亮橘色，也可間接證明那些亮橘色是後加的。」羅伯進一步解釋。

「那我們還等什麼？」傑瑞已迫不及待站起身來。

傑瑞望著身旁的《巴爾扎克》，「我覺得他這套行頭，還蠻像偵探的！」羅伯沒答腔，珍妮卻忍不住吐槽：「巴爾扎克是文學家，不是偵探！」羅伯暗地裡竊笑，這是三人在經歷過布魯克林的血腥殺戮後，第一次笑顏逐開。

電視新聞快訊插播，「東漢普敦豪宅大火的火場鑑識報告剛已出爐，確認是機房電線走火所引起，備所關注的多幅名畫，付之一炬，現場牆上仍留有已燒成炭的殘餘畫框……」此時電視畫面切到了火災現場，遍地焦黑，一片狼藉，客廳上方的玻璃泳池，也已燒得殘破不堪，池裡的水灌客廳，汪洋一片。「記者現在所站的位置，正是當時掛著價值一億四千萬油畫的所在位置，該畫是美國著名抽象表現主義大師波洛克的滴畫作品《Number 5》，掛畫的牆壁已燒得頹圮，整張畫已燒成灰燼，不見任何蹤影，聽說通往這邊的廊道上……」記者一面比畫一面朝著廊道的方向前進。「還掛著二十世紀許多

現代藝術家的名作，如畢卡索、馬諦斯、達利等人的作品，現在也都燒得只剩畫框了，這簡直是人類文明的一大浩劫，也是藝術史的巨大損失，據說保險理賠高達三十億美元，恐嚴重衝擊保險業的生態，是否會引起骨牌效應，值得關注。」約瑟夫看著新聞畫面，雖然面無表情，心裡卻樂不可支。同時，他已在公司內部組了一支影子軍團，將明查暗訪黑市的任何風吹草動，嚴防卡爾家裡「燒掉」的那些藝術品，改頭換面後流到市場，因為他清楚知道卡爾的詭計，一面申請理賠，一面又把那些燒毀的作品，偷天換日賣到黑市，用兩面手法謀取暴利。只要能抓到任何把柄證明卡爾詐保，就能將卡爾繩之以法，卡爾的後半輩子就只能在鐵欄杆後度過了。

約瑟夫心裡盤算著，突然口袋裡的手機震動了起來，一看是珍妮。

「妳終究還是打來了！」約瑟夫語氣略帶挑釁。

「我打來不是跟你打情罵俏，也不是下屬對上級的報告，只是想告訴你——火災前，卡爾早把那批畫撤走了，一張都沒燒掉！」珍妮不拐彎抹角。

「是妳幫忙撤的？」約瑟夫有點挖苦。

「我回去時就發現所有的畫都打包了！」

「展廳那六張波洛克的畫呢？」約瑟夫單刀直入，看來他已掌握了不少信息。

「被我帶走了！」珍妮也答得直接。

「為什麼卡爾沒帶走那六張畫？」約瑟夫繼續追問。

「既然知道是假的，幹嘛帶走！」珍妮語帶諷刺。

「既然知道是假的，那妳幹嘛帶走！」約瑟夫反將一軍。

珍妮知道約瑟夫想套她話，故意岔開話題，「你不是想擺卡爾一道嗎？別忘了，我可是唯一的目擊證人！」說完便掛了電話。

約瑟夫可不是省油的燈，馬上猜到卡爾留下那六張波洛克的畫作，鐵定是放長線釣大魚，這裡面一定暗藏玄機！看樣子，得加派人手盯著珍妮這批人的動靜。

羅伯費了好大的勁兒，收齊了買家寄來的另外十五張具爭議的波洛克畫作，要珍妮把它們再送去給彼得；同時，他約了傑瑞飛往邁阿密，親自去拜訪最後一張不曾現身的波洛克作品買家——傑佛遜．鄧肯。

兩人一到邁阿密，便按著畫廊給的地址驅車前往。

「如此冒昧地去拜訪，確實有點失禮！」羅伯就是那副學者樣。

「用各種方法聯繫，都沒回應，也只能直搗黃龍府囉！」傑瑞就那條子個性。

「會不會買家已亡故？或搬了家？或……」羅伯揣度著，却被傑瑞打斷。

「哪來那麼多可能！到了不就知道了嗎？幹嘛瞎猜！」傑瑞就受不了羅伯這種老學究的個性。

說著說著，計程車停在一處公寓大樓前，大樓位於一處中產階級社區裡，怎麼看都

不像有錢人住的地方。傑瑞朝著大廳的警衛走去，掏出了警徽和證件，表明來意；羅伯落後幾步之遙，看著傑瑞與警衛交頭接耳，不一會，傑瑞低著頭向羅伯走了回來。

「警衛說這大樓是個安養中心，沒這住戶，怎麼辦？要不要再問問那間畫廊？」傑瑞建議。

羅伯馬上從口袋裡掏出手機，撥了電話。「我是羅伯．霍頓教授，請問茱莉亞在嗎？」

接電話的人有點支吾其詞，「茱莉亞昨晚突發性心肌梗塞去世了！」

羅伯聽罷，久久不發一語，臉色沉重；傑瑞見狀，雖然不知發生了什麼事，看著羅伯的表情，直接推了羅伯一下。

「這麼突然……那是否能麻煩您一件事？不好意思，在這種情況下，還要麻煩您……您是茱莉亞的……」羅伯突然結巴了起來。

「我是茱莉亞的外甥，也是畫廊經理。我能幫您什麼忙？」對方聲音四十歲上下。

「請節哀順變……是這樣，之前茱莉亞給了我購買那批波洛克買家的名單，其中有一個是邁阿密的買家……」沒等羅伯講完，就被電話那端打斷，「您是說大衛．馬諦涅茲嗎？其中有張畫是他買的！」

「您指的是重金買下波洛克那張《Number 5》的大衛．馬諦涅茲？」羅伯一副不可思議。

「是的，就是他！」對方斬釘截鐵，毫不遲疑。
「大衛住在紐約，不住在邁阿密啊！」羅伯反駁。
「當年買畫時是用他繼父的名字和地址，避人耳目，畢竟他是個名人。但他繼父幾年前過世了。」對方解釋。
「他花了一億四千萬買了波洛克的《Number 5》，為什麼還要買一張小幅的波洛克，這不合邏輯啊！」羅伯百思不得其解。
「他說滴畫在小幅畫布上很難揮灑，要成就好的作品不容易！所以要我們幫他留了一張。」
「那張是你們幫他挑的嗎？還是他自己挑的？」羅伯追問。
「沒得挑！因為是最後一張！」
「當初茱莉亞為什麼不直接說，買家就是大衛．馬諦涅茲？」羅伯還是不解。
「當時是由我負責大衛的這樁買賣，他要我幫他保守祕密，所以在買家的登錄上，我依他要求，用了他繼父的名字；之前，這批作品因真偽問題鬧得沸沸揚揚，法院也定了案，現在茱莉亞也死了，就不須再隱瞞了！」男子解釋著。
「好的，非常感謝您的協助！為茱莉亞的離世，再次請您節哀！」說完，羅伯掛了電話，直覺頭皮發麻，腦子亂烘烘的。

彼得急著打電話給珍妮，劈頭便問：「最後那張有亮橘色顏料的畫作找到沒？」

「我們的人已經親自前往邁阿密找那件作品的買家去了！」珍妮說著。

「最後一張可是關鍵啊！」彼得語氣有些激動。

「怎麼說？是不是有什麼新發現？」珍妮似乎也急了。

「這十五張畫作上採到的指紋，還是對不上從真跡上取得的樣本，但我確定這些畫布上的亮橘色顏料絕對是後加的；而且，他們是有順序的，幫畫布加上亮橘色顏料的人，把這二十二張畫一字排開擺在地上，從左到右一次滴灑完成。滴灑的方式很奇特，不是一氣呵成，好像要勾勒出什麼。而缺的那張，恰巧排在最右，就是最後一張！」彼得一口氣講完了他的發現。

「知道了，謝謝！我馬上聯繫邁阿密，看找到最後一張作品沒？還有，請你把手上那二十一張作品一字排開的照片傳給我，謝啦！」珍妮掛了電話，馬上打給了羅伯。

卡爾腳還沒踏進辦公室，就接到大衛的來電，「事情開始延燒了！今早我接到《華爾街先鋒報》記者的來電，詢問那張波洛克《Number 5》的事，想確認燒掉的那張是不是就是我之前買的那張？還有，那批東西處理好了嗎？」大衛沒好氣地說著。

「兄弟，要沉得住氣！對我要有信心！那批材料安全得很，尤其是那大龍袍，已在地庫裡，會有好一陣子不見天日，這你放心！其他零星的，已送到歐洲，也安排好了！

你這陣子講話最好小心點，有事最好當面聊！」卡爾怕被竊聽，講話特別小心翼翼。

「你得小心約瑟夫這傢伙！只要我們被媒體一盯上，露出任何破綻，我們鐵定吃不完兜著走！」大衛不放心。

「他要糖，吃不到糖，竟槓上給糖的人了！他不自量力，我自有辦法收拾他！」

「他有靠山，又懂得操弄媒體，得小心防範！一旦被抓到把柄，我們可會身敗名裂啊！」大衛仍不放心。

卡爾懶得再跟大衛糾纏，「你顧好自己的事就行！」卡爾掛了電話，對大衛反覺得放不下心。

他一走進辦公室，助理馬上迎了過來，對他咬了一陣耳朵，「好的，知道了！」卡爾示意助理離開，自己逕往會議室走去。

一進會議室，約瑟夫和一名男子正在等著，卡爾一眼便認出是理賠部的經理肯特。他故意繞過約瑟夫，從肯特身旁經過，肯特起身想來個自我介紹，卡爾沒理會，直接往主席的位置坐下。

「肯特先生，最近常在電視上看到你啊！」沒等肯特掏出名片，卡爾語帶揶揄，一貫的嘴臉，一貫不屑的語調，接著望向約瑟夫，「今天是來辦局裡的事？還是保險的事？」

「都有！」約瑟夫還以顏色。高手過招，果然不同，肯特在一旁瞪大眼睛，看著兩

人一來一往。

「有事直接找我就行，何必再帶個小嘍囉！」卡爾不愛拐彎抹角，約瑟夫沒跟進，直接使了個眼色給肯特，肯特馬上接話。

「今天特意來拜會您主要是……」肯特才開始要陳述來意，馬上被卡爾的手勢打斷。

「叫你的人說人話，趕快切入正題！」

肯特緊張了起來，「其實……」卡爾突然起身，按了左後方的對講機，「卡蘿，送杯咖啡進來！」肯特硬是把到嘴邊的話給吞了回去，兩眼看著卡爾，等待卡爾進一步的指示。

「你接著說！」這次卡爾連頭都不抬了。

「火場的初步鑑識報告確認是電機房的電線走火所引起，我們會儘快進入理賠程序。但燒毀的畫作部分，因沒有找到殘留的畫布，無法採樣，難以證實燒掉的就是保險範圍內的那批名畫，所以第一階段只能先理賠百分之三十……」聽到這裡，卡爾的拍桌大怒，嚇得肯特馬上住嘴。

「我屋裡每張畫的背後都有你們安裝的保全裝置，只要一移動畫作，你們的保全中心馬上就會以電話和暗號確認，現在倒把責任推給我了！」卡爾怒火中燒。

「因為起火點在您府上的電機房裡，一起火，會馬上斷電，保全裝置起不了作

用。」肯特解釋著。

「保全起不了作用是你們自己的問題，我沒責怪你，你們倒先瘋狗亂咬人了！」卡爾不減咄咄逼人的態度。

「問題是起火前有人進了電機房斷了電！」約瑟夫氣定神閒，直接向卡爾攤了底牌。

「怎麼證明起火前有人進了電機房斷了電？」

「你投了近三十億的保險，我們當然馬虎不得！」約瑟夫語帶玄機，故意不點破，他當然知道卡爾的詭計，本想借題下下馬威，哪知卡爾急著動氣，反倒露了餡。

「我當時不在，只有珍妮在，她不是你吸收的臥底嗎？問她最清楚了！」卡爾四兩撥千金。

「珍妮恐怕是唯一的目擊證人，但你以為有不在場證明，就能脫得了身？」約瑟夫步步進逼。

「珍妮是你的臥底，怎當證人？法律是講證據的，這點常識都沒有，怎麼在ＦＢＩ裡混？」卡爾話一說完，卡蘿正端著咖啡進來，卡爾大手一揮，「不用了！會議結束了！」卡蘿又急忙退了出去。

羅伯和傑瑞掉頭回機場。羅伯的手機響個不停，一看是珍妮，他把聲音調為免持擴

音，這樣方便傑瑞也能聽到。

「羅伯！加拿大那邊有新發現，你們找到最後一張波洛克的作品沒？」珍妮說得上氣不接下氣。

「最後一張波洛克的買家不住邁阿密，住紐約！」羅伯語帶無奈。

「是畫廊提供的資料有誤嗎？」珍妮追問。

「買家竟然是大衛！大衛．馬諦內茲！」

珍妮聽得一頭霧水，「是大衛？他買了天價的《Number 5》後，幹嘛又去買張小幅的作品？還是當時大衛就知道梅特家族與納粹那批掠奪品的關係？赫伯特．梅特為納粹效力之事，也是在亞歷克斯的波洛克偽作事件爆發後，才被媒體挖出的。難道在這之前大衛就知道這層關係了？所以在陶比斯找到亞歷克斯後，大衛和卡爾搶著在亞歷克斯死前達成交易，由大衛或卡爾買下亞歷克斯手裡的納粹掠奪品和瘋眼的那六張波洛克，以換取其他一、二十萬件掠奪品的下落？」珍妮仍不忘抽絲剝繭，試著釐清前因後果。

「亞歷克斯死前真的告訴了陶比斯那些掠奪品的下落？還是，這只是陶比斯保命的方法？」傑瑞忍不住插了嘴。

「如從彼得的發現，我相信陶比斯留下的線索，答案一定就在那些有亮橘色顏料的波洛克畫作中！」珍妮信心滿滿，有十足地把握，她相信陶比斯死前留下的線索，絕對是破案的關鍵。

「妳剛剛說彼得有什麼新發現？」羅伯急著問。

「彼得確認那二十一張畫上的亮橘色顏料是後加的，而且是照順序一字排開，由左到右把亮橘色給灑在上面，而缺的最後一張就是最右邊的一張！」

「那大衛手裡的那張就是關鍵囉？」羅伯猜測。

「沒錯！彼得也是這麼說！」珍妮補充。

「所以滴灑上亮橘色是故意掩人耳目，讓人以為是假貨，就減少了關注！」傑瑞聽了半晌，下了一個大家早就知道的結論。

「這麼說來，卡爾故意留下展廳裡那六張畫，其實是設計好的，他要我們幫他找出答案！」羅伯恍然大悟。

「你是說我們中了卡爾的計？」傑瑞一臉不可思議。

「珍妮，可否請彼得把那二十一張作品依順序拍幾張照片傳過來？」羅伯問。

「我已經請他準備了。」

「最後那張畫怎麼辦？」傑瑞想知道羅伯是否已有想法。

「既然留下那六張畫給珍妮帶走，是卡爾布的局，無非是想藉我們的線索找到答案，絕不能讓卡爾知道他的詭計已被我們識破，不然有了防衛心，我們更難釣出大衛那張畫！但怎麼找到大衛那張畫，我心裡也還沒譜！」羅伯講了一堆，還是沒答案。

「那等你們回來進一步討論！」珍妮說完掛了電話。

「有錢人確實狡猾！」傑瑞無厘頭地又補上一句，用來收尾。

彼得用自己發明的高解析度相機，幫那二十一張畫拍照，他先拍了張全景，再分別幫每張作品拍特寫，之後再把每張特寫用光譜儀依不同顏色的特性作分類，輸入電腦後，他刻意把亮橘色當成前景，模糊了背景，研究亮橘色的走勢，重新確認了那二十一張畫的順序，最後完成了一張亮橘色的走勢圖。工作了一整天，終於搞定了珍妮的要求，他步出工作室，順手從口袋裡掏出了一包菸，慢慢地走到後陽台，倒出一根，正要往嘴裡塞，突然有隻手從後面摀住了他的嘴巴，整支香菸被折斷掉在地上，他想掙脫，但力不從心，接著就昏了過去。

兩個黑衣人，動作敏捷地把彼得拖入了房裡，用銀灰色防水膠布把彼得給捆得死緊，再把擺在地上的那二十一張畫迅速疊成兩落，套上了布袋，一人一袋，迅速地拎出了屋外，上了一輛接應的貨卡，在夜裡揚長而去。

羅伯和傑瑞一出機場，珍妮已在出口處等著。

「收到彼得傳來的照片沒？」羅伯劈頭便問。

「還沒！我打了好幾通電話，他都沒接！」珍妮心裡有點忐忑。

「會不會出事了？」傑瑞也覺得不對勁。

「難道卡爾和大衛知道彼得的存在？」羅伯懷疑。

「你認為我們的電話被竊聽了？」珍妮也懷疑了起來。

「一般人要竊聽電話沒妳想像的容易。這可是我的專業！我猜那六張畫可能被植入了追蹤器！」傑瑞一面解釋，一面推敲。

「如果是卡爾事先布的局，這倒有可能！看來我們得飛一趟蒙特婁，萬一彼得出了事，那二十一張畫也出了問題，不但斷了線索，又怎麼跟借畫的藏家交代？」珍妮急了，覺得事不單純。

「明天傑瑞跟珍妮先飛一趟蒙特婁，我來對付大衛！」羅伯像個領導者，開始分配任務。

「老大都說話了，能不照辦嗎？」傑瑞先附和，珍妮也點了頭。

•

卡爾匆忙出了大通銀行紐約總部的大樓，在街角攔了輛計程車，捨自己司機不用，怕的是走漏消息。計程車停在下東城的一間愛爾蘭酒吧前，卡爾下了車快步進了酒吧。

下午四點多，酒吧還不見人潮，卡爾往最裡面靠牆的桌子走去，一個身材不高，戴著鴨舌帽，穿著尼龍外套的男子靜靜地坐著把玩手機，一見卡爾靠近，禮貌性地掀了一下頭

上的鴨舌帽，示意卡爾坐下。

「你就是吟唱詩人？」男子低聲確認來者的代號，帶著一口濃濃的愛爾蘭腔。

「難道這酒吧裡還有別的客人嗎？」卡爾把聲音壓得低沉，但不改他講話的德行。

「人找到了，也談好了！」男子單刀直入，但把聲音壓得更低。

卡爾微微點了點頭，「這人能……」卡爾比畫了一個閉嘴的手勢。

「他不只你這個客人！」男子沒理會卡爾的表情，從口袋掏出了一張字條，展開給卡爾看。

「這什麼意思？」卡爾沒看明白。

「先從這三張開始，修改後保證看不出原作，再製造些前幾手的收藏歷史，黑市裡絕對有人搶著要！」男子保持一貫低沉平穩的語調。

「什麼價位？」卡爾急著切入重點。

「賣走才收錢，三成！」男子比出了三根手指。

「三成！你坑我啊！」卡爾面帶慍色。

男子沒再回話，作勢要離開，卡爾硬生生把他按回位子上。

「你給我聽好！要是搞砸了，別說三成，小心剝了你三層皮！記得，你沒見過我，但我不會忘記你這張臉！」卡爾講完，起身閃出了酒吧。

羅伯在美術館的辦公室裡，望著桌上堆高的公文發呆，他若有所思，試著拼湊這幾天發生的事。在亞歷克斯透過蘭朵畫廊出售他手裡的波洛克時，大衛竟搶先買了一張，如果他早知道那些波洛克的畫關聯著納粹掠奪品的下落，以他的財力，早就全盤買下，但他為什麼只買了一張，而且是畫廊剩的最後一張？再說，彼得此時無故失蹤，是受到威脅，躲起來避險？還是被綁走？彼得是業內鑑識的名人，他那套世界獨一無二的發明，連擁有世上最先進、最精準的熱釋光碳十四檢測儀的牛津大學都得向他請教。

雖說藝術品鑑定不是科學證據，倚賴的還是經驗法則，但隨著作偽技術愈來愈高明，加上3D列印技術的問世，畫作的顏料、筆觸、層次，甚至藝術家的簽名都可被巧妙地複製，所以藉用科學儀器作前期檢定，有助於彌補人為經驗的不足，當然一件藝術品的收藏歷史、展出經驗和出版著錄的查詢都不能少，再輔以史家對藝術家同時期、同風格、同系列作品在形式和內容上的不同表現手法，做研究和比對，才能初步認定該作品的真偽；雖說碳十四的檢測能把年代的誤差縮小到十五年，對一個風格多變、不喜在畫布留下創作年代的畫家而言，實難精準助其斷代，加上作偽者可以從舊貨市場取得半個世紀或上個世紀名不見經傳的藝術家作品，把顏料從畫布刮下，便是一張舊年代的畫布，連作舊的功夫都省了，再把刮下的顏料透過高速離心儀萃取分類，便是當時的顏料了，不論碳十四如何精準，從畫布上取樣測出的年代一定還是張老貨。

而彼得獨創的生物證據檢定法，幫助解決了不少圈內的鑑定爭議，甚至幫國際刑警

組織釐清了不少懸案，名聲無人不知無人不曉，那些有心主導波洛克案的關係人，自然就會聯想到彼得。但彼得的失蹤，應非大衛或卡爾所為，既然故意留下了那六張波洛克讓珍妮帶走，自是為了放長線釣大魚，在謎底未揭曉前，不可能提早下手！「也許先找到能供比對的波洛克指紋，就能先釐清那批爭議的作品，知道真偽後，才有可能破解謎底！」羅伯翻開了筆記本，抄下了傑瑞查到的阿方索在東漢普敦的舊居地址，請助理分別給阿方索的後人和波洛克—克萊斯納基金會打了電話說明來意，他準備隻身前往，一探究竟。

•

在蒙特婁郊區一處民房的地下室裡，彼得被捆綁在椅子上，眼睛也蒙上了黑布，從腳步聲，他判斷房裡似乎有兩個人，沒人交談，但偶爾聽到自己頭頂後方有汽車駛過的聲音，加上不時聞到一股帶著濕氣的煤油味，他猜測自己應該被關在一處地下室裡。他乖乖地坐著，沒半點掙扎，他知道被俘的人唯一的活路就是配合和保持鎮定；他在心裡默禱，腦子裡卻忍不住一一閃過每個經手的案子，試圖找出被俘的原因，想弄明白自己到底得罪了誰。此時，房裡傳來手機的震動聲，有人接起了電話。

「是……是……好的……知道了！」

電話掛斷後，彼得聽到椅子拉扯的聲音，感覺到有人靠近坐在自己的前面，突然一個低沉的聲音劃破了寂靜。

「那些畫是哪來的？」

彼得終於明白是波洛克惹的禍，他理了理思緒，找了一個最安全的答案，「是紐約現代美術館委託的。」

「委託你做什麼？」男子問。

「做鑑定！」彼得毫不隱瞞。

「不都是假的，還做什麼鑑定？」男子反問。

「畫還在鑑識階段，不好說！」彼得避重就輕。

「目前有什麼發現？」男子接著問。

「所有二十一張畫都使用了藝術家死後才有的顏料作畫！」彼得講的是事實，但不想馬上說出那些亮橘色的顏料都是後加的。

「那不就是假的嗎？」男子不耐煩了。

「之前法院不也這麼判決嗎？」彼得故意把話題扯遠。

「既然是假的，現代美術館幹嘛還委託你鑑定？」男子開始有點不耐煩。

「我不是說還在鑑識階段嗎？」彼得故意繞著圈子轉。

「想翻案？」男子似乎開竅了。

「那得看能不能找到新證據，推翻舊的事證。」彼得依舊答得模糊。

「舊證據就是顏料不對，哪能找到什麼新證據？」男子仍鍥而不捨。

「新證據就是推翻舊證據！」彼得覺得自己舌頭都快打結了。

「舊證據就是那些有問題的顏料，你是說，有方法能解決那些有問題的顏料？」男子似乎抓到重點了。

「即使解決有問題的顏料，也無法因此就判定為真！」彼得不想把話說死，不僅為自己留條活路，也好奇對手是何人？他當然耳聞這些作品在圈子裡掀起過的風波，所以謹慎應對自己捲入的麻煩。

「這話怎麼說？」男子試著保持耐性，而彼得知道，這絕非一般的綁匪。

「藝術史家得從藝術家的創作風格、筆法等，著手研究作品的真偽，我專精的是生物證據的取得和比對，如果能在畫布上取得藝術家DNA的相關證據，也許就有翻案的可能！」彼得儘量解釋地言簡意賅。

「如果有藝術家DNA的取樣，能把取樣植到畫布上去嗎？」

彼得心想，對方到底是何方神聖？這可是犯罪集團慣用的反向操作技法。

沒等他回答，對方又急著問：「如果有人把藝術家DNA的取樣植入到畫作上，譬如顏料上沾黏了藝術家的頭髮，或在畫布上印有藝術家的指紋，能否讓一件爭議性的作品翻案為真？」

其實這個問題曾挑戰過彼得的道德底線，如果他一心為惡，利用他的聲名，照著上述的方法反向操作，他早已家財萬貫了。

「那得看那些DNA的證據留在畫布上的時間而定！」彼得沒再往下說，其實「時間」是可以被仿造的，就是所謂的「作舊」，但是要仿造指紋或毛髮等生物證據停留在畫布上的時間，可沒那麼容易。

「如果畫原來是真的，為什麼會加上有問題的顏料，把他們都變成假的？」男子感覺當頭棒喝，似乎只差臨門一腳，就趕上了彼得的發現。

「我無法揣測動機，這不是我的專業！」彼得決定適時閉嘴，不再吐露更多，怕招來更多麻煩。

男子停止了發問，起身離去，不一會，房間又恢復了原來的寂靜。當彼得努力想從燈光中尋找男子的身影時，房間突然暗了下來，接著一陣樓梯聲響，雜著凌亂的腳步聲，聲音由下而上，漸行漸遠。

•

珍妮與傑瑞一下機，便趕往彼得的住處，兩人沒多交談，心裡有幾許不祥的預兆。抵達後，兩人直奔大門，珍妮按了門鈴，許久不見有人應門。這是棟兩層樓加閣樓的獨

棟家庭房，就座落在馬路的轉角，前院不大，但花草錯落有致，不同時序節令的植物和花卉沿著路邊步道繞過轉角，一直延伸到後院，看得出主人拈花惹草的雅興，大門旁有盞石製的日式宮燈，映著路旁法國梧桐的倒影，雅致中透著幾分異國情調。

傑瑞趁著珍妮按鈴之際，順便觀察了周遭的地形和環境，「這間房子和隔壁房子的間距只有一輛車寬，而且車道就緊鄰隔壁，這條馬路車雖不多，也偶有車子經過，如果彼得被綁架，歹徒不可能把車停在路邊，因轉彎處嚴禁停車，暫停反而會引起關注，硬要是把人架到車上，即使是晚上，也很難不引起鄰居或過往車輛的注意；現在車道上還停著一輛車，我猜就是彼得的車，歹徒的車根本停不上來，我猜彼得如沒被綁走，應該還在自家裡，可能發生了意外！」

珍妮又敲了敲門，仍沒動靜，「我們繞到後頭看看！」珍妮提議。

沒等傑瑞反應過來，珍妮已經沿著車道往後院走去。後院有個露台，架高在一片不大且狹長的草坪上，露台上擺了張小桌子和兩張塑膠躺椅，欄杆上還有整排的盆栽。

珍妮注意到露台的燈亮著，通往室內的拉門竟半開著，她轉身示意傑瑞放慢腳步，兩人側身隱入欄杆邊的凹地，以盆栽作掩護。珍妮從口袋掏出了手機，再次撥出電話給彼得，屋裡傳來鈴響，但仍舊沒人接聽，她掛了電話，示意傑瑞從露台的拉門進到房裡，傑瑞馬上閃到珍妮面前，上了階梯，打頭陣進到了屋裡。只見室內的燈光亮著，但不見任何人跡，室內也無打鬥的跡象，房內一覽無遺，毫無遮蔽物，只有一個開放式廚

房，客廳已被改成了工作室，桌上堆滿了列印出的檔案，電腦的螢幕還開著，旁邊有個工作台，台上架著一部照相機，還有兩部萊卡、幾個鏡頭擱在角落，一台看似顯微鏡的儀器上也有一部相機，帶著高倍速的特寫鏡頭。珍妮停在門口，發現地上有根被擠壓折半但未點燃的香菸，傑瑞走進也看了一眼，兩人心照不宣，知道露台就是第一現場。

「畫呢？」傑瑞第一時間沒看到人，就急著找畫。

「你去樓上看看有什麼狀況？」珍妮半命令著。

傑瑞銜命離開了一樓，往二樓樓梯的方向走去。

珍妮仔細地看著留在桌上的資料，發現彼得已把二十一張畫照順序排出，以大尺寸相機拍了幾張照片，甚至用電腦把亮橘色的顏料從畫上分離了出來，確實如彼得所言，亮橘色的顏料呈現出一個看似經過特殊設計的圖形，像是幾個大小不一的年輪圖案，不規則地分布在二十一張畫布上。珍妮掏出了手機，翻拍了幾張照片，立即傳給了羅伯。

傑瑞大搖大擺地從樓上走了下來，扯開了喉嚨對珍妮說：「樓上一個人也沒有！我看八成是被迷昏後綁走了！」

「你剛才說不可能被綁走，怎麼馬上改口是被迷昏後綁走了？」珍妮反問。

「露台上那根折斷半截的香菸，應該是第一現場，人應該是在那被迷昏的，因為沒任何打鬥的痕跡。」

「還虧你是個神探，就只看出這點！那人是從哪被拖出去的？」珍妮這一問，把傑

瑞給問住了。

傑瑞又來回仔細檢視了屋裡，「屋裡地板上沒見拖痕，往門口方向也沒有腳印，難道會是直接從露台上車道？」傑瑞推敲著。

「露台有樓梯，樓梯窄且陡，不利搬運一個被迷昏的人，即使兩人前後合力抬，下了台階，也很難在轉彎處回身，更何況車道就緊鄰著隔壁鄰居，車道上還有盞動態感應的探照燈，人一接近，一舉一動無所遁形。」珍妮進一步推敲。

「那妳的意思是……」傑瑞似乎猜到了珍妮的想法。

「彼得應該沒踏出這棟房子！」珍妮下了斷論。

「我一開始不就這麼說嗎？」傑瑞又沾沾自喜了起來。

珍妮突然望向牆邊的暖氣罩，「這種房子使用的是油暖，一般油爐會放在地下室，所以……」不待珍妮講完，兩人便忙著尋找通往地下室的門。

•

三個高個兒男人衝進約瑟夫的辦公室，神情略顯緊張。

「我們的人在蒙特婁出事了，需要您的下一步指示！」其中年紀較大的代表發言。

「什麼事？」約瑟夫表情嚴肅。

「我們從彼得家拿走的那些畫，中途遇埋伏，折損了兩名探員，畫都被搶走了！」年長的男人發言。

「知道對方是誰嗎？」約瑟夫面色鐵青。

「對方半路埋伏，一定對我們的行動瞭若指掌！目前還沒情資顯示是誰幹的。」年長男子報告時，眼睛不敢直視約瑟夫。

約瑟夫推測，劫走畫的不會是卡爾的人，因為卡爾故意讓珍妮把畫帶走，自有他的目的；如不是卡爾，就只有一個可能性，那就是瘋眼！搶走畫，對瘋眼而言，只不過是物歸原主。

約瑟夫回頭看到肯特焦急地在門外等著，便叫眼前這三人先退下。

「歐洲線報有新的發現！」肯特有點上氣不接下氣。

「有什麼新發現，是我沒掌握到的？」約瑟夫擔心又有什麼壞事發生。

「我們在全球市場布下天羅地網，持續關注卡爾那批被燒掉的作品是否流入黑市，發現歐洲市場最近出現了三張作品，有畢卡索（Picasso）、克林姆（Klimt）和夏卡爾（Chagall）的作品，創作年代、主題、表現手法和尺幅大小都與被燒掉的作品相仿。無獨有偶，那三張作品對外宣稱是納粹的掠奪品，也都沒有收錄在藝術家的作品圖錄裡，目前聽說有些中國藏家正在接頭。」肯特如實陳述情報所得。

「有沒有辦法接觸到那些作品？」約瑟夫突然興致勃勃。

「得找臥底假扮買家！」肯特建議。

「我當然知道！我是說有誰能勝任這個任務？」約瑟夫不耐煩。

肯特想了一下，「有這方面專長且能一眼識破蹊蹺的人，非羅伯莫屬，他也是我們的資深顧問，之前協助過不少調查。」肯特深知這建議也許不妥，但實在想不出第二人選。

「羅伯？他是檯面上的人物，業內無人不知無人不曉，怎麼幹臥底？」約瑟夫嘴裡質疑，心想這也許能布出另一個局，不如將計就計，搞不好會有出乎意料的結果。

「只要讓羅伯同意，不要站在第一線，他沒曝光也能成事！」約瑟夫盤算著。

「我們先安排臥底假扮買家出價，看畫時再把羅伯易容佯稱是買家的顧問！」肯特獻計。

「不是有中國藏家接頭了嗎？就讓中國人買了，反正他們有錢，也不會讓賣家起疑，等成交後，我們以巨額詐保的理由請求國際刑警組織協助調查，到時再請羅伯出馬不就好了！」薑還是老的辣，這種借力使力的手法，約瑟夫信手拈來，毫不費工夫，好像是與生俱來的。

在賓州大學校友俱樂部的包廂裡，大衛一個人獨自抽著雪茄，他的手機放在桌上，自顧吞雲吐納，卻掩飾不了從眼裡透出的焦慮。突然桌上的手機嗡嗡震了起來，透出的

藍光在煙霧裊裊的房間裡顯得更加詭譎。

「哈囉！」他抓起手機湊到耳旁，聲音低沉而拉長，正好反映出他此刻的心情。

「有三張畫確認已經流到了黑市，兩位中國買家接頭中！」電話另一端的聲音遙遠且帶著捷克斯拉夫語系的口音，喉音重且混濁。

「有引起其他關注嗎？」大衛接著問。

「目前還沒！」

「小心約瑟夫的耳目，他的眼線一定緊盯著我們的動態，千萬不能大意！」大衛語重心長，發洩式地深深吸了一口雪茄。

「好的！」男子唯命是從。

大衛掛斷電話，卡爾正好開門走了進來，見大衛臉色凝重，眉頭深鎖。

「怎麼啦？什麼事能讓你這位大企業家煩心？」卡爾試著抬槓。

大衛沒理會卡爾，又深深吸了口雪茄。

「出了什麼事嗎？」這次卡爾似乎意識到了大衛的不悅。

大衛撣了撣手裡的雪茄灰，抬頭望向卡爾，但刻意避開四目交接，或說不屑與卡爾正面相對。

「缺錢嗎？」大衛從嘴裡吐出一口煙，在煙霧裡帶出了這句話。

「什麼意思？」卡爾變得嚴肅了起來。

「要你按捺住，別急著賣東西，現在引起關注了！」大衛語帶責怪。

「你是說那兩個中國人嗎？」卡爾一派輕鬆，順手從外套口袋裡掏出一個雪茄盒，倒出了一根 Cohiba 手卷雪茄，切了頭，點燃吸了一口，很快吐出煙來，接著說：「就像這雪茄，第一口得吐得快，才能把悶在裡頭的氣味給排掉，也才能讓第二口的精華呼之欲出！這道理你懂吧？」

「你不要老自以為是！太過自負可容易因小失大！我輸得起錢，卻輸不起我的聲譽！我看你還是別毛躁，先按兵不動，等風聲過了，那批下落不明的貨也找到了，你再出手也不遲！」大衛時而數落，時而勸說，他可不想與卡爾劍拔弩張，對自己也沒好處。

「我先試試那三張，如果沒被拆穿，表示合作的人靠譜；如果被拆穿，我自有一套因應措施，難道你看不出來為什麼我找的都是中國買家？」卡爾自信滿滿，自有他的布局。

「中國人又怎麼了？比較好騙？」大衛不以為然。

「別的不說，至少這些人買了作品後，一定大吹大擂，用來提高自己的身價和他們的企業形象，一旦發現東西有問題，也只會摸著鼻子自認倒楣，以免失了面子；再說，你以為中國人買畫是作收藏？當然不是，多半是洗錢和漏稅，聰明點的就作投資，中國人是不會把洋人的東西拿來當傳家寶的！況且，我賣給他們的東西可不假，只是動了些

手腳罷了！」卡爾說得振振有詞。

「難道不怕那些中國人被約瑟夫的耳目盯上？」大衛硬是雞蛋裡挑骨頭，刻意點出了風險。

「約瑟夫再怎麼有本事，也認識不了這兩個中國人！這兩個人財大氣粗，捧著錢到處收購品牌，經人引介找到我這來；我說，我們老美做生意，不只在乎錢，還得要有品味，檯面上的那些大企業家，哪一個手裡沒收藏的？洛克斐勒、比爾·蓋茲、保羅·蓋提……還有你，不是嗎？我這麼一點，中國人聰明，全明白了！之後我讓他們跟歐洲處理這事的人接上頭，十全十美！」卡爾說得口沫橫飛，捨不得停下來吸口雪茄。

「不管你安排的多天衣無縫，切記別得意忘形，要是出了事，別指望我幫你擦屁股！」大衛對卡爾的作法仍不放心。

「要是出了事，你也插翅難飛啊！別忘了，我們可是生命共同體！」卡爾仍不忘調侃大衛。

•

羅伯抵達東漢普敦時，時間沒過正午，因為波洛克的故居要過中午才有義工上班，所以羅伯決定先拜訪阿方索的後人。他進了計程車，不經意地看著窗外的景物，曾幾何

時，他跟東漢普敦竟結下不解之緣。自從卡爾邀約作客開始，一連串發生的事情，都與此地息息相關，為了破解陶比斯留下的線索，幾度回到這個讓人魂牽夢縈的地方——好友菲利浦意外喪命於此；與暌違多年的陶比斯重逢於此，又親眼看著他躺在血泊中；就連他研究多年的波洛克，也是在東漢普敦居住時，寫下美國抽象表現畫派輝煌的一頁，後來波洛克因酒駕也喪命於此。羅伯不宿命，但他相信命定，一切早已有了安排，有時自己認為最好的安排，只不過是窮山剩水後，為自己苟延殘喘的最後一口氣找說詞罷了！感傷之餘，任憑景物一一從眼前掠過，浮光片羽，往事不堪回首。這種感覺，就像李希特（Gerhard Richter）照相繪畫裡的人物肖像，被刮得模模糊糊，呼喚著稍縱即逝的記憶，卻喚不回戰時失去的親人和朋友，只能讓時間慢慢撫平傷痛。

這時，羅伯的手機收到一封簡訊，一看是珍妮傳來的照片，尤其是那張去了背景只剩亮橘色顏料的電腦輸出，讓羅伯端詳了許久，他知道這已不是藝術史能解答的問題，即使擅長視覺符號的他，也毫無頭緒，不知從何解讀。他不想空耗自己的腦力，關了螢幕，閉目養神，很多時候，鑽牛角尖反而解不了題，有時靈光一現，問題便迎刃而解。他再睜開眼時，計程車已停在一處大宅院前，有位中年男子已在門口相迎。

「是羅伯．霍頓教授嗎？」男子見羅伯下車，迎了向前。

「您好！我是羅伯，冒昧打擾您了！請問您是？」羅伯趨前寒暄。

「恕我無理，竟忘了介紹自己！我是阿方索的侄子，叫我阿南就行！」阿南自我介

紹，態度並不殷勤，也沒主動邀請羅伯入內，兩人就站在原地。

羅伯見狀，怕是叨擾了，便開宗明義說明來意。

「之前有位亞歷克斯．梅特，曾提到他父親赫伯特．梅特把曼哈頓畫室裡跟波洛克一起作畫的顏料和工具，都搬回了東漢普敦的老家，後來那房子賣給了阿方索，而阿方索也是波洛克在東漢普敦的藝術家朋友，想必你們三家應該都很熟？」

「何止熟！都生死與共了！」阿南沒好氣地說。

「當時留下的顏料和工具都還在嗎？」羅伯追問。

「都被扣走了！」阿南略帶慍色。

「被誰扣走了？」羅伯滿臉疑惑。

「被聯調局扣走了！說亞歷克斯涉及販賣波洛克的偽作，把所有顏料和工具都扣回去調查了！」阿南忿忿不平。

「是什麼時候的事？」從阿南的反應，羅伯猜測這事應該發生不久，能用亞歷克斯的事件當藉口扣走東西，可見阿南根本沒關注圈裡的消息。

「才幾天前的事！來了四、五個人，把放在倉庫裡的所有材料都搬走了，連張扣查清單都沒給！」像阿南這種靠著祖產過日子的人，最在意的當然是祖產，最怕的就是這種無從抗拒的權力機構。

「印象中是否有波洛克使用過的畫筆和顏料？」既然東西沒了，羅伯也只能用問

的。

「主要都是些赫伯特曼哈頓畫室裡的東西，當時波洛克用過的，赫伯特都特別註記，搬回來後，連阿方索都曾借來使用過！」羅伯心想，難怪史家沒把阿方索所藏的波洛克作品納入基金會編撰的圖錄裡，因為這三個人錯綜複雜的關係，實在太微妙了。

「那裡面有亮橘色的顏料嗎？」羅伯突發奇想，但對阿南僅存的記憶不抱太大希望。

「有！有十幾罐亮橘色的漆，都用過，漆罐上都有赫伯特名字的縮寫。之前有拍賣行曾出價要買那批倉庫裡的材料，說是要拿去上拍，但價格太低，我沒答應；早知會被扣掉，賣走也是一筆錢啊！」聽得出阿南的感嘆與無奈。

羅伯反覆推敲，剛剛阿南提到亮橘色的漆罐上都有赫伯特的名字，彼得也說亮橘色是後加的，那這亮橘色一定跟赫伯特脫離不了關係，即使不是赫伯特親手加上去的，應該也是赫伯特指導亞歷克斯所為；所以，亞歷克斯當然知道那批掠奪品的藏身處。照理說，亞歷克斯也是「墮落天堂之鑰」的一員，而且只有他知道掠奪品的藏身處，其他的人，只是沽名釣譽，虛晃一招！

羅伯知道，聯調局扣走倉庫的東西，這絕對是約瑟夫的把戲，但他不明白，約瑟夫扣走這些材料為的是什麼？目前看來，除了自己這邊循線追查掠奪品的下落外，螳螂捕蟬，黃雀在後，還有卡爾、約瑟夫和瘋眼都緊追在後，雖然整齣戲已勾勒出大半的雛

型，但羅伯深知，他自己不是導演，也不是編劇，只是劇中的一角，想知道結局，也要所有劇中人的配合演出。他向阿南致謝後，忙著趕往波洛克的故居，他認為在阿方索家沒找到的，在波洛克的故居應該會有所斬獲。

珍妮和傑瑞一前一後下了地下室，黑暗中摸不到開關，傑瑞索性開了手機的手電筒，燈一亮，一眼就看見被綁在椅子上的彼得。彼得以為剛剛那兩人又折了回來，保持一貫的靜默，不敢出聲，直到珍妮小聲喊他的名子，彼得才應出聲來。

「珍妮！是妳嗎？」

「你沒事吧？這屋裡還有其他人嗎？」珍妮一面問，一面解下彼得的眼罩。

「果然不出所料，我在我自己的地下室裡！」拿下眼罩的彼得馬上認出是自家的地下室，因為那熟悉的煤油味和不時從後腦勺呼嘯而過的汽車聲，讓他被綁時，就懷疑自己是否就在自家的地下室裡。

彼得站起來後，熟門熟路地開了地下室的燈，急忙問珍妮：「樓上那二十一張畫還在嗎？」

「沒有！就只剩你印出來的那些東西了！」珍妮頓覺忐忑，看來擔心的事終於發生了。

「這竊案絕對是衝著那些畫來的！」傑瑞看沒人搭理，自己倒先發聲了。

「喔！我忘了跟你介紹這位大神探——傑瑞，是紐約東漢普敦的刑警。」珍妮一面介紹，仍不忘挖苦傑瑞，「當然是衝著那些畫而來，難道純為了綁架彼得？再說，這絕非單純的竊案！」珍妮這麼一說，可讓傑瑞尷尬了。

「我的意思是這絕非大衛或卡爾所為，因為他們得靠我們幫忙找答案；也不是瘋眼的行事風格，不然彼得不會還活靈活現地站在我們面前。除了最有嫌疑的這兩位，我想不出還有其他可能的人選？」傑瑞為了消彌尷尬，只好認真地推敲了起來。

「他們有兩個人，其中一個問我話，口音絕對是個老美，問的問題不像藝術專業人士，倒像是個藏家，急於知道有沒有解決顏料問題的方法和翻案的可能？但之後又提出一個把藝術家DNA植入畫布的科學鑑識問題，這又不像是一個普通藏家會有的概念，倒像是鑑識人員取供的方式！」彼得回想著。

珍妮聽完，不作他想：「這絕對是約瑟夫的把戲！」她太了解約瑟夫的行事規章，只是想不透約瑟夫拿走那批畫的真正目的？

「既然知道是誰把畫拿走，要報警嗎？」彼得問。

「先不報警，免得打草驚蛇！再說，如果珍妮的假設是正確的，那表示聯調局已插手這案子，我們得靜觀其變、從長計議！」傑瑞又忍不住發表高論。

「如果真是約瑟夫拿走那些畫，他就可以用原來在卡爾展廳裡的那六張畫來控訴卡爾詐保，但以約瑟夫的心思，應該沒那麼單純，即使能證明卡爾的那六張波洛克沒被燒

毀，也難舉證其他更值錢的作品也沒被燒毀！就彼得被綁時對方所問的問題，我猜約瑟夫另有所圖！」珍妮再次梳理了一次邏輯。

「聽起來，約瑟夫是想幫那批有爭議的波洛克畫作翻案，但這對誰有好處？那其中六張是卡爾的，其餘都物有所主，即使翻了案，卡爾也不敢把畫要回去，那可是詐保的證據，約瑟夫也不可能從中謀利啊？」傑瑞也加入動腦的行列。

「有個地方你說錯了！」珍妮糾正傑瑞，「其中那六張波洛克不是卡爾的，是瘋眼的！即使翻了案，卡爾不敢要回去，瘋眼也不會坐視不管！這其中大有文章！」珍妮也百思不得其解。

「你覺得要是清洗掉畫布上的亮橘色顏料，那些畫有可能是真的嗎？」傑瑞轉身問向彼得。

「清除亮橘色顏料不是問題，但仍必須找到能與畫布上的毛髮或指紋吻合的生物證據，才有翻案的可能。」彼得解釋。

「現在畫都不見了，這些假設根本不存在！」珍妮又撥了冷水。

「所有從二十一張畫布上所採集到的生物證據，我都存了檔！」彼得補充。

「既然約瑟夫是拿走那批畫的最大嫌疑人，只要羅伯找到足供比對的證據，證明那批畫作是真跡，就不難跟約瑟夫談條件，畢竟約瑟夫是個聯邦探員，不會知法犯法！」

傑瑞仍自以為是地推論著。

「約瑟夫怎麼會笨到承認拿走那二十一張畫！而且，誰說聯邦探員就一定會奉公守法？還虧你是個刑警！」珍妮實在憋不住，很難不扯傑瑞的後腿。

「我們先上樓再說吧！」彼得適時打了圓場。

羅伯抵達波洛克在東漢普敦的故居時已過下午一點，他見沒什麼訪客，決定先把該做的事給完成後再去吃飯。他直接走向接待處，告知來意，心想自己的助理已經先電話聯繫過，但接待處的人員卻查無預約，羅伯乾脆表明自己的身分，但無奈沒預約還是無法進到波洛克故居裡。他苦無對策之際，突然聽到有人喊「羅伯．霍頓教授」，他回頭，見入口處有位胸前掛著名牌的妙齡女子朝他走來。羅伯覺得這女孩有點面善，但記不起在哪碰過面？畢竟他對藝術品過目不忘的本事很難轉嫁到女人的身上。女子看羅伯一臉疑惑，直截了當給了答案，「我幾週前才在 MoMA 聽您的演講，講波洛克滴畫的色彩符碼，當時我提了問題，請教您波洛克常在他的畫布上刻意留下一些生物證據，是為了方便後人鑑定之用，還是呈現他個人風格的一種符碼？也就是說那些他留在畫布上

的指紋和毛髮，算不算是他創作的一部分？」

經這麼一提點，羅伯原本模糊的印象逐漸轉為清楚的輪廓。

「我一般只記得提問的問題，很少關注提問的人，非常不好意思！希望當時我的回答有讓妳滿意。不過，現在妳要是又問我一遍相同的問題，我的答案可能會很不一樣！」羅伯賣了個關子。

「此話怎麼說？」女子一臉不解。

「妳當時會問我那個問題，我猜是因為妳在工作上遇到了類似的問題，想從我身上尋求答案？」羅伯的猜測一下子讓女子脹紅了臉。

「你不只看得懂畫，更懂人心啊！不好意思！竟忘了介紹我自己，我叫雷妮，是基金會的研究員，再次幸會了！」看來雷妮也懂得如何收拾人心，把羅伯給逗得樂在一旁。

羅伯理了一下喜孜孜的表情，馬上轉為嚴肅，「莫非前陣子已有人造訪，提到相同的問題？」

「是聯調局的探員，說市面上出現一批波洛克的偽作，多人受害，為釐清真相，他們做了一些採樣，問了一個類似的問題！」雷妮回述。

「問了什麼問題？」羅伯好奇追問。

「如果顏料無誤，在畫布上又採集到波洛克的生物證據，可否視為真跡？」雷妮重

述之前的問題。

「那妳怎麼回答？」羅伯不改為人師的角色。

「如果鑑定只是在材料和畫布上找生物證據，那藝術史家就沒有存在的必要了！」雷妮這回答可真的把羅伯逗樂了。

「我當時應該也是這麼回答妳的吧？」羅伯忍不住往自己臉上貼金。

雷妮笑而不答，「教授！您今天來的目的不就是為了採集生物證據而來的嗎？」這話可把羅伯問得無言以對，他只能直撓頭，避開尷尬。

雷妮領著羅伯來到波洛克當年作畫的倉庫，開了牆角抽屜的鎖，從裡面取出了一疊樣本，遞給羅伯。

「這些都是基金會之前從這倉庫裡採集到的生物證據，包括波洛克的指紋、腳紋、鞋紋、毛髮、唾液，甚至鼻涕、汗液等生物證據，免得倉庫開放給大眾參觀後，這些證據被破壞殆盡！」雷妮一面解釋，羅伯一面翻閱著每個樣本。

「也就是說，有了這些樣本，就能拿來與其他作品上採集到的生物證據做比對？」羅伯追問，畢竟科學鑑定非他的專長。

「是的！基金會怕有心人士在取得這些生物證據後，經過加工後製把這些證據植入偽作裡，以假亂真，後果恐不堪設想！所以這些採樣出來的生物證據，可沒辦法複製或加工植入畫布。」

「妳剛不是提到藝術史家在藝術鑑定裡扮演的角色和責任嗎？」羅伯提醒。

「市場裡有一堆不懂藝術的人，寧可相信科學證據，而輕忽史家的判斷！這就是市場亂源所在！」雷妮的回答正中羅伯的下懷。

「妳剛提到，聯調局的探員說市面上出現一批波洛克的偽作，知道指的是哪批偽作嗎？」

「我們基金會的職責除了維護、展覽、典藏和教育與波洛克、克萊斯納創作相關的工作外，另一職責就是幫兩位藝術家的作品真偽把關。如果說市面上出現一批波洛克的偽作，我們當能立即掌握狀況；目前，除了幾年前鬧得沸沸揚揚的亞歷克斯所藏波洛克作品的爭議外，尚未聽說有大規模的仿作流入市場。」

「妳是基金會研究小組的一員，倒想聽聽妳怎麼看亞歷克斯和阿方索所收藏的波洛克作品？」羅伯欲罷不能。

「其實，當時編撰波洛克作品圖錄時，基金會的研究人員和委外的專家們在選件前便已達成了共識，就是先排除亞歷克斯和阿方索的收藏，因為波洛克與阿方索和亞歷克斯的父親赫伯特的關係太密切了，一起共用工作室，一起作畫，互相修改作品，阿方索還曾經當起波洛克的老師，指導他滴畫創作的技巧，在他們手裡的波洛克作品，確實難斷定出於波洛克一人之手，加上那些作品到了亞歷克斯這一代，變數就更大了，不然怎會有後面的爭議和官司呢？」雷妮進一步解釋。

「所以妳認為亞歷克斯手裡的那批波洛克滴畫不是真跡，僅僅只是因為其中的亮橘色顏料在波洛克生前並不存在？」羅伯想聽聽基金會專家的真實意見。

「我並沒忽略史家應該扮演的角色，就表現的技法、色彩的掌握和線條移動的方式，甚至點、線、面的構成方法，幾乎可以認定就是出自波洛克之手，特別是他獨到的作畫方式，或站、或跪、或弓著腰，隨身體的擺動讓顏料滴灑在畫布上，尤其當他喝得微醺時，更是由他的潛意識來引導他身體的擺動，在畫布上所建構出的語彙是發自內心的一種書寫，有非常強烈的個人印記，是很難被複製的；所以，我個人認為，除了亮橘色的問題，其他部分沒大問題！」雷妮的剖析完全印證了羅伯的看法。

「這就是我今天來的目的！既然創作的部分沒問題，要是能把亮橘色從畫布移除，那真偽的問題不就迎刃而解了嗎？」羅伯大膽提出解決的方法。

「波洛克的用色都是層層堆疊，怎麼去掉其中的亮橘色？」雷妮不解。

「肉眼看到的亮橘色確實像是穿梭在不同的線條和顏色裡，但透過高倍速光譜分析儀的輔助，我們發現那些亮橘色其實是浮在所有色彩和線條之上！」羅伯進一步解釋。

雷妮一時啞口無言，不敢相信羅伯所言，要是別人這麼告訴她，一定會被她斥為無稽之談，但出自一個德高望重的藝術史家之口，讓她不得不重新思考這個可能性。

「你是說，亞歷克斯那些具爭議的作品要是與波洛克留下的生物證據相吻合，就能翻案證明那批作品是真跡？」雷妮再次確認羅伯的意思。

「沒錯！這正是我今天此行的目的。」羅伯作了結論。

「如果確定是真跡，現代美術館就會考慮收藏嗎？這不就是您親自到訪的原因嗎？」雷妮好奇現代美術館的態度，因為她知道，即使這批作品翻了案，基金會也不敢貿然收藏這批作品，畢竟波洛克與阿方索和赫伯特在創作的時間和技法上有太多重疊之處。

「這是個複雜的問題！涉及到這些作品擁有者的意願，也涉及背後一樁更複雜的陰謀！」羅伯簡單幾句話帶過。

「陰謀？如果有人刻意在真跡上加上亮橘色，使真的被誤以為是假的，確實罕見，說是陰謀當不為過！」話雖如此，但雷妮懷疑真會有人傻到把真的作品作假？

羅伯點到為止，也不想引起雷妮更多的猜測，於是草草結束對話，希望手裡的這些生物證據能夠解開陶比斯留下的線索——或說是赫伯特．梅特留下的謎底。

•

珍妮與傑瑞隨彼得上樓，東尋西找還是不見那二十一張畫的蹤影。

「應該是被那兩個人拿走了！」彼得面露愁容，不過倒慶幸自己留下了所有的高清圖片，還有光譜儀的分析資料和影像檔。

傑瑞翻閱著桌上列印出的亮橘色圖譜，端詳了許久，「這些帶著毛邊的亮橘色線條，從左邊順勢攀爬，到了第五張出現了這些漩渦狀的圖形，倒像是刻意設計或布置的……」傑瑞指著圖解說，珍妮和彼得都靠了過來，「這亮橘色混在其他顏色中，所有的線條交雜在一起，倒交融得很好，一旦獨立出來，筆觸就顯得怪異！你們看這筆觸，連我這個外行的，怎麼看都不像是波洛克的手法，你們不是說他藉由身體的擺動把油漆滴到畫布上嗎？所以比較像是潛意識的活動，但這亮橘色走到第七張竟開始原地打轉繞圈，而且頗有規律，像是打了底稿，到第十張又再次產生渦紋，不像是靠身體自主擺動滴出來的圖形；而且，還沒找到的那張，應該不是擺在最後，而是在這裡，第十一張的位置才對！」傑瑞說著，一邊把圖的位置重新排列，「這張還沒找到原作，只有畫廊提供的照片，所以顯得有點模糊，但卻製造出一種凹凸的立體效果！妳看看，這像什麼圖？」傑瑞轉頭問了珍妮，他知道珍妮答不出來，故意使出這招來扳回自己的顏面。

珍妮搖搖頭，傑瑞暗自竊笑，「這不像畫，倒像一張地形圖，軍事用的地形圖！我之前受過野戰訓練，作戰用的地形圖只標經緯線和地形線，只要擺上羅盤，定位後便一目了然！」傑瑞的分析，確實讓珍妮刮目相看。

「你看得出來是哪裡的地圖嗎？這也許就是那批納粹掠奪品的藏身處啊！」珍妮覺得陶比斯留下的線索，終於有希望破解了。

「如果真是地形圖，那麼這些漩渦指的是山，我們就得把全世界的地形圖拿來一一

比對，才知道這是哪個區域？但這簡直就是不可能的任務！」傑瑞解釋著，又冷不防地澆了珍妮一把冷水。

「為什麼？」珍妮和彼得兩人異口同聲，表情疑惑。

「第一，我們不知道這地圖的比例；第二，我們根本無法取得全世界的軍用地形圖，因為那可是各個國家的軍事機密！」傑瑞又潑了一道冷水。

「你想想，那十幾萬件藝術品，很難在戰時大舉搬動，應該都還留在當時納粹的占領區；如果這地圖真能指出那批掠奪品的藏身處，我們不如以德國為中心點，往外畫圓，標出當時納粹搜刮藝術品最多的幾個區，核對附近的山形，就能縮小尋找的範圍，也許能有所發現？」珍妮雖看不懂地圖，倒懂得如何解決問題。

「那我們得先找出二戰時期的地形圖！」傑瑞提議。

「二戰時期的地形圖已非機密，早已成了史料，柏林圍牆倒塌後，德國成立了二戰歷史博物館，裡面應該存有當年作戰用的地形圖，也許還能找到當年德軍掠奪的史料。」彼得提供了一個非常受用的資訊。

約瑟夫一回到辦公室，馬上抓起桌上的電話，「叫肯特進來！」

肯特小跑步進了約瑟夫的辦公室，神色略顯慌張，還沒開口，約瑟夫已先出聲。

「那批波洛克的畫有消息嗎？」約瑟夫劈頭便問。

肯特一時怔住了，忙著掏出手機問底下執事的人。

「不用問了！」約瑟夫要肯特把辦公室的門帶上，「要真是瘋眼下的手，那就難辦了！」約瑟夫面露難色。

「可以趁此機會，一舉擒下瘋眼啊！」肯特建議。

「如果找得到瘋眼，還會讓他逍遙法外？況且，我的首要目標不是瘋眼，是卡爾！」約瑟夫早已跟卡爾宣戰，但他知道半路殺出個瘋眼，更難應付了。他接著問：「那天晚上，到底問出了什麼名堂？」

「那個鑑識專家彼得有提到複製生物證據的可能性，就是取得藝術家的生物樣本後，複製到具爭議的作品上，以假亂真！」肯特轉述。

「以假亂真？還是假啊！能完全翻案嗎？」約瑟夫耐不住性子追問。

「那傢伙說，如果能解決生物證據停留在藝術品上的時間問題，就有可能翻案。」肯特戰戰兢兢地解釋著。

「什麼樣的時間問題？你可以用人話再解釋一遍嗎？」約瑟夫還是沒聽明白。

「譬如，一張五〇年代的油畫，上頭發現了一枚藝術家的指紋，雖比對後吻合藝術家的生物證據，但指紋留在畫作上的時間只有一週，代表那枚指紋是一週前才被植上的，畫當然有問題！不知這樣表達有沒有更清楚一些？」肯特唯唯諾諾地回答。

「這麼說來，我們是否也可以如法炮製，用相同的方法，找出卡爾那批對外宣稱已

燒毀，但經改頭換面流到市面上的那批作品？」約瑟夫又問。

「我以為您針對的是那批具爭議性的波洛克作品？」肯特滿臉疑惑。

「你是在幫ＡＸＡ幹事？還是在幫聯調局幹事？」約瑟夫反問。

肯特一時支唔其詞，好不容易才從小腦袋瓜裡擠出一點想法，「我是在幫您幹事！」

「那批有爭議的波洛克畫作，既非ＡＸＡ的調查方向，也非聯調局的業務；要抓瘋眼，就要用那批波洛克的畫誘出他，但現在他拿走了那批畫，沒人幫他翻案，那批畫也就成了廢紙，不知他壺蘆裡賣什麼藥？而要定卡爾的罪，就必須找到他詐保的證據，他已開始在黑市脫售那些納粹的掠奪品，目前有什麼消息？」其實約瑟夫曾經想過如何用卡爾那六張波洛克發一筆財，但事後才發現自己竟也成了卡爾的棋子，甚至成了卡爾詐保的間接共犯，明知卡爾使詐，苦無證據，如再賠上巨額的保費，ＡＸＡ可能因此走上破產的命運，也會連帶影響到美國保險業的發展；而他的臥底身分和聯調局以私企不當掩護辦案的醜聞，足以把聯調局的局長拉下台，他作為此案的主事者，很難不被抖出之前跟卡爾的合作企圖，卡爾甚至可以拿此要脅，要他配合，那他就成了核准卡爾詐保的共犯了。

「卡爾流出去的那三張作品已成交，最後還是賣給了那兩個中國人，畫會在下週運到香港，我們會通知國際刑警組織，以詐保證據帶回那三張畫作做進一步的鑑識！」肯

特一副穩操勝券的模樣。

「ＡＸＡ的命運就掌握在這三張畫作上了！」其實約瑟夫心裡想的是ＡＸＡ和他自己的命運，只是不想在屬下面前把自己給扯上了。

此時，約瑟夫的視線轉向玻璃外焦急上前敲門的助理，約瑟夫還來不及示意叫她進來，後頭一位西裝革履的男士便自行開了門衝了進來。

「你給我出去！」男子示意肯特離開。

肯特悶不吭聲，匆忙退出約瑟夫的房間。

「你從明天開始不用來這裡上班了！還有，帶走你所有的屬下，我們會接手這裡的案子，包括卡爾的那件，聽懂了沒？」男子命令著。

「長官！我可以……」約瑟夫馬上被制止繼續發言。

「你什麼都不可以，也不用問理由，明天開始給我滾出這裡就對了！」男子一面飆罵著，一面挑出手帕拭著前額的汗。

「是的，長官！」約瑟夫停止任何抗辯，靜靜地聽男子的指示。

男子把碩大的屁股往沙發上蹭了下去，氣喘吁吁，約瑟夫示意一直等在辦公室外面的助理倒杯水來。

男子把握在手上的報紙狠狠地丟到約瑟夫面前，一句話也沒說，就只顧著擦汗。

約瑟夫看著報紙，瞪大了雙眼，不敢相信眼前所見的報紙標題——「一場大火燒出

保險公司和聯調局的陰謀」，署名的記者竟是記者會當天勇於發問的《華爾街先鋒報》的記者。當天會後，約瑟夫見機不可失，把一些敏感的議題洩給了該記者，希望透過該記者的明查暗訪，把焦點放在追查卡爾那批燒毀的藝術品上，哪知記者來記回馬槍，反過來探究起聯調局在這個案子裡扮演的角色。約瑟夫深知自己難逃此次風暴，為了自保，唯有加快將卡爾繩之以法，才能將功贖罪。

「我明白您的意思了！我承認我確實搞砸了！」很少看到約瑟夫這麼低聲下氣，但這次他確實偷雞不著蝕把米，認栽了！但他可沒那麼輕易放過卡爾，他知道，現在唯有扳倒卡爾，才能扭轉乾坤。

•

珍妮和傑瑞決定先飛一趟柏林，尋找二戰時的地形圖，試著印證傑瑞的假設，如果這條線索行不通，那就得另闢蹊徑。他們到機場時，珍妮給羅伯發了條簡訊：

「羅伯！我跟傑瑞決定飛一趟柏林，因為我們發現那些亮橘色形成的圖案，很像地形圖，有可能就是那些掠奪品的藏身處，也許在二戰的史料裡可以找到一些線索，如有進一步消息，馬上讓你知道……還有，彼得那二十一張波洛克的畫作全被人拿走了，我猜是約瑟夫，但尚不知他目的為何？保持聯繫，希望你那邊也有所進展！」

到了柏林，兩人直奔柏林二戰歷史博物館，沿路上，行經歐洲被害猶太人紀念碑。珍妮從車裡望去，一排排整齊的灰泥棺槨，沿著斜坡一路而上，讓整個坡面看似停滿了成千上萬的石棺，成了不折不扣的「活」碑林；這碑林就建在惡名昭彰的納粹宣傳部原址上，這一紀念碑並不是為二戰死去的猶太人而建的，而是為德國人集體的記憶而修建的，一眼望去，在灰泥死白的世界裡，隱隱透著吶喊後的沉默與戰後的壓抑，這不禁讓她想起德國藝術家基弗（Anselm Kiefer）的一個展覽，主題就叫「殤痕」，裡面有張畫讓她特別深刻，那張畫掛得比其他畫都高，巨大的尺幅，約有三米乘四米長寬，畫面以燒得焦黑的泥土當背景，夾雜著一些枯黃的雜草，泥土上布滿了白色的十字架，由近而遠，密密麻麻，層層堆疊，十字架上纏繞著一圈又一圈的鐵絲，插在焦黑的泥土上，映著慘灰的天空，那伸展不開的壓抑，像是無聲的吶喊，幾乎讓人窒息；納粹的屠殺和迫害，不在於人數的多寡，帶給死者和他們後人的，確實是一種抹滅不去的歷史「殤痕」。

車子繞過了威瑪紀念碑，轉了個彎，映入眼簾的是一棟古希臘建築，正面明顯受過戰火的洗禮，有些圓柱已斷裂，屋頂山形牆內的浮雕也被燒黑，但破口處清晰可見一個希臘字「veritas」（真理）就刻在一個去了角的磐石上。德國政府刻意保留二戰中受戰火摧殘但沒倒塌的建築物，作為二戰歷史博物館，用以見證歷史上慘痛的代價和教訓。

「您好！想請問這博物館是否收藏了二戰時的一些軍用地形圖？如果有當年納粹使用的軍事地圖更好！」一入館，兩人直奔詢問台，珍妮一口氣講完來意。

「妳可不可以再講慢一點？」櫃檯服務員用稍嫌生澀的英文回了珍妮。

珍妮不厭其煩，用慢到自己都快打結的語調覆述了她的來意，她深怕服務員聽不懂，還不時夾雜著記憶中僅剩的德文；果不其然，服務員忍不住捎捎頭，這動作幾乎瓦解了珍妮的信心和耐性。她東張西望，四處尋找協助，就在此時，她背後傳來一連串流利的德文，聲音是如此熟悉，一轉身，傑瑞正跟服務員一來一往無礙地交談著，珍妮瞪大了眼看了傑瑞一眼，沒等珍妮開口，傑瑞如實招來，卻掩不住一臉的得意忘形，「我媽是德國人！」

珍妮忍不住踹了傑瑞一腳，「那你得意什麼！」

「到底有還是沒有？」珍妮拉回正題，逼問著傑瑞。

「還不知道，說要我們先填個單子。」就見服務員手拿著黃色的單子朝他們走來，接著又是跟傑瑞交頭接耳一陣，有說有笑，把珍妮晾在一旁乾著急。

「現在是怎樣？」珍妮忍不住插了嘴。

「妳先把這些單子填一填，讓我把事問得清楚些！」傑瑞轉頭又把珍妮晾在一旁，自顧聊了起來，頗有君子報仇十年不晚的爽勁。

待傑瑞再轉過身，珍妮依然杵在原地，沒好氣地對著傑瑞說：「你要我怎麼填？」

說完把單子塞回傑瑞的手裡。

傑瑞接過一看，馬上道了歉：「我不知道這全是德文的！」說完就拿起筆寫了起來，再把單子交給剛剛那位服務員，服務員要他等等，便消失在另一個房間裡。

羅伯收到了珍妮的簡訊，正納悶為什麼約瑟夫要取走那二十一件波洛克的畫作？手機突然響起，來電顯示未知，他還是接了電話。

「喂！是哪位？」這年代，來電不顯示，除了推銷電話外，就是一種不禮貌的象徵。

「羅伯！你好嗎？好久沒聯繫！是我—約瑟夫。」一個聽似熟悉又有點陌生的聲音，但牽連著菲利浦的驟逝，讓他畢生難忘。

羅伯沒好氣的答腔，「是好久沒見！有何貴幹？」他根本懶得寒暄。

「有件重要的事要麻煩您出馬！」

「我何德何能還受您器重？」羅伯忍住脾氣，但還是壓抑不了情緒。

「是有關卡爾的詐保案！」約瑟夫知道羅伯對他有戒心，怕說多了羅伯反而往他處想，所以也就不囉嗦；他知道，羅伯認為菲利浦的死緊扣著卡爾手裡那六張畫波洛克的畫和那批納粹的掠奪品，只要提到不利卡爾的事，都有利於釐清菲利浦的死。

「那我能幫什麼忙？」羅伯親眼看見卡爾的房子付諸祝融，珍妮也提到那些掛在廊

道上的畫，在火災前都已打了包，所以約瑟夫這麼一提，他倒不驚訝，只是好奇約瑟夫竟能如此神速把火災導向詐保？已公布的火場鑑識報告確認是電線走火，是他故意掩蓋事實，以免打草驚蛇？還是他也是共犯結構的一員？或者，真如報上所載，是聯調局一貫的手段和陰謀？

「我們需要你去一趟香港看三張畫！」約瑟夫直接提出請求。

「我倒想知道這是保險公司的任務？還是聯調局要徵調我？」

「都有！既是保險公司也是聯調局需要你的幫忙！調查詐保是保險公司的職責，打擊經濟犯罪是聯調局的任務，所以請你務必幫這個忙！」很難從約瑟夫的嘴裡聽到請求的字眼，可見他已走投無路，只能放手一搏，把最後的機會押注在香港那三張畫上。

「那為什麼你要拿走彼得的那二十一張畫？」羅伯冷不防地丟出一顆震撼彈。

「我們的人確實有去過彼得的住處，但畫不是我們拿走的！」約瑟夫故意不講明畫是中途被瘋眼的人劫走的。

「不是你們，會是誰？阿方索家倉庫裡的顏料、材料，你們不也搜刮走了？波洛克的故居，你們不是也去過了？不為那些波洛克的畫，為的是什麼？」羅伯可不客氣了，每到一個地方，總被聯調局的人捷足先登，現在連那關鍵的二十一張畫都不見了，想翻案或破解陶比斯留下的線索，更顯得機會渺茫。

「畫是瘋眼拿走的！我們一直追查亞歷克斯那批波洛克的畫作，是為了找出卡爾真

正的意圖，想想一開始他只談如何把那六張畫透過大通的捐贈送進美術館，但現在卡爾最大的獲利，卻是來自詐保；卡爾不貪小錢，那六張波洛克的價值對他來說只是九牛一毛，也許波洛克只是個幌子，背後應該有更大的陰謀！」事到如今，唯一能說動羅伯幫忙的方法，就是陣線聯盟，讓他覺得他們有共同的敵人——那就是卡爾。

羅伯知道約瑟夫想趁機套出他目前掌握的線索，他刻意回避，不再把話題放在波洛克的畫作上。

「你要我去香港看什麼畫？」羅伯這麼一問，約瑟夫知道事成了一半，至少沒被羅伯一口回絕。

「我們懷疑卡爾請人變造了宣稱已燒毀的三張畫，畢卡索、克林姆和夏卡爾的油畫，透過歐洲的黑市，被兩個中國企業家買走了，已經運到了香港，準備通關；我們已請國際刑警組織協助，扣留那三張畫，以便做進一步的調查。」

「怎麼知道那三件作品就是卡爾的？」羅伯知道自己是白問了，畢竟約瑟夫是聯調局的探員。

「這就不用我多費唇舌了吧！」約瑟夫的回答果然印證了羅伯的想法。

「可以先看變造後的照片嗎？」羅伯心想，飛一趟香港十幾個小時，加上十二小時的時差，實在讓人吃不消，如能在照片上先看出端倪，也許就能省了這趟跋涉。

「沒有照片！為免打草驚蛇，我們只能請香港海關扣留畫作二十四小時，說是通

關延遲，免得那兩個中國買家向賣方反應，那就前功盡棄了！我還是需要你親自飛一趟！」約瑟夫現在被ＡＸＡ解了職，無法以保險公司的名義請羅伯幫忙調查，聯調局在浪頭上應該對此案也難有支持，只能靠約瑟夫的個人本事單打獨鬥了。

「什麼時候走？」羅伯問。

「今晚就走！」約瑟夫似乎沒別的選擇。

卡爾一進到會所的包廂，把一個紙袋丟到大衛的面前，大衛抬頭看了卡爾一眼，沒好氣地問：「什麼東西？」

「打開來看看！」

大衛從袋子裡抓出了一捆百元美鈔，又塞了回去。

「給你買雪茄的，剩下的再匯入你境外的帳戶！」卡爾一面坐下，一面掏出口袋裡的雪茄。

「那理賠的部分……」大衛暗示著。

「當然少不了你那份！」卡爾可笑得開懷，接著說：「我辦事，你放心！」

「中國人很少這麼快付錢的啊？」大衛語帶揶揄。

「不只快！還很爽快！這才剛開始！」卡爾洋洋得意。

「不怕被約瑟夫的耳目發現？」大衛反問。

「聯調局什麼時候也管到香港啦？」卡爾不管嘴裡有沒有叼著菸，都是那副老奸巨猾的模樣。

「我賺錢先不管乾不乾淨，但得確認安不安全！有錢確實好辦事，但有些事錢也辦不了！」大衛明槍暗指，也順便表達了自己的立場。

「剛不是說了嗎？我辦事你放心，一切都在掌控之中！」卡爾再次重申，臉上飄過一絲不悅。

「那批下落不明的掠奪品，有什麼進展？」大衛換了個話題。

「珍妮和那員警去了柏林，應該是找到什麼線索了？」卡爾說著，有一搭沒一搭的。

「你對那批作品不感興趣了？」大衛瞥見卡爾漫不經心的表情，故意挑了個話題。

「倒不是！我認為即使找到了那批掠奪品，少不了麻煩事！那批東西按邏輯應該還在歐洲，有一、二十萬件啊！這數量怎麼運得出來？一旦曝光，德國政府、作品擁有者的後代，都會蜂擁而至宣示主權和擁有權，會有打不完的官司，更別提出售那批作品獲利！」其實卡爾心裡早有盤算，他不想賺沒把握的錢，他覬覦的是近三十億的保險理賠和私下脫售變造的作品，那可是近六十億的生意啊！

「所以波洛克那批作品也算了？」大衛追問。

「聽說那二十一件作品被瘋眼拿走了！我可不想惹這個瘋子，更不想上了他的追殺

名單！」卡爾清楚他的目標，更明白絕對不能成了別人的目標。

「那我那件《Number 5》怎麼處理？難道也要變造後賣給中國傻逼？」大衛可提到了重點。

「那件得等等！波洛克的作品可不好變造，不像其他歐洲現代藝術家那樣好搞；藝術這東西一旦到了美國，就純個人意志的表現，不像歐洲那些傳統學院派的作品，那麼容易作手腳！當時你拿那張《Number 5》來融資貸款，也取回了一部分的錢，剩下的等保險理賠下來再說！」卡爾知道大衛心裡不是滋味，深怕事成後，自己被一腳踹開。

「你的意思是那件《Number 5》從此就不見天日了？」大衛責問。

「怎麼會？是時機的問題！」

「既然變造不了，當然就不可能出售！那件《Number 5》在當年可是世上最昂貴的一張畫作，眾所矚目，現在對外宣稱燒毀了，如果又流到市場上來，不啻自打嘴巴，自尋死路！」大衛把事給挑明了。

「你的意思是……」其實卡爾不點破，他只是要大衛親口說出他心裡的盤算。

「我的意思很簡單，那件《Number 5》從此消聲匿跡，不得再出現市場，但該給我的錢還是得先給我！」

「沒問題！但記住，我們可是捆綁在一塊的，要是我下去了，你也跟著我一起下去！我們之間沒有誰吃虧誰占便宜的問題，只有生死與共的問題！」卡爾吸了最後一口

雪茄，一直吸到肺裡，吸到心坎裡，再也沒見他從嘴裡吐出一絲白煙。

傑瑞緊跟著博物館的服務員往三樓的圖資檔案室走去，珍妮尾隨在後。在檔案室專員的協助下，他們先在微片機器裡尋找可能的地形圖；但微片是一種縮影膠片，很難跟彼得列印出的亮橘色圖稿作比對。

「倒不如我們也把亮橘色的圖稿縮得跟膠片的比例一樣？」珍妮提議。

「怎麼跟我想得一樣呢？就用影印機把這圖稿給縮成膠片的比例，就好比對了！那就麻煩妳跑一趟樓下吧！」傑瑞死要面子，還大言不慚。

「懂德文的是你，可不是我！」珍妮以其人之道反制其人之身。

傑瑞只好拿著圖稿，一溜煙到樓下去了。

珍妮漫不經心地看著微片機上的地形圖，地形圖是按國家和區域編排，有些標記了當年德軍的部署和作戰路線，但她沒受過軍事訓練，搞不清楚方位，更難辨識圖上的區域和國家。

傑瑞又匆忙地趕回座位上，順手攤開縮小的圖稿，就擺在微片機前，以便比對。他看了看這時期與德軍活動相關的膠片，竟有四千多張，他得想辦法縮小尋找的範圍，不然靠人工比對，曠日費時，成效太低。

「妳有藝術史的背景，幫我想想，二戰時納粹的掠奪都會是那些作品？」傑瑞試著

藉由珍妮的專業來縮小尋找範圍。

「當然是猶太人收藏的作品！像是夏卡爾、克林姆等人的作品。」珍妮脫口而出。

「除了在德國境內的猶太人大舉遭受納粹迫害外，還有哪個國家的猶太人也被大肆迫害？」傑瑞試著從不同角度切入問題。

「記得羅伯提過，二戰時，德國納粹從猶太人的手裡大肆掠奪了近六十五萬件藝術品，都藏在奧地利阿爾陶塞市（Altaussee）與德國梅爾克爾斯（Merkers）的地下鹽礦中，但這兩個鹽礦早已崩塌，且尋獲的藝術品大多數都已物歸原主，還有近二十萬件仍下落不明。」還是珍妮的記憶力好。

「珍妮，妳太棒了！妳一出口，節省了我耗掉半輩子的時間！我們先找出德國梅爾克爾斯和奧地利阿爾陶塞市的位置，以兩個城市為中心點，劃出方圓百哩內兩個圓，從兩圓的交集地開始比對起，因為要把幾十萬件的作品運出去又藏起來，運輸過程又不能明目張膽，範圍絕對不出這兩圓交會的地區。」傑瑞判斷完，馬上重新搜索膠片，符合範圍的只剩三十六張。

「耶！」傑瑞和珍妮擊掌歡呼了起來，引起管理員的注意，要他們注意音量。

他們倆四隻眼睛就一張一張比對，三十六張膠片整整耗了兩個多小時，還是沒結果。傑瑞思索著到底哪出了錯，珍妮更是氣餒地縮在椅子上。

「會不會是波洛克的作品排列出了錯？」珍妮先提出了質疑。

「我去跟管理員借把剪刀，把這圖稿剪開重組，再比對一遍！」傑瑞話還沒講完，人已經離開了座位。

他們把三十六張膠片也印了出來，縮成跟圖稿一樣大小，重新開始拼圖遊戲，時間一分一秒過去，離博物館關門時間剩不到一個小時，只見傑瑞和珍妮兩人聚精會神地緊盯著圖稿和一張張印出的膠片稿，珍妮覺得這種人工比對的方式根本就是事倍功半，建議把印出的膠片稿拿去掃描，再傳給彼得用電腦作不同組合的比對，就像比對指紋那樣，精確又節省時間。

他們離開博物館後，決定先找家旅館歇著，等彼得的消息，再進一步行動。

•

羅伯到香港時已是華燈初上，他被安排直接入住中環的酒店。卸下了簡單的行囊，他望著窗外，看著維多利亞港往返香港島和九龍的渡輪，還有眼前棟棟相連的大樓，由五顏六色的燈火所構成的天際線，這是他第一次到香港，但從機場到酒店的路上，他已深刻感受到，香港——這個不同於歐美城市所獨具的東方風情。

他在窗前駐足片刻，享受置身異國的寧靜，沒有思緒的紛擾、沒有觸景的感傷，也沒有人情的繫絆，直到房間的電話鈴聲響起，才把他又拉回現實。

「霍頓教授，我們在大廳等您，麻煩您了！」羅伯沒預期這麼快就得動身去海關，他衝進浴室，擦了把臉，拎了外套便匆忙出了門。

「約瑟夫呢？」羅伯一上車便問了身旁的壯碩的男子。

「他上機前，臨時被局裡留了下來！」男子語氣冰冷，不帶一絲感情。

「所以這次是聯調局安排的行動，不是保險公司的委派？」羅伯又好奇地問，只是想知道主導這盤棋的是誰。

男子完全忽略羅伯的問題，「待會看完畫，我們會送您回酒店，但請留在房間，明一早的飛機回紐約！」男子以近似機器的語調交代完畢，便靜默不語。

羅伯知道繼續追問也是白費力氣，就乾脆轉頭望向窗外。中環的夜晚，人車雜遝，狹窄擁擠的街道消失在高樓大廈的簇擁下，穿梭其間的人群，行色匆忙，但維持了一定的秩序；他坐在車裡，也能完全感受到一股壓迫感，抬頭往上望，天空似乎被周圍的大樓遮蔽，他開始坐立難安，呼吸急促，不自覺地閉上了眼睛，原來這樣的環境也能挑起他的焦慮和恐懼。突然，一陣刺耳的噹噹聲在耳邊響起，他倏地睜開了眼睛，車子就停在紅燈前，他才明白在這喧囂的都會裡，唯有放大所有的聲音，才能讓視障人士聽得見往往被正常人忽略的指示，而人和人的溝通，也只能扯開嗓門才能讓對方聽明白自己的意思。羅伯心想，在這種環境裡，一定能激發人類五官的潛能，時時要眼觀四方，耳聽八方。

不久，車子駛進了一處大樓的地下室，羅伯知道海關總局到了，至少他看得懂大樓外牆的英文字，這是香港有別於其他亞洲國家的優勢，當年大英帝國的殖民，確實造福了之後的使用者，至少便利了那些來訪的純英語系國家的訪客。

羅伯一下車，沒任何寒暄，直接被帶到了一個小房間，長桌上擺開了三件油畫，依序是畢卡索、克林姆和夏卡爾的作品。羅伯看得出神，他三張都先瀏覽了一遍，然後回到畢卡索畫作前面仔細端詳，「這應該是畢卡索在一九三九年的作品，約是二戰剛爆發後不久，畫的是他第二任情婦朵拉．瑪（Dora Maar）正在作畫，趴在桌上的這個是她的模特，也是畢卡索的第一任情婦——瑪莉．德瑞絲（Marie-Thérèse），在這之前，兩任情婦並不知彼此的存在，直到那年暑假，這兩個女人一起跟著畢卡索到法國西南部Royan的海邊度假，才彼此認識、交手，從忌妒到接受，這張畫就是個見證；在朵拉．馬的筆記裡，就曾記載這段故事，提到畢卡索在度假時幫她們兩人畫了五張畫，手法都是這時期慣用的變形和分割，但這五張畫只有兩張被編進了Zervos所編纂的圖錄裡，其他三張被疑為已毀於戰火或遺失，沒任何圖片存世。」

旁邊的一名女子忙著錄音和作筆記，但不參與意見，也沒和羅伯交談。

「而這張克林姆的作品，很明顯的就是《艾蒂兒．布洛赫—鮑爾肖像》，目前能確認的只有兩個版本，第一版完成於一九〇七年，第二版完成於一九一二年。畫中主角是維也納猶太富商布洛赫．鮑爾的妻子艾蒂兒，也是同一主角在克林姆筆下唯一超過

一張的肖像畫。第一版的肖像畫在一九四一年被納粹奪走，戰後，鮑爾的後人打了八年的官司，於二〇〇六年勝訴取回該作，同年，以一億三千五百萬美元售出該作，成了當時世上最貴的畫作；因為鮑爾先生是克林姆長期的贊助者和收藏家，克林姆無獨有偶在一九一二年又幫鮑爾夫人畫了第二張肖像畫，然命運多舛，跟第一張一樣落入納粹的手裡；戰後，此畫進了奧地利國家美術館，後人在二〇〇六的勝訴官司裡跟第一版一起取回，同年上了佳士得的拍賣，由美國著名電視主持人歐普拉（Opera Winfrey）以八千八百萬美元標下該作，之後出借給紐約現代美術館，但二〇一六年，歐普拉又以一億五千萬美元將此畫賣給匿名的中國買家。而眼前的這張作品，看似第一版和第二版的合體；第一版的背景是用金箔處理，將主角人物烘托得珠光寶氣，裝飾性極強；而第二版的背景被分成上、中、下三個區塊，很像壁紙，上頭充滿了東方的圖案，頗具異國情調；然而，眼前這張畫的背景，卻以金箔拼貼出東方的花卉圖案，輔以中國的線性紋飾作邊框，讓艾蒂兒顯得更平易近人，但平凡不失高貴。」

羅伯意猶未盡，移步到了夏卡爾畫作的前面，他上下左右端詳了許久，未發一語，讓隨伺在旁的女子頻頻抬頭看著他，但仍不敢出聲打斷。

「夏卡爾這張畫簡直就像卡爾家裡廊道上那張《白色釘刑》的翻版。就手法、構圖和設色，幾乎是同一時期的作品，大約是一九三八年左右，當時法西斯反猶太主義正興，他預言式地畫下猶太人受迫害的場景，畫面中間的耶穌身著猶太傳統的披巾，被釘

在十字架上，四周描繪了耶穌的預言：著火的猶太村莊、倉皇逃命的猶太人、驚慌失措的猶太天神，還有正大舉入侵的軍隊；我當時雖只驚鴻一瞥，但印象深刻，絕對瞞不過我的眼力，更別說挑戰我的記憶力！」羅伯愈說愈起勁，身旁的女子埋頭振筆疾書，無暇顧及羅伯的自吹自擂。

羅伯很快又回到了主題，「眼前這張什麼元素都不缺，卻多了一艘方舟和一座代表猶太人光明日的燭台……」羅伯突然頓住，轉頭看了身旁的女子一眼，「有螢光燈嗎？」

女子點點頭，跑了出去。

羅伯好奇用手指尖摳了摳燭台上的漆，突然溶了一小塊下來，他驚覺這可不像歷時七〇幾年的漆面結構，他小心翼翼但大膽地把燭台底座的漆面刮掉，竟露出另一層底漆。女子適時地遞上螢光燈，羅伯一聲吆喝：「把燈關掉！」在黑暗中，紫色的螢光燈揭露了欲蓋彌彰的手法，羅伯確認，有人在畫布上添加了燭台和方舟。

「我確定這就是掛在卡爾廊道上的那張！」羅伯說得斬釘截鐵。

他又把螢光燈移向另外兩張作品，同樣的，都有修補、添加的痕跡。「畢卡索和克林姆這兩張畫當時都不在卡爾的牆上，說不定就在燒毀的畫作名單上？」羅伯喃喃自語。

「需要把這三張作品送去做進一步的掃描和鑑定！」羅伯示意身旁的女子趕快進

行。

女子很快地從房間裡消失。羅伯知道，他在香港的工作已告一段落。

•

珍妮和傑瑞徹夜未眠，苦等著彼得的電話。說曹操，曹操到，珍妮手機鈴聲響起。

「彼得，有結果了嗎？」珍妮搶先一步開口。

「我讓電腦試了所有可能的組合，還是沒有吻合的！」珍妮聽完，像洩了氣的皮球，癱坐在房間的椅子上。

「好的，那我跟傑瑞再討論一下，謝啦！」便把電話掛了，再用旅館房間的電話撥給傑瑞。

「彼得打來了，還是沒結果！」珍妮氣餒地說著。

「也許我們沒找到對的地形圖，應該把範圍再擴大一點；或者亮橘色所構成的圖形，根本不是地形圖？」傑瑞思索著各種可能性。

「我到你房間去，我們再研究一次！」珍妮鍥而不捨。

「都三更半夜了，明天吧？」傑瑞從下機到現在都還沒闔上眼休息過，但他知道這女人決定了的事，誰都阻擋不了。

「別囉嗦！我馬上到！」果然不出傑瑞所料。

傑瑞才轉身收拾了一下房間，便聽到急促的敲門聲。

「這娘們真是個急驚風！」傑瑞嘴裡嘟噥著，一面走去開門。

傑瑞才轉了門把，門突然從外被撞了開來，他還來不及反應，兩個大漢便閃身衝了進來，傑瑞見狀，馬上俐落地退到床的另一邊，眼角瞄到前面男子的手裡握著槍，槍管上了消音器，知道來者不善，立意殺人滅口。他二話不說，訓練有素地低下身子，左腳一蹬，右腳朝持槍的男子掃出一記螳螂腿，男子重心不穩，應聲倒地，剛好把槍摔在傑瑞的腳邊，傑瑞身手矯健順勢拾起了槍，把槍口對著兩名男子。說時遲那時快，珍妮就在這節骨眼走了進來，靠門口的男子見狀，轉身從背後擄了珍妮，一面作勢要傑瑞把槍放下，一面示意另一名男子撤離，待兩名男子都移向門口時，擄人的那男子就架著珍妮當盾牌慢慢退出了房間，傑瑞跟了出去，雙方對峙了一陣，就在走廊盡頭，男子冷不防朝珍妮後頸出拳用力一剁，珍妮倒地不起，兩人趁機從逃生門衝了出去，傑瑞快步迎向珍妮，往逃生門的玻璃窗望去，已不見歹徒的蹤影。

「怎麼回事？那些人是誰？」珍妮醒來看著傑瑞手裡的槍，驚魂未定。

「不知道！妳看，這槍還上了消音器，擺明是來殺人滅口的！」傑瑞雖化險為夷，仍心有餘悸。

「我們應該被瘋眼的人盯上了！既然都追到了柏林，表示我們行蹤已暴露，看來我

們得加快腳步才行！」珍妮知道這兩個不速之客絕對不是卡爾或約瑟夫派來的。

「我們只有這些圖，如果不對，再怎麼研究也不會有結果啊！」傑瑞說著，把圖攤在珍妮的面前。

「彼得把那二十一張畫的高清掃描檔給傳來了，也許我們從頭開始，按圖索驥，不要落入地形圖的框架，想想還有沒有其他的可能？」珍妮說著，一面打開她的手提電腦。

「這二十一張畫作的圖檔我都能背了，還能搞出什麼新花樣？」傑瑞嘴裡嘟囔著，但還是聚精會神地重新看過每張畫作的圖檔。他愈看愈眼花，乾脆快速地跳著看，愈跳愈快，畫面竟然只剩下亮橘色，還有白色。珍妮本想開口要傑瑞認真點，但當她看到這種意想不到的結果時，驚訝地半張著嘴，一句話也說不出來。

傑瑞揉揉眼睛，「是我眼花嗎？」他不禁自問。

「你看到了嗎？那亮橘色和白色！」珍妮激動地要傑瑞再看一次。

「不可思議啊！沒想到這種土法煉鋼的方式，竟勝過光譜儀的科技！」傑瑞也瞠目結舌，不敢相信眼前所見。

「光譜儀沒問題，是我們之前預設了亮橘色才是關鍵，忽略了其他可能，所以彼得才把後加上去的亮橘色從其他色裡分了出來！色彩在快速地移動下，只有亮色系的顏料會產生視覺暫留的效果；當時加上亮橘色顏料的人應該熟知色相的運用，利用畫中原有

的白色，再搭配後加的亮橘色，形成後製的藏寶圖，不但可以混淆視聽，更不容易被發現，我得趕快告訴彼得這個新發現，好讓他把白色也加上來，看看會成什麼圖形？也許重新跟那些地形圖比對，會有意想不到的結果！」珍妮說完，馬上給彼得撥了電話。

約瑟夫收到香港傳來的訊息後，欣喜若狂，有了羅伯初步的確認，下一步就得要有科學證據的補強，就能把卡爾繩之以法！他回到聯調局紐約的辦事處，急於將羅伯的發現上報。

「你不是已經被調職了？就因為你搞砸了，害我從總部被調來這裡幫你擦屁股！原本順利的話，我升了局長，副局長鐵定是你！你就是改不了逞強、愛居功的個性，有本事就轉私企，留在保險公司幹執行長，薪水也比我們幹公務員的多！但看你也不是那塊料，現在把自己搞得灰頭土臉，還有臉來見我？」處長馬克一看到約瑟夫，先氣急敗壞把他給數落了一頓。

「馬克！你本來就是我的長官，我對你一向唯命是從，如今出了紕漏，你也顏面無光；當初這案子可是你批准的，我費盡苦心，撒了多少網，才快把那條魚給釣上，要不是栽在媒體的手裡，我現在可是跟你平起平坐！」約瑟夫雖英雄氣短，但只要一口氣在，硬撐也得撐到最後關頭，直到勝負分曉。

「小老弟！千金難買早知道！我懶得跟你廢話，你無事不登三寶殿，有什麼屁快

放！」馬克能爬到這個位子，也非省油的燈，跟約瑟夫比起來，只有一點勝出，那就是懂得掌握時機。

「找到卡爾詐保的證據了！」即使馬克不留情面，約瑟夫仍難掩內心的喜悅。

「你不是已經交出案子了嗎？怎麼還在這上頭打轉？」馬克其實深知約瑟夫的能力，但這次搞砸了，把他也拖下水，雖然怒氣難消，但也不是真想落井下石，是想藉此挫挫約瑟夫的銳氣。

「你到底想不想聽？」約瑟夫耐性漸失，但他已沒了籌碼，嘴巴雖硬，心裡可明白，這可是他最後的機會。

「你就說吧！」馬克也不想浪費時間，知道約瑟夫要不是有具體的掌握，不會特意來找罵挨。

「之前懷疑卡爾變造了燒毀的畫作，流到黑市找買家，其中有三張被中國人買走，送到了香港，我請羅伯．霍頓教授去香港看了那三張畫，確定其中一張夏卡爾的作品是卡爾家裡被燒掉的作品，只是畫面被多加了一些東西，另兩張畫作的主題，也與卡爾保單上的畫作相似，都需進一步鑑定！我想請局裡發函給國際刑警組織扣查那三件作品，等科學鑑識確認後，有了證據就可以控告卡爾詐保。那三件畫作還在香港海關，二十四小時內得放行！」約瑟夫希望馬克瞭解此事的急迫性。他之所以待在紐約，沒隨羅伯去香港，就是想向局裡爭取時間。

「既然發現證據，發函不是問題，問題是這些作品的所有權已歸買家所有，買家如實付了錢，是真是假的認定，非我方權責，加上三件作品也都依法報關，實在沒有扣查的理由！」經馬克這麼一分析，約瑟夫知道，此事難循正常管道進行，得另闢蹊徑。

「那就告訴那兩個中國買家，畫經過變造，是假的，要他們供出賣方，且配合調查！」約瑟夫很少這麼心急，急得亂了方寸。

「能砸大錢買這些作品的人，也非泛泛之輩，既然是檯面上的企業家，就先摸透他們的底細，總會抓到一些小辮子吧！」馬克說。

「好！就照你的方式，但你得罩著我，萬一失了先機，壞了事，升不了官的可是你！」約瑟夫不忘來記回馬槍。

柏林時間深夜三點多，珍妮仍焦急地等著彼得的回覆，冥冥中似乎有股未知的力量，牽引著她一步步解開陶比斯留下的謎底。她憑窗眺望哈弗爾河的夜景，不禁勾起布魯克林橋下最後一夜的離別，到現在她才明白，原來「老地方」不只是一種甜蜜的記

憶，也是一種無法負荷的生離死別。「消失的波洛克」隨著陶比斯的離去而留下，但線索在腦海裡盤繞著，在心裡糾結著，從紐約到蒙特婁，再到柏林，珍妮死命地追逐一個未知的步伐，最終飄向何方，她心裡也沒譜。總覺得柏林這個陌生的城市，有著太多來不及訴說的故事，也許那些躺在灰泥板下的猶太魂，跟自己上輩子有所牽連，要自己來到這裡，了結前世的糾葛。珍妮就這樣一直等著，等到天空微微露出魚肚白，她知道蒙特婁夜已深，也許彼得早已入睡，自己也才甘願地倒頭睡去。

傑瑞一早醒來，因時差影響，沒胃口用餐，梳洗完後，索性自己玩起拼貼的遊戲，把珍妮昨晚留下的資料重新排列；他強迫自己把那些地形圖給背起來，但三十六張也不是個小數目，還好他受過野戰訓練，自有一套靈活記誦的方式；他每背一張圖，就閉上眼睛，把腦子當成掃描機，絲毫不差地掃進記憶中樞裡，雖說靠著多年橋牌的訓練，他勉強算是個圖像記憶高手，也整整花了一個多小時，才把那三十六張地形圖給背了起來。他打鐵趁熱開了珍妮留下的手提電腦，端詳著那二十一張波洛克畫作的高畫質圖，試著把亮橘色和白色用肉眼給挑出來，但才到第三張，他已經眼花撩亂，不得不佩服這位抽象表現主義大師所獨創的行動繪畫，讓他畫中的線條在觀者的眼裡動了起來，不停地穿梭，擾亂了視網膜的反射，也破壞了大腦記憶的順序。正想放棄時，他突發奇想，把房間抽屜裡的信紙都給掏了出來，數一數才五張，他趕忙打電話給櫃檯，要他們再送上十七張信紙。拿到信紙後，他用肉眼對著電腦，把亮橘色和白色用鉛筆勾描在每

張信紙上，就這樣一張接著一張，他把二十一張畫的亮橘色和白色都給描了出來；接著就是最強大腦測驗，他盯著每張信紙，和腦海裡的三十六張地形圖開始一一比對，一面比對，他一面重新排列那二十一張信紙的順序，就這樣，一左一右，一右一左，待他排定所有二十一張信紙後，他把腦海裡相對應的的地形圖，從昨天列印出的掃描檔裡找了出來，照著二十一張信紙上的鉛筆圖案排開，他不敢相信眼前所見，更不得不佩服自己的意志力和腦力，「賓果！」他興奮地叫了出聲，但唯一的缺憾就是還沒找到的最後那張，就如同之前的推測，最後一張應該就是第十一張；他找出畫廊提供的照片，但實在模糊到無法辨識亮橘色和白色顏料的走向；他姑且研究著已經找出的地形圖，照著上面的座標，上網尋找確切的地理位置，果不其然，就是珍妮所說納粹當年存放掠奪品的奧地利阿爾陶塞市與德國梅爾克爾斯的附近郊區，幾十萬件藝術品不易搬遷，仍存放在附近的推論。他高興地拿起電話，馬上撥給珍妮，但久未接聽，正疑惑著，房門便響起陣陣的敲門聲。

傑瑞這次可小心翼翼，他先從門孔往外眺，才開門讓珍妮進來。珍妮一進門，心花怒放，手裡握著一疊紙。

「我拿到了！我拿到了！」珍妮嘴裡一直重複著這句話，傑瑞看在眼裡，故意悶不吭聲。珍妮眼尖，馬上看到地上的信紙和地形圖，她湊近端詳了一會，說不出話來。

「你怎麼弄出來的？」珍妮一副不可置信。

傑瑞用手指比比自己的腦袋瓜，「這說明人腦不一定比電腦笨！」笑得合不攏嘴。

傑瑞指著自己的發現，「現在就缺少最後一張畫，也許謎底就能解開！妳看，缺的這第七張，應該會標註那批掠奪品確切的位置，因為在其他這幾張裡，就只有地形和走勢，到第六張的尾端才開始出現密集的渦紋，渦紋的密集度代表著山的高低，我剛剛上網用座標比對，確認了在地圖上的位置，第七張圖剛好涵蓋了兩大城市——紐倫堡和慕尼黑，有山、有湖，正好夾在奧地利阿爾陶塞市與德國梅爾克爾斯中間，那些掠奪品被移開後，不可能放在山洞裡或湖邊，因為過於潮濕，選擇分散在兩個城市的機率最大，但還是要找到最後那張畫，才能解開謎底。」

「最後一張畫的買家是大衛，要找到他不難，但要如何找到那張畫，且不打草驚蛇，那就要動點腦子了！你腦子不是挺靈光的嗎？」珍妮不忘揶揄一下傑瑞。

•

大衛在電話上，臉上沒太多表情，但黝黑的皮膚下，透著油光。

「那三張畫順利嗎？」大衛話含在嘴裡，模糊不清。

「你是說中國佬買的那三張畫嗎？」卡爾大概猜出大衛所指的事。

「嗯！」大衛又是一句低沉的喉音。

「不是早已順利成交，你的份也入了你帳戶，不是嗎？」卡爾沒摸透大衛問題的關鍵。

「我是說對方收到畫了沒？」大衛怒火中燒，終於張開嘴講話了。

「錢都收到了，畫有沒有收到，關我什麼事？」雖說卡爾是個生意人，但是個不會做售後服務的生意人。

「還說你辦事，我放心！如果買家到現在還沒收到畫作，表示這中間一定出了問題！」比起卡爾，大衛老謀深算、沉得住氣，做事也謹慎多了。

「會有什麼問題？頂多被海關扣查補稅！」卡爾打從心底就覺得這樁買賣天衣無縫，不可能有任何環節出差錯。

「藝術品進出香港是免稅，如果東西被扣，一定是出了問題！」大衛從一開始就不贊成冒這個險，所以總覺得哪裡不踏實。

「你會不會顧慮太多了？要是買家沒收到貨，早就通知我的人啦！」卡爾覺得大衛過於大驚小怪。

「這麼大筆的國際交易，很難不引起關注，現在錢進歐盟或美國，逃不掉國際洗錢組織的調查，資金來源與匯款人背景、收款人銀行的戶頭動態和金流都得清清楚楚，一旦清楚了，什麼都攤在陽光下，見光死，你我都得死！」大衛天蠍座的個性，凡事小心求是，每個細節馬虎不得。

「別忘了！我是搞銀行的，這點事要是連我都搞不定，我早就坐不穩這位子了！甭說幫咱們爺倆賺錢了！」卡爾這信心可不是光說不練，多年來的實踐，各種過錢的方法可說是信手撚來。

「一切小心為是！」大衛仍不忘叮嚀。

「我想過一陣子，再丟出個幾張試試！」卡爾故意試探大衛的反應。

「欲速則不達啊！保險公司都還在調查階段，還是先保守點吧！」大衛就是不放心，尤其卡爾的魯莽，難保不出事。

「要在畫上動些手腳，可是門大學問啊！尤其要在一張真畫上動手腳，比作偽還難！作偽是假的要作得逼真，即使幾可亂真，還是假；而要在真上作出另一種真，可要厚底子，甚至比原藝術家還厚，才能幹得出來啊！不但要有藝術史的背景，對藝術家每個風格期的筆法要瞭若指掌，更要能揣摩藝術家作畫當下的心思，這樣加一點減一點，才可恰到好處，這可是再創作、再重寫藝術史啊！這些人還得要有修畫、補畫的功夫，要能求新，也要能作舊，甚至還得說出一套符合邏輯、可被追溯的收藏歷史，才能掩人耳目，取信於人！有些人就是吃這行飯的，我沒這才幹，我就靠這些人幫我掙飯吃！」卡爾雖談不上是藝術專家，但在這裡面打滾久了，出口倒也成章了。

「我是個收藏家，也是個企業家，跟你的出身截然不同；要不是當年被抽了銀根，也不會落得如此窘迫，還得跟你這跳梁小丑一起起舞！」大衛心裡的不屑，再也憋不住

了。

「哈哈哈！你高尚，我卑賤，但你這條命可是我救的！」卡爾什麼人沒見過，什麼場面沒遇過，最痛恨這種過河拆橋的偽君子，要不是衝著大衛在藝術收藏上的光環，還能利用一下他的剩餘價值，早就把他給做了，就像做掉菲利浦那樣，神不知鬼不覺！至少有了大衛的加持，把一些變造的畫說成是大衛的舊藏，不但能提高身價，更不會啟人疑竇。

「小心夜路走多了會遇到鬼！」大衛點到為止，把電話給掛了。

卡爾心想，留著大衛是步險棋，遲早吃裡扒外，壞了大事，他心裡已有了想法，剩下的只是時機的問題。

•

羅伯回到紐約，收到了傑瑞和珍妮最新的發現，思考著如何找到大衛的那張波洛克，又不能打草驚蛇；他一直想不通，大衛為何能未卜先知提早下手買了那張波洛克，而且還是最關鍵的一張？如果他早知道這批具爭議的波洛克隱藏了巨額寶藏的線索，他大可一口氣買下全部作品，為什麼當時只單挑一張？而菲利浦最早提到卡爾的那六張波洛克，也沒提及大衛手裡也有一張；大衛那張是跟蘭朵畫廊買的，同時，瘋眼也透過陶

比斯買了六張，瘋眼和大衛應該都不知那些畫隱藏了線索，直到亞歷克斯在臨死前把納粹掠奪品的祕密告訴了陶比斯，這個可憐的陶比斯就成了眾矢之的，只能無奈配合卡爾的詭計，一方面又為了保護珍妮，才挺而走險！

最初，菲利浦找他去卡爾家看那六張波洛克，說是要運作進館藏，既然那六張作品早已鬧得沸沸揚揚，為何這些人還信誓旦旦，認為能瞞天過海透過上拍，以大通作掩護，然後捐給美術館？一旦上拍，沒翻案前，明眼人鐵定知道是那批有爭議的作品，即使當時我真被洗腦，也不至於會笨到幫這批畫背書！難道陶比斯早就知道這批畫沒問題，只是亞歷克斯的父親赫伯特在畫上動了手腳，加上了亮橘色的線索，因這亮橘色，這些畫被視為偽作，打入了冷宮，恰巧可以保護這些線索；本以為陶比斯會因為哈佛退學的事而懷恨在心，其實把我扯進來，是要借重我的專業，抽絲剝繭，幫忙把那批納粹的掠奪品找出來，讓這批人類的文化寶藏能重見天日，才不會落入卡爾等人之手。所以，把那六張波洛克送進美術館，只是個引子，那要引出什麼呢？

羅伯突然有個想法，他從不知道館裡到底藏有多少波洛克的作品？他上了館裡的電腦系統，以他的權限，應該連永久館藏的作品都能看到，一般館內的策展人或研究員是沒有權限看到那些特別標記的永久館藏作品，既然不出借，乾脆就阻斷了以學術研究、借展等各種名義前來攪和的人或機構。

羅伯搜到了七十三件波洛克的館藏，他點開每一個分類檔案，一一檢視每張作品，

明白現代美術館在波洛克作品的收藏上，遠遠不及威尼斯的佩姬．古根漢美術館。佩姬可是第一個發掘波洛克的人，無疑是波洛克的伯樂，在一九四三－一九四七與波洛克合作的這幾年間，佩姬為波洛克在她位於曼哈頓西五十七街的畫廊「本世紀畫廊」（The Art of This Century Gallery）舉辦了多場展覽，奠定了波洛克的藝術聲望，連波洛克夫婦在東漢普敦購買房子的錢，也是佩姬代墊的，她手上當然握有波洛克最經典的作品。

羅伯的滑鼠突然停在一個標記紅點的檔案上，他點了開來，竟跳出需要館長權限才能打開，「我現在不就是代理館長嗎？」他心裡納悶，問了助理，也不知所以然，問了館裡負責電腦技術的人員，也是束手無策。羅伯看了一眼檔案編號，「MT0131.0113-MT0142.0124」，他明白MT是代表董事捐贈，後面的數字代表庫存編號和位置；如果是董事捐贈，進到館藏不一定都得經過典藏委員會的同意，有時館長點頭就行，可以用約定捐贈（promised gift）或借展（loan exhibition）的方式入館，約定捐贈指的是捐贈者死後作品才正式捐給美術館，在這之前，作品的擁有權仍歸捐贈者所有，但能先享有減稅的優惠，不只讓作品有個安身處，又能與大眾分享，更能增加作品的身價；而借展，就是純粹借給美術館作展覽，增加曝光度、拉抬身價。羅伯心想，既然開不了檔案，就直接到庫存看個明白；他馬上交代助理，要庫存部的人員把那幾張編號的作品做出庫準備。

十一件波洛克的作品準備好後，羅伯一件件從架上抽出作品，到第六件時，他看得

目瞪口呆，接著會心一笑，他轉頭交代身旁的工作人員，「把這張送去做高畫質掃描，再把掃描檔傳過來！」剩下的幾張，他就草草看過。回到辦公室後，他先給珍妮發了短信，「最後一張波洛克找到了！」雖然他還是百思不解大衛當時買下此畫的動機，但他終於明白卡爾的布局了。菲利浦自己作主，在亞歷克斯的偽作事件爆發之前，就已經把大衛這張波洛克納進了館藏，應該是循大通買下捐贈的模式處裡，哪知後來這批作品爆發了偽作的爭議，所以在庫存檔案上就被鎖了起來，檔案上看不到，就不會有人去調閱這件作品，菲利浦也就不會被追究責任，想必這件作品的捐贈，卡爾、大衛、菲利浦都吃了甜頭，而大衛和卡爾也利用這件小作品試試菲利浦的能耐，如合作成功，便可如法炮製，他們應該從來沒想過，這件作品隱藏了那批納粹掠奪品的關鍵線索。

夜幕低垂，香港律政司的檢察官帶著搜索票來到太平山的一處豪宅，門前警衛森嚴，檢察官告知來意後，請警衛聯繫了屋主，在社區管理員的帶領下，一群人浩浩蕩蕩上了大樓的頂層，而約瑟夫就在這群人之間。

香港的富豪、明星都喜歡住在太平山的半山腰，依山傍海，是風水絕佳的寶地；社區重整體包裝，設計精緻、用料高檔，會所齊全，甚至提供私人管家和包機服務。一行人來到了頂層，一層一戶，屋主已等在門口，聽完檢察官的陳述，收了搜索票後，便帶領一行人往屋內走去；眺望維多利亞港的落地窗，夜晚的美景盡收眼底，不少人頻頻回頭，還有的駐足了幾秒，心想這輩子也就這機會看到這絕色美景了！約瑟夫倒無心欣賞美景，兩眼四處搜尋他的目標物，待屋主停在畢卡索的畫前時，他拿出了一張照片遞給了帶隊的檢察官，檢察官轉頭低聲問，「是同一件作品嗎？」

「同一件，但經過變造了！」約瑟夫特別強調。

檢察官沒下結論，要屋主繼續前往下一張作品。

「這張就是夏卡爾嗎？」檢察官確認，屋主點頭回應。

約瑟夫又遞上了另一張照片，檢察官也沒多作發言，直接告知屋主：「我們要扣查你這兩張作品，作為海外洗錢的調查！」

「我需要聯繫我的律師嗎？」屋主極其鎮定，處事從容不迫，畢竟是見過大風大浪之人。

「你當然有權找律師！這是扣查令，你在這裡簽個名，我們會先拍照，再把這兩張畫帶走！」檢察官語帶命令。

「在我的律師沒來之前，我不會簽任何文件！」屋主不屈不撓，堅決法律的事應由

律師出面。

就在僵持的當下，約瑟夫向檢察官示意後，悄悄地遞了一份文件給屋主，屋主仔細地翻了又翻，剛才的意氣風發馬上轉為喪家之姿，默不吭聲地，拿起筆把扣查令給簽了。

同一個社區，不同大樓的頂層，檢察官如法炮製，又查扣了另一張克林姆的作品。約瑟夫眼見大功告成，心裡不禁竊笑，接下來就等科學鑑定的報告出來，就能把卡爾這老賊給繩之以法。

•

羅伯取得最後一張波洛克的高畫質掃描後，立即傳給了珍妮和傑瑞。有了這第七張原圖的高畫質掃描，傑瑞很快地把亮橘色和白色給挑了出來，完整地拼湊出一張地形圖，他發現唯有在第七張裡，亮橘色和白色的線條有個明顯的交會處，他拿出現在的地圖一比對，交會點竟落在德國的紐倫堡市。

紐倫堡是德國巴伐利亞州的第二大城，僅次於首府慕尼黑，人口有五十萬人；二戰時，紐倫堡曾經是納粹黨代會的會址，是希特勒統治年代的重鎮，曾於此通過紐倫堡法案，作為大肆屠殺猶太人的依據；戰後，也在此舉行了審判德國納粹戰犯的紐倫堡大

審，從一九四五年十月二十日起，耗費了二百一十六天，主要審判納粹第三帝國中最重要的二十四名政治和軍事領導人；此次審判中，罪行的典型性和法庭的構成都代表著法律上的一種進步，聯合國隨後將其運用於發展有關戰爭罪、危害人類罪和侵略戰爭問題的具體國際法和推動國際刑事法院的設立。

但傑瑞百思不得其解，「二戰後期，紐倫堡作為德軍的軍事指揮中心，遭到聯軍的猛烈轟炸，幾乎夷為平地，如果那數十萬件藝術品在轟炸前都移到了紐倫堡，恐凶多吉少，應該早已在戰火中付之一炬，除非那批作品被藏在地下的碉堡裡！」

「戰後，不是緊接著紐倫堡大審嗎？」珍妮發問，傑瑞點點頭。

「大審舉行的地點不就在碩果僅存的納粹黨部舊址，緊鄰著齊柏林操場，操場以前作為德軍操練的場地，轟炸後，只有黨部和操場沒被摧毀，可見這兩處在戰時都有加強工事，如真要藏那批寶藏，當然就得存放在那裡，又可就近看管！」珍妮分析得頭頭是道。

「從戰後到現在，為什麼一大批藝術品都沒被發現？」傑瑞認為不合邏輯。

「既然是寶藏，德軍知道大勢已去，臨戰敗前，一定有人把那批寶藏的藏身地點給封了。別忘了，德國戰後的重建，都盡量在原址上重建，保留戰時的樣貌，柏林的歷史博物館不就是個例子，而紐倫堡的納粹黨部和齊柏林操場，在戰火中仍屹立不搖，更沒有大肆重建的必要，所以戰爭一結束，便在黨部原址召開大審；所以，我認為這個地方

最有可能是掠奪品的藏身地！」珍妮的分析確實有理，但有個難題。

「如果真藏在這裡，怎麼說服德國政府去挖掘啊？就憑著我們手裡這張藏寶圖？」傑瑞感到困惑。

「這個時候當然得由羅伯代表的現代美術館出馬囉！」珍妮看著傑瑞，露出會心的微笑。

大衛氣極敗壞地走進卡爾在大通的辦公室，見了卡爾劈頭就問：「知道出事了嗎？」

「那不叫出事！是那傢伙的買畫錢有問題，跟畫無關！」卡爾一向不見棺材不掉淚，每遇困境，見招拆招，總能峰迴路轉，這也是他能一路撐到現在的原因。

「畫都被扣了，還說跟畫無關？」

「用有問題的錢買了畫，畫成了洗錢的工具，當然得被扣！」卡爾說得倒輕鬆。

「你辦事，我確實不放心！都到這節骨眼了，你還嘴硬！你最好小心點，被纏上了，別把我給拖下水，不然我讓你下半輩子都待在牢裡，我可先把醜話給講在前頭了！」大衛這次可是吃了熊心豹子膽，撂了狠話，就怕卡爾無動於衷。

「你今天是來威脅我的？還是來拿我尋開心？」卡爾最恨人家威脅他，當時要不是菲利浦不長眼，說了句：「有好處，別忘了我；但要賭上命，千萬別找我！」結果把

自己的命給先賭上了。眼前這個老賊，貪生怕死，要名、要利，就是不願蹚渾水，還敢大剌剌地跑來這裡撒野！敢情是來找死的？卡爾收斂了心中的怒氣，和顏悅色地看著大衛，「兄弟！我們認識可不是一、兩年，這種交情，不說生死與共，也算是患難兄弟！現在才出了點小事，你就急於撇清關係，以後如何共患難，長相廝守啊！」

「我是就事論事！就是因為兄弟一場，我才把醜話講在前頭，不怕你生氣，就怕你不明白我的意思！」大衛講完，準備掉頭就走，被卡爾給叫住。

「兄弟，且慢！這裡說話不方便，要不明晚俱樂部再續，我有其他要事商談。」卡爾心裡想得壞，但大衛也知防人之心不可無，看來兄弟反目成仇是遲早的事。

「那明晚七點包廂見！」大衛丟下話，轉頭就走。

卡爾端詳著大衛離去的背影，心裡冒出個念頭，「下次就看不到你這背影了！」

•

羅伯發了信給德國文化部，迂迴點出他們的發現，用了他的專業、頭銜和在業界的信譽作擔保，免得德國政府把羅伯的提案當作笑話；沒多久，德國文化部發出邀請函，希望羅伯親自飛一趟紐倫堡，一起探究此事。羅伯約了珍妮和傑瑞一同前往，接待他們的是當地的文化官員，規格之低，讓羅伯一行人體會到此事根本不受德國政府的重視。

他們雖被安排參觀了當時的納粹黨部，也在齊柏林操場走了一圈，但毫無所獲，要求參觀黨部的地下室，還得等上頭的審批。

當晚，他們回到下榻的旅館，羅伯心想這得有勞美國國務院的幫忙，才能以對等的方式來推進此事，但萬一他們的判斷失誤，美國可會丟盡了面子，成為國際笑柄，但如今箭在弦上，不放手一搏都不行了。他當晚給在國院任機要祕書的學生打了電話，學生也不好笑話，知道老師做事一定有他的理由，承諾會鼎力協助。

隔天一覺醒來，旅館大廳來了美國駐柏林辦事處的官員，座車還插上了美國國旗，由德國柏林和紐倫堡文化事務官員陪著羅伯一行人又回到納粹黨部的原址，且順利進入地下室。

「這地下室在戰後有改建過嗎？」傑瑞首先發問。

「你看這頂梁的柱子都沒動過，鐵定沒改建過！」一名隨行的德國官員回答。

「戰時遭受那麼猛烈的轟炸，這建築的主結構還能毫髮無傷，簡直是奇蹟啊！」珍妮一旁讚嘆著。

「這是第三帝國的黨部原址，戰時是指揮中心，建築工事一定經過強化。空襲時，地下室就是防空洞，你看，這牆壁都是整塊花崗岩鑿出來的，頂梁也是，如果用的是現在的鋼筋水泥，可能早塌了！」德國官員解釋著。

「可知這地下室有密道嗎？作為指揮總部，這麼多高階將領在這棟樓裡工作，按理

說，應該會有聯外的密道？」羅伯這麼一問，隨行的德國官員個個面面相覷，不知如何作答。

「這棟大樓旁邊緊鄰著齊柏林操場，聯軍轟炸時，操場沒被炸到？」珍妮記得昨天繞著操場走時，沒印象看到轟炸過的痕跡。

「這麼大的操場，目標明顯，肯定是會被炸的！但戰時為了充當飛機跑道，整塊樓板是用花崗岩鋪成的，即使被炸，受損並不嚴重，戰後就以花崗岩粉填補修護，上面再鋪上水泥。」官員旁的一名男子解釋著。

「你是工程師？」傑瑞突然用德語問了男子。

「不是，我是負責古蹟保存的。」男子也用德語回答。

「能找到戰時德軍的施工圖嗎？」傑瑞又問。

「你是說這黨部的施工圖？」男子再次確認傑瑞的問題。

「是的。既然是德軍戰時的指揮部，加強了工事，一定會有施工圖！」傑瑞不知哪來的專業，講得如此肯定。

「這得回去查查！如果沒毀於戰火，應該都會保存下來。」男子解釋著。

「一定有！建築物沒垮，裡面的東西應該都在！戰後又作為紐倫堡大審的地點，是具歷史意義的建築，裡面留下的東西，也都是歷史的見證，之後應該都歸到市裡的地政檔案中了！」傑瑞言之鑿鑿，似乎比這裡的官員都還熟悉市政流程，不禁讓隨行的文化

官員表情尷尬。

傑瑞見狀，急忙解釋：「我母親是德國人，戰時就住在緊鄰的菲爾特市，曾經是市裡的地政人員，聽她講過戰時的事情，再根據剛剛這位先生的陳述，我才推論當時的施工圖應該還在！」傑瑞講完，那群德國人就交頭接耳地議論了起來，最後由帶隊的官員提了意見。

「我們馬上派人回市政廳找找，就在隔壁！」德國人的效率確實不一樣。

一來一往討論的同時，羅伯自己倒逛了起來，他走到一個半身雕像前，一眼就辨識出是羅馬皇帝奧古斯都，在這裡看到這樣的雕像，其實不足為奇，因為歷史上，紐倫堡是「德意志民族神聖羅馬帝國」皇帝所直接統治的中心城市之一，納粹就借助這一歷史傳統幫自己穿金戴銀，搞民族優越，屠殺猶太人，所以奧古斯都就成了納粹的精神魁儡。羅伯東瞧西看，注意到了雕像後方神龕式的凹槽，竟是灰泥模子做成的，一般都是與雕像一體成形，用同塊大理石打造而成，少見後加上去的灰泥背板；他忍不住伸手摳了摳灰泥，竟掉下了幾片碎屑，好奇心驅使，他使點力又往下摳了摳，突然整片背板如風化般碎了開來，他慣性地往後退了一步，因為動作過大，引起了旁人的注意，所有人都圍了過來，德國人又開始議論紛紛。

傑瑞打開了手機上的手電筒，照著剝落的地方，他覺得灰泥背板的後面是中空的，他用手指輕輕敲了敲，又掉了幾片下來，德國人議論的聲音更大了，臉上露出不悅的表

情。

此時，一名工作人員從樓上走了下來，手上抱著幾卷圖紙，傑瑞一看，便知道是建築藍圖，他迎了上去，接過了工作人員手裡的藍圖，把他們全攤在地上，就一張張翻了起來，他似乎聽到有人用德語說著：「這些圖也是歷史文獻，怎麼可以丟在地上！」他故意充耳不聞，繼續翻著，最後停在標註地下室的藍圖上，他把圖給抽了出來，拿在手上，辨識著方位，突然指著灰泥剝落處大聲說：「這背後緊連著操場的下方，上方用花崗岩當頂，底下全挖空，花崗岩的硬度恰可抵擋十二噸以下的炸藥，當時轟炸機吊掛的炸彈頂多三噸，地下如藏了東西，再猛烈的轟炸，應該都能倖免於難！再且，光上面的操場一圈就有一千二百公尺，底下如深挖，面積應該比上面大上幾倍，足以放下幾十萬件作品！」傑瑞露出勝利的表情，珍妮主動上前與他擊掌，響亮的掌聲，在密閉的地下室傳了開來，一下子蓋過了德國人的竊竊私語。

此時，德國文化部的一名官員操著德語突然粗聲戾氣地對著那名翻譯喝斥了起來，「我們絕對不能容許這些美國人在我們的國家放肆，他們根本不尊重我們的歷史，我們現在可不是戰敗國，怎能讓他們在這裡撒野！去把他們駐柏林領事館的官員請下來，我要表達立場，嚴重抗議他們不當的行為！」只見那名翻譯銜命急著上樓，臨走前，還向傑瑞使了個眼色。傑瑞聽在耳裡，知道大事不妙，趕緊把狀況告訴羅伯。

「你先跟這位官員解釋一下，我們並非故意要破壞他們的歷史古蹟，也許這些人並

不明白我們的來意，所以對我們行為感到不解與憤怒！你直接跟他說，我們懷疑這雕像背後的空間藏著二戰時納粹所掠奪的十幾萬件藝術品！」羅伯一說完，傑瑞馬上用德語與那名怒氣未消的官員解釋了起來，就在此時，兩名美國官員尾隨著那名翻譯來到地下室。

「教授！我們必須得請您暫停參訪行程，德國人抗議您蓄意破壞古蹟，在德國，這可是重罪！」美國官員客氣但嚴肅地解釋著。

「我們此行的目的不外是尋找那批二戰被納粹掠奪的藝術品，再且，我們有八、九成的把握，那批東西應該就藏在這雕像背後的空間裡！」羅伯知道這八、九成的把握確實是一大賭注，要是賭輸了，美國鐵定淪為國際笑柄。

「美國政府無法幫您這八、九成背書啊！即使百分之百肯定，也事涉國家主權和作品所有權的問題，我們不能讓您冒這個險！再說……」話沒講完，突然接著兩聲轟然巨響，隨之一陣塵土飛揚，就見珍妮跌坐在地上，手裡還抱著奧古斯都那半身雕像。一時，所有人都看傻了眼，雕像背後那面牆全垮了下來。珍妮從塵土中站了起來，整個人灰頭土臉；官員們紛紛退到了樓梯邊，有的捏住口鼻，有的被灰塵嗆得猛咳，咳嗽聲在地室裡被共鳴放大，偶爾還夾雜著石塊滾落的聲音，頗有轟炸過後，浩劫餘生的情景。待塵埃落定，傑瑞一個縱步越過了斷垣殘壁，開了手機上的手電筒，映入眼簾的是好幾十條軌道，軌道上停著台車，台車上架滿了貨櫃，深不可見底！所有人慢慢靠了過來，

被眼前的景象嚇得目瞪口呆！

•

七點未到，卡爾已坐在包廂裡等著大衛。他知道，今晚該是向大衛告別的時候了！他與大衛相識也有十幾年之久，兩個人都是銀行家，大衛是名處理公司債與主權債務的高手，曾主導阿根廷國債的重整，後來成了阿根廷國家資產最大的股東，一度被《華爾街日報》譽為「最有影響力的墨西哥人」。

一開始，卡爾對大衛佩服地五體投地，畢竟大通跟大衛當時的公司資產規模相較，簡直是小巫見大巫；直到二〇〇八年的金融海嘯，因為大衛的投資槓杆過大，處處被作空，現金被套牢，周轉不良之下，開始變賣他的收藏；兩人當時都身兼紐約現代美術館的董事，在卡爾的安排下，由大通放款作抵押融資，才暫時解決了大衛的財務危機。從此，大衛和卡爾成了莫逆之交，或說得直白些，成了利益捆綁的共犯；大衛靠卡爾穩住了他每況愈下的財務狀況，卡爾利用大衛在金融和藝術收藏上的人脈和高知名度，開展了藝術品融資貸款和捐贈的大業，專門服務那些高資產客戶，逢低買入，作高價格後再捐贈減稅，但他不認為這是趁人之危，倒自豪給了那些急需變現的人最後一條生路！

一路走來，兩人一搭一唱，很少有過紛爭，直到那六張波洛克畫作的出現，加上亞

歷克斯死前出售的那批納粹掠奪品，才讓這兩人的野心愈來愈大，大到想入手主導紐約現代美術館的館藏。

在商場上，大都因利益而結合，但往往也是因利益分配不臧而撕破臉。大衛並不靠藝術品賺錢，但他深知藝術品是他的救命丹，當自己的股票跌到變廢紙時，所收藏的藝術品還在增值；他認為對的藝術品絕對可以抗跌，尤其金融海嘯之際，當所有金融商品、股票、房地產跌到一塌糊塗時，藝術市場竟然八、九個月後才受到波及，但當景氣復甦時，藝術市場竟帶頭回穩。當藝術品因稀缺、獨特、有代表性而高到一個不可判定的價值時，只要有人願意接手，一個願打一個願挨，天價之外再造新天價，都是常有的事。就因為熟知這點特性，自己也算是個過來人，大衛對藝術品的依賴便愈陷愈深，加上卡爾的操盤，兩人配合得天衣無縫。穩操勝券！但當那六張波洛克的作品一出現，已擁有世上最貴波洛克作品的大衛，當然索然無味，他看上的卻是那批納粹的掠奪品，逐漸無法苟同卡爾小眉小眼的操作。當他發覺卡爾把心思都放在三十億的保險理賠上，又要鋌而走險變造燒毀的藝術品詐保，兩人的目標不同，心思也漸行漸遠，直到大衛覺得卡爾是個不可控的風險，大衛得想辦法自保，卡爾也不想大衛在最後關頭壞了他的好事，兩人各有盤算，不比功力、不比高下，就看誰出手快、狠、准，誰就勝出！

卡爾自顧自抽著雪茄，就等著一切手到擒來，他又忙著點燃另一支雪茄，猛抽兩

口後，就擺在煙灰缸旁，「別說我無情無義，這支就算是我最後的心意，希望你一路好走，兄弟！」卡爾心裡遙祭著即將寫下人生最後一頁的大衛，在雲霧嬝繞中輕頌著他最後的祝禱。就在他吐出最後一口煙時，聽到門外一陣急促的腳步聲迅速接近，他心想，死神的腳步竟是如此地愉悅、輕快，這麼快，就有人趕著來報喜訊了！

房門被重重地推了開來，閃進了五、六個身穿FBI制服、荷槍實彈的探員，卡爾緩緩起身站了起來，雖不知所措，倒還鎮定，一見到約瑟夫走了進來，忍不住大笑了三聲，「搞這麼大陣仗，原來是自己人！」

「卡爾！想不到再見面時是這種場合！你也沒想過會有這麼一天吧？」約瑟夫語帶揶揄。

「你有話直說，我待會還有正事要幹！」卡爾一向就不愛跟人囉嗦，尤其是約瑟夫。

約瑟夫也懶得答腔，把手上的一疊資料丟到卡爾面前，卡爾隨意翻了翻，又是三聲乾笑，「你憑這個就想抓我？怎麼證明是我的東西？」

約瑟夫又丟了另一疊資料給卡爾，卡爾看過後，沒再吭聲。

「如果擔心我陷害你，我還有這個！」約瑟夫說完，把一個迷你答錄機擺在桌上，按了撥放鍵：

「你不要老自以為是！太過自負可容易因小失大！我輸得起錢，卻輸不起我的聲譽啊！我看你還是別毛躁，先按兵不動，等風聲過了，那批下落不明的貨也找到了，你再出手也不遲！」

「我先試試那三張，如果沒被拆穿，表示合作的人靠譜；如果被拆穿，我自有一套因應措施，難道你看不出來為什麼我找的都是中國買家？」

「我借丹尼爾之手除掉了菲利浦，現在丹尼爾車禍走了，剛好死無對證，這事也就石沉大海了！」

「順你者昌，逆你者亡！哪天你會不會也這樣對我啊？」

「哈哈哈！我們可是生死與共的患難兄弟啊！」

這錄音，此刻聽來格外諷刺。約瑟夫按下了停止鍵，喀嚓一聲，把卡爾給拉回了神，就看卡爾板著臉，面色鐵青。

「我代表美國司法部，現在正式控告你詐欺、洗錢和謀殺，你有權保持緘默……」

在約瑟夫宣讀卡爾的權利中，卡爾被上了手銬，在賓大校友眾目睽睽下，這個曾經叱吒風雲的人物，如今卻落得狼狽，成了階下囚。

羅伯看著報紙的頭條，「消失的波洛克重寫了一段消失了半個世紀的藝術史——近二十萬件的二戰納粹掠奪品在德國和美國的合作下於紐倫堡的地庫裡重見天日」，還是難掩內心的激動，至少這個重擔終於可以卸下了。他已和德國文化部達成協議，在那批掠奪品整理完畢後，會挑出部分作品到館裡來作特展，展題就叫「消失的波洛克」，但目前仍不知那二十一張波洛克作品的下落。在媒體大肆報導紐倫堡的發現之前，羅伯已就波洛克的新證據，發表了長篇論文，就過程中發現的所有線索，包括後來比對了彼得從那二十一張畫作取得的指紋和毛髮，吻合從波洛克故居取得的生物證據，佐以同時期的創作史料，羅伯成功地幫這批作品翻了案；羅伯不但過足了偵探癮，也透過陶比斯留下的線索，讓那批半個多世紀不見天日的文化寶藏重啟新樂章，也算告慰陶比斯在天之靈；他也間接助約瑟夫一臂之力，終讓卡爾繩之以法，也算幫老朋友菲利浦報了一箭之仇。看來，一切功德圓滿，該是引退的時候了，他遞出了辭呈，展覽過後，將回到他念茲在茲的哈佛，繼續作育英才。

就在大展開幕的前一天，館裡收到了一個匿名的大木箱，經安全檢查，確認裡頭是一批畫；開箱時，羅伯特地前來，當畫作一張一張被取出時，羅伯目瞪口呆、啞口無言，竟是那二十一張波洛克的滴畫，箱子裡有封信，署名給羅伯·霍頓教授，羅伯急著

拆開：

教授

感謝您的努力，幫我手裡的作品翻了案，我大可走黑市賣掉這些畫大賺一筆，但覺得沒有這些畫參與您的大展，故事就少了起頭。我把我的那六張也一併奉上，展完，其他的該還誰就還誰，我的那六張就替他們在館裡找個安身處吧！祝您明天開幕順利，我們明天見！

瘋眼敬上

羅伯闔上信，露出會心一笑。

開幕時，媒體擠爆了大廳，排隊看展的人龍從五十三街沿五十四街繞了美術館兩圈，羅伯站在二樓展廳的入口處，頻頻往下望，好奇隊伍中哪個會是相約今天見面的人？他理理衣領，轉身進到展場，首先映入眼簾的，就是瘋眼那六張波洛克的滴畫作品，旁邊的解說看板上就寫著：

「消失的波洛克」故事就從這裡開始……

紐約十月下旬的傍晚，微風輕拂，略顯涼意，約克大道旁的楓樹，也染了秋紅。珍妮披著風衣從蘇富比的大樓走了出來，她邁著愉悅的步伐，倘佯在晚秋的微風中，偶爾揮手跟同事道別，偶爾停下交談，青春寫滿了她的臉龐，當她走到七十二街和約克大道口，她習慣地駐足抬頭眺望著對面的公寓，想像著陶比斯就倚在陽台上向她揮手，直到她的身影消失在公寓裡……

來年，蘇富比一場專拍的圖錄封面竟是波洛克的滴畫，這張滴畫還保留著顯目的亮橘色，估價三千萬至五千萬美元。一開拍，便從四千萬起跳，四千一、四千二、四千三百萬，價格一路狂飆，「七千二百萬！最後出價提醒……」拍賣官左顧右盼，全場屏氣以待……「售！七千二百萬，賣給〇六號的這位先生！」珍妮用力敲了槌，聲嘶力竭地喊著，台下一片歡聲雷動，是波洛克小號作品的最高成交紀錄。〇六號的這位先生，沒等下一個拍品開拍，便起身消失在後排擁擠的人群堆裡，珍妮望著他的背影，停了幾秒，嘴角泛起了淺淺的微笑，馬上接著喊出：「下一號拍品，畢卡索的《作畫的朵拉・瑪爾》，估價……」此時，男子的身影已消失地無影無蹤。

SMART 31

INK PUBLISHING

消失的波洛克

作　　者　文　叡（Terry: H）
總 編 輯　初安民
責任編輯　陳健瑜
美術編輯　黃昶憲
校　　對　孫家琦　陳健瑜

發 行 人　張書銘
出　　版　INK 印刻文學生活雜誌出版股份有限公司
新北市中和區建一路249號8樓
電話：02-22281626
傳真：02-22281598
e-mail：ink.book@msa.hinet.net
網　　址　舒讀網http://www.inksudu.com.tw

法律顧問　巨鼎博達法律事務所
施竣中律師
總 代 理　成陽出版股份有限公司
電話：03-3589000（代表號）
傳真：03-3556521
郵政劃撥　19785090　印刻文學生活雜誌出版股份有限公司
印　　刷　海王印刷事業股份有限公司

港澳總經銷　泛華發行代理有限公司
地　　址　香港新界將軍澳工業邨駿昌街7號2樓
電　　話　852-27982220
傳　　真　852-27965471
網　　址　www.gccd.com.hk

出版日期　2020年 12 月　初版
ISBN　978-986-387-363-1

定　價　360 元

國家圖書館出版品預行編目資料

消失的波洛克／文叡著 --初版,
新北市中和區：INK印刻文學, 2020.12
面；14.8 × 21公分.（Smart；31）
ISBN　978-986-387-363-1　（平裝）

863.57　　109013788